建築の近代文学誌

外地と内地の西洋表象

日高佳紀
西川貴子
［編］

勉誠出版

建築の近代文学誌
外地と内地の西洋表象

日高佳紀・西川貴子［編］

II 外地における建築表象

はじめに

日高佳紀・西川貴子

鉄道や信号、橋、ビルディング、そして、その中を行き交う人びと……。こうした都市の風景は、わたしたちが日常、実際に見かけるものというだけではなく、文学テクストを読むなかでたびたび遭遇し、想像を膨らませる一コマでもある。

文学が時代のイメージを作品に取り込もうとするとき、こうした空間表象に負うところが少なくないことはあらためて確認するまでもないであろう。日本における近代のイメージは、西洋との連続性の中で、「目指すべき未来」、もしくは「あり得る（あり得た）未来」として表現されてきたといえようが、その顕著な現象として本書で注目したのが建築なのである。

前田愛は、「空間のテクスト　テクストの空間」（『都市空間のなかの文学』筑摩書房、一九八二年）において、作中人物の心理や行動、プロットなどとは異なり、小説の「背景」あるいは「地」として読まれるに過ぎなかった空間表象を、文学テクスト解読の契機とするための理論的考察を試みている。そこでは読者が、語り手の視点を所有し、あるいは作中人物の眼差しを共有することで、テクストの「内空間」を生きはじめる過程を、現象学的な考察を中心に展開している。そして、その際の読者を起点に志向される対象として、テクストの都市空間が捉えられている。すなわち、読者の身体性を起点とした想像力の発露、たとえば、『ボヴァリー夫人』の炊事場の場面に描かれた屋内空間と描かれなかった屋外空間を疑いなく接続させていくような、読書行為における実践の可能性が開示されているのだ。

建築を切り口に文学テクストの空間表象を捉えようとする本書の試みは、こうした前田の実践を、より具体的・歴史的な事象との関わりにおいて捉え直そうとすることにほかならない。本書が向かうのは、文学テクストがいかなる装置を用いて〈近代〉と対峙しようとしたのか、そのあり様を明らかにすることである。その際、特に重要であると考えたのが明治以降に建てられた西洋建築の存在である。

近代日本における西洋建築は、例えば、近代化のイメージを具現化したものとして、また、異文化との交錯点として、あるいは植民地において〈日本〉をシンボライズするものとして存在してきた。文学における建築表象は、様々な形で現実世界および虚構世界において創造されたものであり、同時代の〈日本〉および〈アジア〉への認識を再考する糸口となるはずだ。また、実際に建てられた建築はわれわれのあらゆる行為の場となり、日常生活や創作活動などの新しい様式に関わってもいる。そもそも空間を言語において表現すること自体、何らかのバイアスを抱えもっており、そこにはモノと言葉との往還の中で生まれてくる根源的な問題が含まれている。そうした問題も、文学と建築の相関を考えることで見えてくるのではないか。

したがって、文学における建築に着目するとき、その外観や内装に示された意匠はいうまでもなく、都市空間のなかで示された位置や機能、さらには内部空間に身を置く際の身体感覚の問題まで、さまざまなレベルでの検討が可能となる。もちろん現実の具体的な都市をモデルにした建築ばかりではなく、文学テクストで創り出された架空の建築までも検討の対象になるだろう。虚実を問わず、言語によって構築された建築空間を、表現された場で直接感得しようとすればそれも不可能ではないと考えられるような、そんな触知可能な対象として読んでみること。――こうした試みに、文学テクストにおける、歴史性と空間性の緊密な関係を捉える契機があると考えているのである。

本書で特にターゲットとしたのは、近代日本において都市文化が成熟したモダニズム期における、日本国内および中国大陸や台湾といった外地を舞台にした文学テクストである。これらを対象に、言語表象に現れる〈建築〉を分析することで、文学テクストとその周辺事象の関係を明らかにすることを目指す。文学テクストに現れた多義的な空間の内実を捉え、建築表象と同時代の科学技術志向のあり方、都市景観、消費文化、帝国主義との関わりなどを検討し、モダニズム期の日本と外地における〈西洋〉あるいは〈近代〉をめぐる眼差しの構図を素描することを試みた。

本書の構成は、日本国内の建築表象を取り扱った論文を集めた「I　モダン都市の建築表象」と、中国大陸や台湾の建築表象を取り扱った「II　外地における建築表象」の二部からなっている。また、Iの終わりには、中仕切りとして近代日本における建築の流れを整理した「日本近代建築小史」を配し、近代建築の歴史を概観できるようにした。さらに巻末には「文学の建築空間」と題して、モダン都市のなかの建築物を十二のトピックとして挙げ、文学作品に描かれた事例を通して、近代日本における建築と文学が交差するさまを提示した。

本書で取り上げられた都市および建築表象は、論者各自の関心によって選ばれており、網羅的なものではない。しかし、近代文学に描かれた建築表象を具体的に扱うことによって、言語表現と時代との相互作用について検討する上でのケース・スタディとして問題提起できるのではないかと考えている。その結果、新たに見えてくる世界の一端を示せれば、そして、ここでは取り上げられていないテクストや建築表象にさらなる思いを馳せてもらえれば幸いである。

なお、本書はJSPS科研費JP22520210の助成を受けた「日本近代における文学の中の建築表象に関する研究――西洋的空間の言説表現をめぐって」（基盤研究C、研究代表者：西川貴子）を母体とした共同研究に基づいている。数年に亘って取り組んできた研究の成果を「アジア遊学」シリーズに加えていただけたことは大きな喜びである。勉誠出版のご厚意に謝意を表するとともに、研究メンバーであり、本書の刊行にもご尽力いただいた笹尾佳代氏、高木彬氏をはじめ、関係各位に感謝申し上げたい。

二〇一八年十一月

美しい「光」が差し込む場所
——佐藤春夫「美しき町」をめぐって

疋田雅昭

佐藤春夫の「美しき町」を、当時の都市計画、電灯、未来派建築学をめぐる同時代言説のなかで捉え直し、出版時から一〇年以上過去の出来事を描いておきながら、実は出版時より一〇年以上の未来の文脈を先取りしているという不思議な時空の錯綜を生み出したテクストとして再評価した。

一、建築と文学が出逢うとき

モダニズム文化周辺への興味・関心があるものにとって、「建築」と「文学」は近い場所にあり、さらにその媒介として「芸術」という概念が横たわっているということは「自然」に了承される事態である。だが、こうした自明性は、一般的に共有された了解とは言い難い。

建築も文学も、その歴史は古いが、建築は必ずしも文学を必要としてはいないし、文学もまた建築を必須の要素とはとらえていない。建築は、音楽や絵画と違い、それ自体は別の目的でも存在している。それは、言うまでもなく道具としての建築、すなわち住む場所（集うあるいは居る場所）としての建築である。だが、建築の内部、外部のあらゆる些末な造形の一つ一つに人類が捧げてきた情熱、そこで生起された様々な出来事あるいは思索に想いを馳せれば、建築は単なる道具以上の意味を持つとたやすく了解出来る。この一見矛盾しつつも常に同時に存在し続けた「実用」に対峙するものとしての「芸術」という対称関係。ここに建築文学を考える際に重要な点の一つがある。

ひきた・まさあき——東京学芸大学教育学部准教授。専門は近現代詩・モダニズム・アヴァンギャルド。主な著書に、『接続する中也』（笠間書院、二〇〇七年）、『スポーツする文学』（青弓社、二〇〇九年）、『コレクションモダン都市文化80　出版文化』（ゆまに書房、二〇一二年）などがある。

ああ十二時のサイレンだ、サイレンだサイレンだ
ぞろぞろぞろぞろ出てくるわ、出てくるわ出てくるわ
月給取の午休み、ぷらりぷらりと手を振って
あとからあとから出てくるわ、出てくるわ出てくるわ
大きなビルの真ッ黒い、小ッちゃな小ッちゃな出入口
空はひろびろ薄曇り、薄曇り、埃りも少々立っている

中原中也「正午」

「丸ビル」という建築物名が明示されたこの詩において、「丸ビル」自体の具体的描写は限られたものである。だが、ここで描かれる「ビル」は単なる建築物のそれではない。無数のサラリーマンが「十二時のサイレン」という決まった時間に従って動く様子とともに描かれて初めて、この建築物はある種の文学的固有性を得ている。

あはれな　僕の魂よ
おそい秋の午後には　行くがいい
建築と建築とが　さびしい影を曳いてゐる
人どほりのすくない　裏道を

立原道造「晩秋」

そして、詩歌の場合は特に顕著であるが、文学で表象される建築は、多くの場合それを描き出す人間の心情と呼応する。その呼応は、描き出すものと描かれるものの境界線を曖昧にしてゆく。

街々の建築のかげで風はとつぜん生理のやうにおちていつた。その時わたしたちの睡りはおなじ方法で空洞のほうへおちた　数かぎりもなく循環したあとで風は路上に枯葉や塵埃をつみかさねた　わたしたちはその上に睡つた

吉本隆明「固有時との対話」

また、建築の体験とは物理的な「枠」をともなった対象への外部体験であり内部体験でもある。建築へのまなざしには、それを外部から見るという経験に加え、内部から見るという二つの可能性があり、またそれを客観的対象として捉えるのか、自分をも含むような現象学的な体験として捉えるのかという二面性もある。さらに、建築を一つの独立したものとして捉えるのか、都市や自然の中で捉えるのかという問題。これらの問題系は、互いに関係しており、建築体験について考える様相を複雑なものとしている。

恐らく、建築体験をこうした重層性のもとになされたものとしてとらえるところに、文学と建築の出逢いがあるのだと思う。もちろん、建築体験自体が、この両者のリフレクションのもとに現れる多様な「現象」であるという言い方も可能である。

こうした観点から、建築の詩学を構想して見たとき、佐藤春夫の「美しい町」（一九一八年）は、重要な示唆を与えてく

れるテクストである。その意義をざっと述べてみただけでも、一九二〇・三〇年代のモダニズム文学の祖としての佐藤春夫という問題系、詩と散文という領域を横断する建築文学という問題系、電気がもたらす世界の変容に敏感に反応していた佐藤春夫の文学、さらにアカデミック及びその周辺領域でおこっていた「建築」理念をめぐる大きな変容と枚挙に暇がない。

本論は、建築の詩学を考える端緒として、このテクストの構造を、主として都市や建築をめぐる同時代言説との関連で考えてみようとするものである。

なお、テクストの初出は「美しい町」(『改造』一九一九年八月～一二月)。単行本は『美しき町』(天佑社、一九二〇年)。以後「夢を築く人人」など題名は転々としているが、本論では「美しき町」で統一することを記しておきたい。

二、「枠」としての時空

この小説は様々な「枠」が入れ子のようになっていながらも、それぞれが巧みな形で重なり合うような不思議な構造になっている。

「指紋」の作者であると言われている「私」という設定は、『中央公論』(一九一七年七月)に掲載の「指紋」の作者・佐藤春夫を容易に連想させる。その「私」は、親しい友人O君から、ある画室で、画家Eを紹介される。この画家の語る話が、物語の中核となるわけだが、その時期は、「明治最後の年」から「三年間」なので一九一二年～一九一四年と想定される。さらに主な舞台は「築地のSホテル」であるのだから、語りの現在と話を聞いている時空と話の中核と三つの時空が入れ子状態になっているわけだ。

だが、荒唐無稽とも言えるEの話の中で最も重要な人物である川崎は最後に逃走してしまうので、画室の時空に川崎は存在しない。その意味でEの話には、どこか「お伽噺」めいたおもしろさと同時に信憑性のなさが生じている。しかし、ともにEにだまされた「被害者」としての「老建築家」が建てた建築物が、他でもないこの画室であることによって、二つの時空は瞬時に接続されこの話に一種のリアリティを与えている。

また、画家であるE氏が使う一人称も「私」であり、その代表作の絵画のタイトルが「都会の憂鬱」というものであることによって、「指紋の作者」である「私」と不思議な重なり合い方をする。

そしてこの二つの時空は「夜」という共通点によっても重ね合わされる。物語時間は夜の部屋の中で聞いた、夜な夜な繰り返された築地のSホテルの一室における話である。そして、このEが川崎と初めて待ち合わせた時も夕方から夜にかけての時間帯であった。その意味で、何重にも重なる閉じこめられた時空で織りなされる物語であると言える。

さらに、急いで付け加えておかねばならないことは、このホテルも画室もその経験としては、「枠」の内部からの経験であることだ。これらの建築が外見として語られることはない。しかしながら、Eの話として語られる「美しい町」は、絵や図面、模型といった外部から語られる空間である。この物語は二つの建築的経験も織り重なっているのである。

また、夕暮れから朝に閉じこめられた時空では、Eの描いた「都会の憂鬱」、司馬江漢の銅版画、老人を描いた「或る老人の肖像」という三種類の絵が、画家・川崎・老建築家という「三主人公」を結びつけている。そしてこれらの絵もまた、枠の中に閉じこめられた芸術である。

もちろん、本論の目的はこうした構造の「指摘」に終始することではない。しかしながら、この「枠」の多層性とも呼ぶべきこのテクストの特徴は、建築を時空の「枠」として捉える点において非常に重要な前提なのである。そこで、もう少しテクストの構造的な面に言及しておこう。

三、「美しい町」から「町の美しさ」へ

入れ子状態の時空の最も中核的な位置にあの「美しい町」の紙の模型の場面があるのだとしたら、その最も外側には、この「お伽噺」を媒介にして結ばれた「E氏」との「友情」の「物語」が存在している。その次の位相では、E氏の「婦人」とは実は老建築家の孫娘であったという「物語」がある。

川崎の建築観とは言うまでもなく町（都市）計画から見るそれではあるが、一方でその関心の殆どは「家」にある。

私の持ちたいと思うのはそれほど宏大な屋敷であることを決して要しない。ただ家であればいい。大きさから言って一軒について多分二三十坪ぐらいの二階家でいい。そうして私はそれを百欲しいのである。それらの百の家は一切の無用を去って、しかも善美を尽くしていなければいけない。真のいい装飾というものは、恒にそれが一面では抜き差しのならない、必要を兼ねた部分でなければならない。不必要な贅沢のなかに美があると思うのは、現代のより大きな誤謬に原づいたより小さな――しかし、やはりなかなか大きな誤謬である。

家に大きな関心がある川崎の町とは、理想の家が集まったものである。都市の発想には、都市全体の構想から始まるも

のと、個々の家のそれから始まるものがあるのだが、川崎の発想は当然後者である。

もちろん、家々（町）にどのような人が暮らすべきなのかという理念は存在する。だが、その人々からみた家（内部からの視線）は、この町の設計段階ではほぼ現れることがないのだ。

それでも私のようなそんな気紛れな馬鹿が建てた家のなかへ、そんな気紛れな条件で住んで見るというような人が不幸にも一人も見つからなかった場合には、私はただ私の建てた家々を人に頼んで綺麗に掃除をして置いてもらおうと思う。それから夜になったら、誰も住む人の居ないその家々のなかへ私はかがやかな灯をともして置こうと思う、それらの窓からその灯が美しく見えるように。

住む人が居ないかもしれない町。だが、そこには「光」が灯っている。この町が「東京の市中」のどこかにあって「くっきりとして一廓」を構築し、「多くの人々がそれをつくづくと見る機会を持った場所」でなくてはならないという、川崎の考える町の場所の条件は、あきらかに誰かが「住む」ことよりも誰かに「見られる」ことを期待している。

家の「光」がその中の人々を想像する契機として機能することは、古くから夜景に人々が惹かれる理由であったと思われる。その意味では、納涼観月の名所としてのこの地を候補として見出したことの意味は理解しやすい。だが、ここで重要なのは、そこから見出される人々の暮らしが、功利性や利便性といった見地とは全く異なったものであることだ。それを「傑作のメルヘン」と喩える川崎の理想は、排他的あるいは原理的な理念に基づいた、建築を芸術と捉えようとする視点と言ってもいい。

ここで、川崎の構想する町自体がどういった位置にあったかを思い出してみると面白い。

それを私はその時に一度見たきりであるから、同じ人の他のものと混同していないとも限らないが私の今覚えているところでは、それは何でも銅版の上へ緑とオークルジョンとを基調にしてあっさりと淡彩したもので、ところどころにあったジョンシトロンはあまり淡いのでもう消え入りそうになっていた。地平線を画面の三分の一よりもっと低く構図して、そこにはささやかな家並みがあり、あまり大きくない立樹があり、それに微細な草の生えている道の上には犬と幾人かの小さな人間とが歩いていた。確か、その極く小さな人間の衣物にはくっきりしたピンク色がぽっちりくっ附いていてエフェクティブであった。広い空には秋の静かな雲が斜に流れていた。

図1　「三囲之景」（上）、「中洲」（下）

この絵が「中洲」と呼ばれるものとは一致せず「三囲之景」であることは既に指摘（中村三代司「創作と批評の間　佐藤春夫『美しい町』の場合」『近代文学論集』教育出版、一九八一年六月）されていることだが、「私」はそのことを「混同」という言葉で認めている。問題は、何故この両者は混同される必要があったのかにある。

まず、この「三囲之景」には「家」「立木」「人」「犬」という、後に「美しい町」に必要な要素が揃っていることがあげられる。一方、「中洲」には、夜に浮かぶ光という、これもまたこの町には重要なコンセプトが描かれている。そして、川崎と「私」は、この絵を見ている位置を橋の上としていることも後者を呼び込む上で重要な点である。「美しい町」は、常に全体として見られるという面をもっている。家々が基本、外部からの視点で構想されているのとパラレルに町自体も外部からの視点で捉えられ、その両者を結びつけるものこそが「光」なのである。

こうして考えてみると「中洲」という言葉には、それを見つめる位置と全体として見られる場所であるという意味が込められており、実際の町の計画において、町は「光」を中心にして遠い外部から見られる対象である。逆に言えば、理念としては重要である「家」「人」「犬」などは、この都市計画の上では、後景的あるいは二次的な理念なのである。町の理念が導き出された絵の内容が別のタイトルを呼び込んだ背景には、単なる混同以上の意味があるといってよいだろう。

たとえば、海老原由香「佐藤春夫「美しき町」論序説」（『駒沢女子大学研究紀要』一九九八年一一月）や山中千春「佐藤春夫『美しき町論』（1）」（『近代文学資料と試論』二〇〇五年一一月）などの様に、こうした町の理想を当時の白樺派的なそれや同時代のユートピア論と結びつける考え方もあるだろうし、川崎の話を聞いた「私」が、「その頃の私は文学者や美術家などにも何等かの方法でその道の修道院があったらばよかろう」と思っていることなどからは、それを補完する読みを提示出来るかもしれない。

だが、ここで再度確認しておきたいのは、それが「見られる」ことを基調とした芸術的理念であることなのだ。画家である「私」が思う「生きた画」である町は、川崎の理念とは必ずしも一致しない。だが、それは創作者と受容者の間の理念が一致しないことと同様、その両者にとってそれが「芸術」であることは、理念の不一致や伝達不可能性とは何も関係が無い。

その幻の市街が変遷して行く幾つかの世紀のなかに屹立して、家々には苔が生えたり蔦蘿が纏ったりして町全体が自然のなかへ飽和されてしまい、その町の人人は祖先からの風習で金儲けのために仕事をするのではなくただ好きな楽しみのために仕事をしている。外の町から旅人が来て古寺院を見るように、またその町が立てられた当初から持っていたという彼等自身のものとは全然反対な幾つかの習慣に驚くために、その丘のふもとの停車場へ下りる………。心ある人は人間生活の尊い鉱脈が、この山懐の古びた街に古くから、ぽっかりその一端を表わしていたのを見るであろう………。

新しい倫理とはいつでも異質であるが、それが常識となった時、かつての常識も含めその生活の痕跡は町にそして建築物に残る。新しい「美」がいつか凡庸なものとなった時、我々はかつてその様な「美」が異質であった痕跡として、歴史の中に再度その「美」を見出すだろう。これは、「美」に対するいたって普通の態度である。

だが、音楽や絵画が最初から「美」であるような意味で、建築は最初から「美」であったわけではない。この徹底的な美としての建築へのまなざしには、どういった背景があったのだろうか。

四、「建築」とは「美」である

一九一一（明治四五）年九月に黒田鵬心は、「都市美条件と東京市」（初出は『太陽』のちに『都市の美観と建築』趣味叢書発行所、一九一四年）において、都市計画に芸術家を加えることを提言しているが、逆にこうした提言が明治年間にはほぼ見られなかったことに注目しておきたい。言うまでもなく関東大震災以前の東京は、江戸の町からの連続性を有しているという意味での「自然都市」であった。一九一五（大正四）年四月に刊行された『東京百建築』（建築画報社）は、東京の建築に美的なまなざしをおくったものとして画期的な企画であり、世界にむけて東京という都市を紹介する写真集としての一面があった。後半が写真集、前半が当時の建築家の寄稿によって構成されている中で、東京を「自然都市」として認識しておきながらも、その美は「建築」に見出されるべきだとする岡田信一郎「東京百建築雑感」などは、その代表例である。

だが、こうした論考や提言が逆説的に明らかにしているのは、「自然都市」には人工的な変化を受け入れにくい面があることである。遷都の様に新しい場所に都市機能が丸ごと移動したり作られたりしない限り、土地の歴史はある種の「伝統」といった神話を産み出し、長く住む人間ほどそうした影響下から逃れることは困難である。

こうした事情もあり、東京市は、自らの都市計画が大幅な遅れをなしていることを認めざるを得なくなり、一九一九（大正八）年の「都市計画法」により再計画を余儀なくされた。一九二三（大正一二）年の『中央美術』特集号「都市生活の芸術研究」の執筆陣は、モダニズムとマルクス主義の両陣営の顔ぶりが見られ、文学・美術・芸術とこれまでの帝国大学系の構造建築学の面々とは大きく異なっていることが注目される。

東京における都市美の問題が本格化したのは、こうした伝統美の断絶性が決定的となった関東大震災後の復興においてであったことは皮肉な結果としか言い様がないが、一九二五（大正一四）年には、都市美研究会（翌年に都市美協会へ改組）が発足し、都市の「美」は、法律家、文芸評論家、作家、画家、人類学者、統計学者など様々な見地から検討されるべき課題となった。一九二六（大正一五）年の一二月に刊行された橡内吉胤『都市計画』（のれん屋書房）では「都市計画」に「建築家と芸術家」の双方が参加すべき由が書かれており、さらに建築には「実用性」も大切であるという指摘からは、行き過ぎる「美」的観点への偏重をたしなめる由も述べられている。翌年の一〇月二七日の石原憲治「東京の都市美」（『朝日新聞』）でも、都市計画には、建築技師や土木・造園の関係者に加え、詩人や歴史家、批評家などの参加が呼びかけられている。

こう見てみると、初出時の一九一九年を考えても、「都市」における「美」意識の導入はまだまだ新しい思想だったと言える。だが、自然都市としての帝都が健在であった時に新しい「美」を提示することや、それが見られるべき場所にあって、多くの人々に見られなくてはならないという川崎の思想には、ある種の時代性が刻まれていたと言ってよいだろう。「美」によって何かの通念が変わりうるのだとしたら、それは、旧来の人々から、新しい「美」として見いだされる必要があるからだ。

また、その理念の実現のために、建築家に加え「私」という「画家」が必要とされたこと、そして川崎が非常に文学的な人間であったことも、当時の新しい都市「美」像によって要請された人材であったと了解されるはずだ。

五、「電気」の「美」

川崎の想定した町の「美」で最も重要な役割を果たすのは「電気」の光である。先にも指摘したように、従来夜景としての町の灯が喚起するのは、多くの場合欲望の象徴であったと言える。

「美しい町」の場として選ばれた「中州」あるいは「三叉」は納涼観月の名所として江戸期から有名であった。特に一八八六年（明治一九）年の再整備以降、真砂座を中心にとして栄えたが、一九一七（大正六）年の真砂座の廃絶、関東大震災を通じて徐々に歓楽街としての賑わいはゆっくりと廃れてゆく。その意味において、「美しい町」の頃の同地は、徐々に賑わいを失い始めていたトポスであった。

「ごみごみしたりとりとめもないうすら寒い気持ちの場所」「今目の下にある汚らしい灰黒色の屋根のかたまり」と眼前の景気を認識する「私」は、この地の過去も現在も消去した未来の上に、理想の都市を想像する。もちろん、この「消去」とは物理的なそれをも含んではいるのだが、その想像を可能にしているのは、何よりも夜がもたらす闇であることが重要である。

こうして我々は、その建築技師とともで三人になって、三人の我々が一緒にその計画の遂行を急ぐようになったのはそれから二週間ほど後のことであった。仕事の時間は川崎の註文によった夜で、その七時半から十一時半までと定めた。しかし、どうして！　ただ四時間とは決るものではない。我々は楽しみのつづくかぎり、しばしば十二時の時計に駭かされた。

高橋世織は、「『田園の憂鬱論』（『日本近代文学』一九八二年一〇月）や「佐藤春夫『美しい町』について「倒景」としての東京」（『媒』一九八四年一〇月）において、明治から大正にかけての「電燈照明」の発達によって文学青年たちの間に「夜型の生活」が始まるとともに、理性では把握しきれない意識下の世界に「光」を投射し始めたという指摘をなしてい

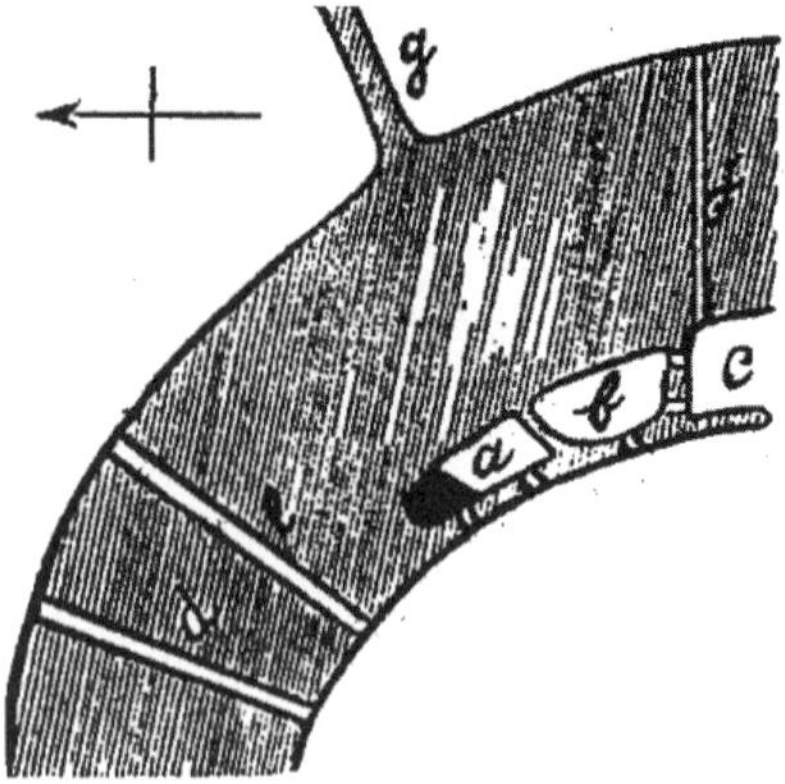

図2　小説に挿入された図

るが、確かに、この物語でも、画室での時間や語られる時間（労働時間）は、ともに夜の電燈の下である。こう考えてみると、以下の場面の象徴性は重要である。

その夜、彼はその頃ではまだ東京では珍らしかった自動車というものへ私を乗らせた。彼自身も散歩のつもりでと言いながら同乗して、私を大久保の私の家まで送りとどけてくれた。（中略）彼は殆とんど始終深く沈黙していた。そうしてそれは彼ばかりではなく長い夜の町も、夜そのものも……。外には街燈と並樹とがあって、ふと私はどこだか知らないところを通って、そのどこにも無い「美しい町」の方へ急いでいるような気がした。

やはり車という「枠」の中で物語が流れていることにも注目されるが、それ以上に、恐らくここから「私」と川崎は「夢」の世界に入り込んでいったと言ってもいい。物語の中でよく出てくる「ドリーミー」という語には、この物語全体が夢物語の様であることに加え、その建築をめぐる夢とは、理想としての「夢」でありながら、同時に意識下の願望が動きだす「夢」の時間でもあった。蛇足ながら、この物語の時空は、語りの現在をも含めてフロイト以前である。

もし自由自在に自分の望む夢を見ることが出来るという能力が人間に与えられていたならば、恐らくその夜以後の私は、どんな風に出来るかわからない、そうしてどんな風にでも出来る（！）その「美しい町」を毎晩つづけさまに夢に見たであろうと思う。実際に私は一度か二度はそんな風に夢を見たこともあった。

「私」が語る「夢」をさらに別の「私」が語る枠小説。この「夢」の二重化は、物語の中の二人の「私」どちらにおいても意識されている。その意味ではどちらの「私」も意味を規定する「枠」として機能していることが分かる。

そしてその「夢」は「家」に託されることになる。「家」は「町」の中に入れ子状に閉じこめられ、それらの「夢」は

「光」として人々に見出される。ここで「家」も「夢」あるいは「光」を閉じこめる「枠」として機能していることは言うまでもない。

もちろん、この「夢」は、ある意味建築に込められていた「理想」であるし、それは新しい「生活」であったとも言えるだろう。個々に異なる「理想」は「光」として象徴化されている。先に挙げた高橋はこの「光」が可能にした新たな思索を問題にしていたが、もう一つ重要なのは「電気」による「光」が、「家」あるいは「都市」の「美」として認識される条件である。

日本最初の電灯は一八七八（明治一一）年三月にアーク灯として実現された。一八八三（明治一六）年七月には東京電灯会社が設立され三年後には一般家庭へ営業を開始している。しかし、実際には安価なガス灯のシェアに圧倒されていた。もちろん、このガス灯の光がある種の新しい美として見いだされるのと同じ感覚として、たとえば漱石が「虞美人草」で描いてみせた第五回東京勧業博覧会での電灯のアトラクションの様な、電気による美の発見も既になされてはいた。しかし、電気の光の普及には、電球の性能向上とインフラの整備が不可欠であったが、どちらも一九〇六（明治三九）年のタングステン電球（金属フィラメントを使用した電球）の発明と一九〇七（明治四〇）年の駒橋水力発電所の運用開始を待たねばならなかった。

東京の電気消費量は一九一〇年代以降に急速に延びてゆくことになるが、西村将洋「モダン都市の電飾」（『コレクション・モダン都市文化　第21巻　モダン都市の電飾』ゆまに書房、二〇〇六年）によると、それは一つには首都に安定的に電源を供給する水力発電所が設置されたことと、その電源供給源が関東大震災の影響を受けずに残ったこと、そして皮肉なことに震災後の復興がそこからの電源供給のインフラの再構築と強化を容易にしたことが上げられるという。

そう考えると初出時の一九一九年は電気の時代であったと言えるのだが、この物語内の時間の主たる時間は「明治の最後の年」（一九一二年）からの三年間であったことが興味深い。「時代が後がえりするということを喜ばない」川崎は、家の「光」には電気がいいと考えつつも、それが、電力会社からの供給という点において町の独立が妨げられると考えていた。

もし科学が完全に発達した時には、今我々が必要とするような大仕掛けな電灯会社（それは電灯ばかりとは限らないが）などに依らずとも、一軒の家に必要なだけの光ぐらいは、ちょうど人人がランプをともすに費すと等しいほどの手間と用意とで自分たちの電灯を自分たちの簡易

表　東京電灯株式会社の電灯取付数　1888-1936

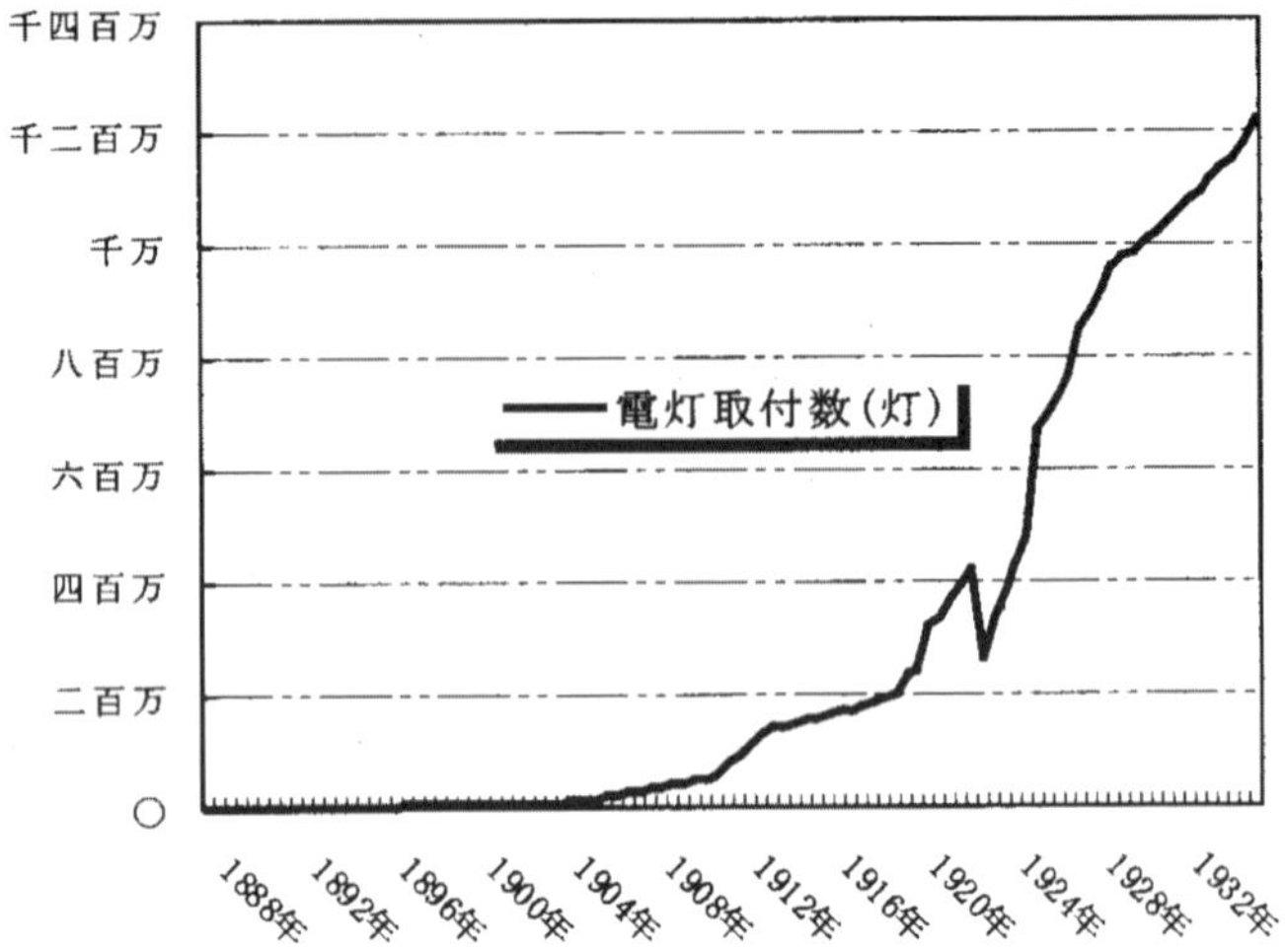

図3　西村将洋「モダン都市の電飾」より

な機械で灯す時代が来るに相違ない。

この川崎の理想は、未来の電気の姿をも言い当てている様で実に興味深いが、この電気に対する、いやテクノロジー全般に対する川崎の感覚は、佐藤自身のそれと呼応するものと言えるかもしれない。佐藤は、電気というテクノロジーと人々の生活との関係について関心を持ち続けていた。

物語時間の川崎にとって「電気」によるエネルギー供給は、まだ新しいものであった。町の経済的自立に拘る川崎にとって、エネルギーの供給源が「大仕掛けな電燈会社」によって支配されることは、結果的に町の経済的な基盤が支配される状態になると考えていたとしても不自然ではない。だが、川崎にとってこの問題は経済的支配よりも大きい問題を含んでいたと考えるべきだろう。

> それから再び電灯を消したが、彼は何時の間にそんな仕掛けをして置いたのであろうか、その卓上の紙の「美しい町」には、その家のなかにはそれぞれに一つ一つのかすかな光があって、それがそれ等の最も微細な窓から洩れ出して、我々の目の下には世にも小さな夜の街が現出していた。その窓という窓からこぼれ出す灯影は擦りガラスの鏡の静かな水の面へおぼろにうつった――そこにも、彼の細かな用意があって、その鏡が家々に対して或る適当な角度をなして敷かれてでもいたのであろうか、たくさんの灯影はちょうど水の面をかすめた時のように、細く、長く、そこに映し出されていた。
>
> 「それからついでに」と言いながら、彼は青い極くほのかな電球の光をそれらの屋根に浴せた。

紙の模型の内部を実際の火で明るくするのは困難であったろうから、恐らく「家の窓」から漏れ出す「かすかな光」も小さな電球によるものだと思われるし、少なくとも月の光に見立てた「光」は、電球のそれである。川崎の町へのこだわりは、家へのそれによって支えられている。その家や町の「美しさ」は「見られる」ことによる美が象徴している。それこそが、闇の中で光る家々の光であった。その意味において、電気とは川崎にとってインフラ以上の意味があったのだ。電気の光に実利的な意味を越えて拘る川崎にとって、それが経済的な問題と直結してしまうことは根源的なジレンマである。

> ちょうどあらゆる家庭がミシンの機械を重宝しながら使用するように。その時初めてもろもろの機械は怖るべきものでも憎むべきものでもなくなって、真に我々の日常生活のなかで欠くことの出来ない愛すべきものになる。（中略）例えばそれはよく愛育されて手馴らされた優しい野獣、馬や牛が、ただその美しい能力だけを残していて人を助けるように、そうして人々が愛情をもってそれに近づくことが出来るように、あらゆる必要な機械は取扱いやすいものになり個人個人の楽しい好きな手芸を最も機敏に手助けをする最上の道具になる。その時こそまたすべての機械工業が芸術に高められるために必須な一階梯でもある。すべての機械工場は、言わば芸術上のミリタリズムではないか

前述した様に、川崎の将来の電気への期待は、実は物語の一番外枠の時空（初出時の一九一九年の東京）では、かなり実現していたとも言える。急速に拡大・発達する電気網の広がりの中で、その前夜（明治最後の年を起点とした時間）の物語が語られている点に、このロマン的物語の逆説的なリアリティがあると言える。

> 都会の美は、その街衢が燈火に彩られた夜の情景にあります。巷の黄昏が街路樹の蔭に動きはじめますと、活動の文明の幕は閉ぢられて、都は次第に歓楽の文明の舞台に移ります。「夜の巴里」「夜の倫敦」は如何ばかり多くの人々の心を酔狂に導いたでせう。東半球第一の文明的都会たる我が帝都に、「夜の東京」の一本だにないのは真に遺憾にたへません。

小説「美しい町」が発表されたのと同年の九月に刊行された秋田貢四編『夜の東京』（文久社出版部）は、東京の夜の「美」を「電気」の「光」に見出した小説集である。当時の読者たちの東京では、既に美の対象となる程度にまで電灯が浸透していたのである。わずか五〜七年の時空のずれを内包

したことにより、語られる時空のロマンを、語る時空のリアルが補完している点が、近代のテクノロジーと物語の関係を考える上で非常に興味深い。

六、「建築」を「美術」にするということ

一九二〇（大正九）年に分離派建築学会が結成される。よく知られるように、分離派は、建築を美とするべく建築を展覧会場に持ち込むというコンセプトのパフォーマンスをした。建築を芸術とするだけではなく、その実務的な側面（住居としての側面）よりも建築を芸術としようとする石本喜久治の「建築還元論」の提言は、その理念をよく示している。

梅原弘光は、「モダン都市の建築」（『コレクション・モダン都市文化　第42巻』ゆまに書房、二〇〇九年）において、この時期の若い建築家たちを後に総括して以下のように述べている。

この頃の建築運動の担い手たちの関心は、現実的な建築実務の世界にでなく、創作することと生きることが直接結びついたような精神的な内面世界にあったと思われる。運動を通して提出された作品の、次のような題名に、彼らのそうした意識がよくあらわれている。いわく、「精神的な文明を来らしめんために集まる人人の中心建築への試案」（堀口捨己、一九二〇年）、「霊楽堂」（川喜田煉七郎、一九二四年）、「ユートピアの倶楽部」（金沢庸治、一九二四年）。いずれも非都市的な環境に精神的コミュニティを構想した、ロマン主義的傾向を備えたものといえる。

一九三〇年代になるとドイツ系の実質主義的な住宅設計などが流行し、市浦健によってこうした傾向は「小児病」という揶揄とともに回顧される（「1932→1933」『国際建築』一九三三年一月）に至るのだが、それでも不可視な主題や内容によって社会に対する批判的認識を建築で示そうとする傾向がこの時期に勃興したことは注目されるべき事態である。

『分離派建築会　宣言と作品』（岩波書店、一九二〇年）によって我々は、第一回分離派展（一九二〇年七月一八日～二二日、日本橋白木屋）の内容を知ることが出来る。そこでは、図面やドローイングが主であったが、第二回（一九二一年一〇月二〇～二四日、日本橋白木屋）では、実物模型なども展示されるようになり、以後も模型の展示は増加していった。

分離派がこうした展示に加えて自らの建築論を提示していったのは、彼らの建築が理念と表裏一体のものであったことを示すと同時に、美としての建築へのまなざしが、建築物そのものだけではなく、図面、ドローイング、絵画、模型などを、過程あるいは前段階といった位置から大きく飛躍させ

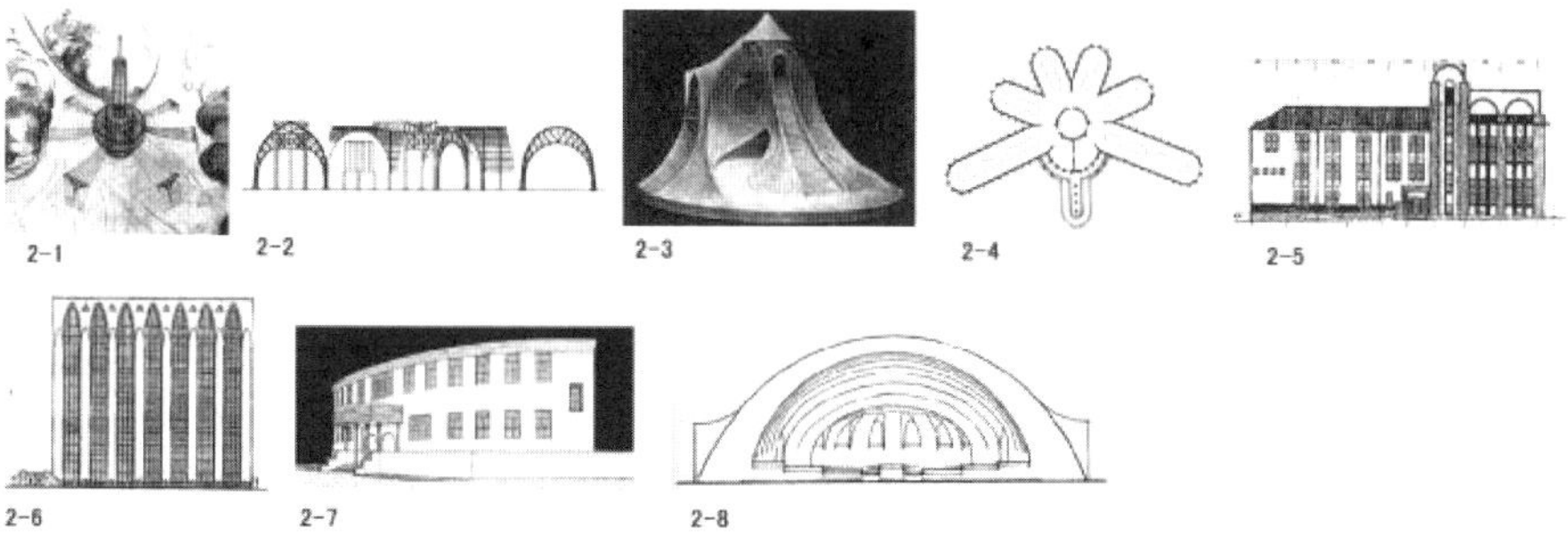

図4　第二回分離派展の出典の一例菊地潤作成資料（http://www.sainet.or.jp/~junkk/bunrihasakuhin160919.pdf）より

ていたことを示していた。

彼らにとってそれらは建てることが出来ない代替などではなく、自らの理念を結晶化させた、見られるべきものとして存在していたことは間違いない（でなければ、展示会の開催の意味がない）。

　建てる土地もないのに、彼はさまざまな頼み手とさまざまなそれが建てらるべき土地とを彼の心のなかに見出しては、それをいつもこつこつと一軒一軒設計しては楽んだ。それらの紙上建築がもう五十軒近くもあるほどである。そうして彼はそれらのいつの間にやらもう、髪の白い老建築技師になっていたという。

老建築技師は様々な「紙上建築」を図面として溜め込んでいた。そして、「私」が仕事場で生み出し続けていたのもまた、様々な家や建物の「絵」である。

　或る晩、私たちがいつもの通りに川崎の部屋に這入って行った時に、いつも我々が仕事にとりかかる前にちょっとお茶を飲む例の大きな円い卓の上には、鋭利に光っている鋏とナイフとが小さいのやら大きいのやら幾つか、物差しと一緒に置かれてあって、その傍には我々が設計した家のうちの四つが、ボオル紙と糊とで大きな板片の上に建てられてあった。

川崎自身もまた、彼らが生み出す設計や絵を紙の「模型」として再現することに熱心であった。「絵」「図面」「模型」。彼らの仕事場であったホテルの一室は、さながら分離派の展示会場と変わらないものであったに違いない。そして、少なくとも「私」と老建築技師は、実現されるべきものとしてそれらを生み出し続けていたのだ。

　それ（川崎が将来書くであろう書物─論者注）が書き上げられた時には、私はそれの献身的な共力者、私と全く同じ大きな失望をまで敢て経験してくれた献身的の共力者、君がたを記念するために君がた二人に献じようと思うのである。私のトランクは君がたがしてくれた仕事で一杯だ。それより外には何物も殆んどない……

川崎は何のためにこんなことをしでかし、そして彼は何を手に入れたのだろうか。こんな疑問が湧く話である。しかし、少なくとも、川崎のトランクには、彼らの三年間の「仕事」がなした「形」が詰まっている。それは、彼らが生み出した町の「美しさ」の結晶である。三年の月日とわずかな資金、そして「美しい町」は無くなった。しかし、町の美しさは、川崎の手元に残り続けたのだ。

現在のところ論者には佐藤春夫と分離派を直接的に結びつける人脈は見いだせてはいない。しかしながら、初出時である一九二〇年代の建築をめぐる言説は、「美」の表現をめぐって明確な形でテクストと結びついているのだ。

七、「家」という理想のトポス

(1)私の拵えた家に最も満足してくれる人。(2)互に自分たちで択び合って夫婦になった人々、そうして彼らは相方とも最初の結婚をつづけていて子供のある人たちでありたい。(3)彼自身の最も好きな職業を自分の職業として択んだ人。そうしてその故にその職業に最も熟達していてそれで身を立てている人。(4)商人でなく、役人でなく、軍人でないこと。(5)その町のなかでは決して金銭の取引きをしないという約束を守って、それのためには多少の不便をあらかじめ忍んでくれる人。そのために私はそこの私が考える町の近く――そうしてその町の外に、別にその町の人たちのために金銭の受け渡しをする場所をも設けるはずである。(6)そこの人たちは必ず一疋の犬を愛育すること、もし生来犬を愛しない人は猫を養うこと、犬をも猫をも嫌いな人は小鳥を飼うこと。――云々。

この川崎の理想で目につくのは、まずは交換価値的な経済システムからある程度の自由が企図されていることであるが、それ自体はこの時代のユートピア論や社会主義的発想からして決して珍しいものではない。むしろ、ここで注目すべきなのは、家族のための「家」という概念である。それも、この家族は、「自分達で択び合って夫婦」になり、かつその結婚を継続しつつ子供を有している近代家族である。

恋愛結婚を基盤とする家族は、当時もちろん増えてきたとは言えるものの、まだまだ新しい、少なくともかなり都会的な概念であった。家と家の結びつきではなく、人と人との繋がりを基盤とした家族は、必然的に家の伝統性の維持よりも新しい「家」概念の構築に主眼がおかれる。

川崎の都市の理念にまず「家」があり、それもこういった新興家庭による「家」という概念があったのは、西村伊作の理念の影響が大きいと思われる。西村と佐藤の関係については、中沢弥「佐藤春夫のユートピア・ヴィジョン――「美しき町」のアルケオロジー」（『湘南国際女子短期大学紀要』一九九七年二月）において詳細に論じられているが、ここでは少し異なった観点からの指摘をなしておきたい。

『楽しき住家』（警醒社書店、一九一九年）は、西村の初の書籍でありかつ代表作である。この書の眼目は、従来の「住宅」を「交際や体裁のための見栄」によるものと否定し、家を建てる人間とその「家族」の「楽しさ」のための「住家」でなくてはならないと主張するものである。「スイート・ホーム」の「スイート」を「楽しい」と翻訳する感覚には、西村のクリスチャン（ピューリタン）的な生活観の影響が大きいと言われており、この出版元の「警醒社」もキリスト教関係の出版社である。

もちろん、この書は単なる理念的なものではなく、インフラ整備や庭、各部屋の機能的な部分などにも細かく言及する「指南書」という面も大きい。しかし、あくまでも居間を中心に考えられた理想の家の「楽しさ」は、しばしば「城郭」と呼ばれるように、外部からの物理的な境界によって「守られる」ことによって成り立っている。

こうしてさまざまな各異った形のしかし互に最も調和し合った家々、それは多分百軒よりは少くない家々が、言わば一つの城廓のような形をする。また、それらの家々のなか側の空地には、各々の家々のうち側の窓が一様にまた一目で見ることが出来る庭園を持とう……。

このように、「城郭」という比喩は、そのまま小説「美しき町」の中にも使われるが、そこには、「庭」を含めた「家々」が周囲から「見られる」ものであるという意識が付随していることには注目してよいだろう。

実は西村はこの時建築アカデミズムの中に居た人物ではない。だが、本書の翌年に佐野利器東京帝国大学教授を委員長とする住宅改善調査会は、有名な「住宅改善方針」を掲げており、その中に「接客本位から家族本位への転換」という項目があることが注目される。当然、この書の反響は大きく、日本住宅協会が一九二二（大正一一）年一〇月に開催した住宅改造博に関わる三回の住宅設計競技の審査員に西村は就任している。東京帝国大学の出身の建築家の面々にあって西村の存在は異色であったと言ってよい。

この西村の家族観と当時の建築観との関係について、田中修司は、「西村伊作『楽しき住家』『田園小住家』（『住宅建築文献集成　第1巻』柏書房、二〇〇九年）において、以下のように述べる。

家族本位の主張は明治三〇年代から散見され、またこの形式の海外住宅を紹介するものは雑誌『住宅』を中心に見られるが、この形式の主張の明快で充実したものは意外なことにそう多く見られるわけではない。これは家庭観ひいては人間観の転換を必要とするこの住宅形式への転換に、多くの知識人は躊躇していたということもあったのではないかと筆者は推測している。

結果論に過ぎないとも言えるが、時代は西村の思う方向に動いた。だが、西村や佐野らの建築上の主張が当時の「家庭観」や「人間観」と対峙していたものであったという田中の指摘を敷衍すれば、小説「美しき町」の建築観もこれに通じるものであり、建築によって描かれたその理想という、川崎の社会通念への挑戦は、すぐ後の読者たちにとっては「実現」されたものになったと言える。

> 実用的に最もよく造られているというそれらの家は、それが画になった時にも能く絵画的であった。その家に美観をそえるであろうようなさまざまの形の樹木を、私はその家の脇に、あるいは後ろの方に空想で描いて見た。私は多く落葉する樹を考え、時には常磐木を考えた。それから家の壁にまつわるさまざまな蔓草を想像した。私はそれを毎日つづけているうちに、私の目に触れる機会のある限りのすべての家に、地上に既に出来ている家々や、あるいは邸宅の塀のなかなどにその梢だけを見せているあらゆる樹木などが、悉く皆私の仕事の参考品になるためにそこにあるような気持がした。

もう一つ町の家々で特徴的なのは、庭や周囲の自然との調和である。この物語を「田園の憂鬱」と「都会の憂鬱」との関係で考える論は多いが、加藤秀俊は「日本の田園文化論の系譜」（『田園文化』一九九〇年一一月）において、以下の様な指摘をしている。

> 都会の雑踏から、すこし距離をおいてみるとき、そこにまったくの別世界があることにひとびとはあらためて気づいたのである。それから二〇年ちかくが経過した。こんどは佐藤春夫が『田園の憂鬱』『都会の憂鬱』という二部作を発表した。これはともに、著者の心象風景をえがいたものだったが、都市も農村も、ともに「憂鬱」という矛盾した気分が題名のなかにあらわれている。たしかに、田園はうつくしい。しかし、そこには都市で経験するのとはちがった「憂鬱」がまちうけている、というわけだ。心は都市と田園を往復し、その往復運動は永久につづく。

この感覚は、建築の世界でも共有されていた様で、そういった文脈の中で召喚されて来たのが「田園都市」という概念である。一九〇二（明治三五）年のE・ハワード『明日の田園都市』では、工業化による生活環境の汚染を懸念し産業と健康の両立をうったえ職住一体の自給自足経済域と整備された自然空間が提唱されている。一九〇七（明治四〇）年の内務省地方局有志編纂『田園都市』は、この提唱に対する行政の反応の一つであったと言える。一九一八（大正七）年に渋沢栄一らによって設立された田園都市株式会社が田園調布などの都市を生み出したのはその一環である。

西村伊作も、単行本『美しき町』が刊行された翌年になる一九二一（大正一〇）年に『田園小住家』において、「ガーデンシチー」という概念を提唱している。

家と家とが密接して居らず、一つの家庭が一つの独立した奥屋を有ち、十分の光線と空気とを受け入れ、周囲に樹木ある美しい庭園を有志、隣家と平和は交際をたもち、簡素な生活をすると云ふ村落の有する自然の恵みを十分に得られ、而も水道とか瓦斯、電気、または日用品の便利な供給などに於て都市に譲らぬ幸福を得られる、さう云う理想に依つて田園都市なるものが作らる可きものと思ひます。

川崎が構想していた自然と調和した都市像とは、恐らくこうした「田園都市」の理念に近かったと思われる。もちろん、作家論的に考えれば、こうした概念も西村経由で受容していたと考えるのが自然であるだろう。のちに西村が創設する文化学院の初代文学部長に佐藤春夫が就任している様に、両者の関係は密接であった。

ハワードは、『明日――真の改革に至る平和な道』の中で「田園都市」の理念を「田園」「都市」そして「田園都市」という三つの理念が重なるものとして、それぞれを詩にしているが、「田園」（Country）「都市」（Town）それぞれの利点・欠点を構造的に配置しているのが分かるだろう。

社会の欠如。自然の美しさ。
仕事の少なさ。手付かずの土地。
通行人は用心が必要。木々、牧草地、森。
長時間労働でも低賃金。新鮮な空気と家賃の安さ。
下水の欠如。豊富な水。
娯楽の欠如。明るい陽光。
公共精神の欠如。社会改革の必要。
住人の多い住居。孤立した村々。
自然からの隔離。社会的な機会。
群衆の中の孤独。歓楽の場所。

仕事場からの距離。高い賃金。
高い家賃と物価。雇用の機会。
超過労働。失業者の大群。
霧と旱魃。高い下水。
汚い空気。かすんだ空。よく照らされた夜の通り。
スラムと酒場。壮大な建築群。

そして、これを乗り越えるものとして、田園都市（Town-Country）が提唱されるのである。

自然の美。社会的な機会。
簡単に野原や公園にたどり着ける。
低い家賃、高い賃金。
低い税金、やることはたくさんある。
低い物価、重労働はない。
起業のための場所、資金の豊富さ。
澄んだ空気と水、よく整備された下水。
明るい家庭と公園、煙やスラムはない。
自由。共働。

むろん川崎の理想は、ここまでの合理性を探究したものではなかったろう。むしろ、経済システムから解放された、ある種のユートピア思想の影響下にある面も否めない。しかし、ハワード→西村→佐藤→川崎と引き継がれる「田園都市」概念のリレーは、決して机上の空論でもなければ単なる夢想でもなかったことは確かだ。そして、その理想とする「家」および「都市」へのまなざしは、同時代言説のそれと見事に符号しているし、「美しさ」は物語の枠の外の「現実」、その未来を確実に見据えていたと言える。

　多彩な枠が多様な形で重なり合うこの物語においては、川崎らの建築及びその理想は、別の時空において「実現」されることになった。

　こんなに惶しく終る前に、私は、次のことぐらいは言わなければなるまい。――T老人が彼の兼ねての願望が協って思いどおりの家を最後に一軒だけ立てたこと。その一軒の家とは、それはE氏の評判の画室、即ち我々があの晩夜更けまで、前述の話を聞いたあの落着いたアルコーブのある画室であること。それから一九一六年のA展覧会で有名になったE氏の「或る老人の肖像」というのは、建築技師T老人を描いたものであること。T老人はその孫娘とE氏とが二人で楽しく暮すようにと遺言して昨年死んだこと。今年の春、祖父の遺言をうれしく実行したE氏の細君は、来年になったなら（自分の嫁入った年のうちはいけないという迷信があるから）犬を――あの「美しい町」の規約に従って犬を飼うこと。

こうして、「美しき町」は、最初に登場した「指紋」の作者である「私」によってその枠を閉じられる。町の家々の窓枠の光の美しさの様に、「私」の語る「枠」の中でその物語は美しい光を放ち続けるであろう。

堀辰雄『美しい村』の建築――軽井沢の記憶と変容

笹尾佳代

ささお・かよ――神戸女学院大学文学部准教授。専門は日本近現代文学。主な著書・論文に『結ばれる一葉――メディアと作家イメージ』（双文社出版、二〇一二年）、「記憶の街――三浦哲郎「忍ぶ川」の戦後」（『徳島大学国語国文学』二〇一五年三月）などがある。

軽井沢の美しい自然を描き出した作品として評価されてきた堀辰雄『美しい村』には、印象的な建築物もまた描き込まれている。改稿時に細かく改変されるなど、繊細な配慮が感じられるそれらの表象は、軽井沢の変容を語るとともに、『美しい村』が、実は美しかった村への追想の物語であることを浮き彫りにする。

はじめに

(1) 軽井沢と堀辰雄『美しい村』

西洋空間としての軽井沢は、ある偶然から誕生した。江戸時代に街道沿いの宿場町として栄えた軽井沢は、明治に入り、鉄道の整備や国道の開通による人の流れの変化によって寒村へと変わっていった。そこに訪れたのが、当時英国領であったカナダの宣教師、アレキサンダー・クロフト・ショーと、彼の友人であり帝国大学文科大学（後の東京帝国大学）の英語教師、ジェームズ・メイン・ディクソンであった。一八八六（明治一九）年の春、布教の途中で立ち寄った二人は、そのさわやかな気候に故国に通じるものを見い出したという。その二年後の一八八八（明治二一）年の初夏にショーが別荘を建てて以来、軽井沢は国際的避暑地として発展していく。

近代日本における西洋空間の中でも軽井沢が特別なのは、西洋的なものと再解釈された〈自然〉の下に引き寄せられて発展したことであろう。そのため、この地を描き出した多数の文学作品もまた、描写の多くを自然へと向けてきたといってよい。堀辰雄『美しい村』もまた、その特徴を強く持った作品として評価されてきたものの一つである。

建築表象を読み解く本論において、物語の大半が自然描写に割れている『美しい村』を対象にすることは、不思議に思えるかもしれない。しかし後述するように、本作品には特別な意味を発する建築物が描き出されており、その中のいくつかは改稿過程において改変されるなど、創作時の繊細な配慮が感じられるものとなっている。そして、それらを手がかりに読み解く時、描き出された〈自然〉もまた、その意味を変え始める。

『美しい村』は、『大阪朝日新聞』（一九三三年六月二五日）に発表された「山からの手紙」を「序曲」と改題して冒頭に置き、「美しい村　或は小遁走曲《フウグ》」（『改造』一九三三年一〇月）、「夏」（『文芸春秋』一九三三年一〇月）「暗い道」（『週刊朝日』一九三四年三月一八日）をまとめて、一九三四年四月に野田書房から刊行された。単行本化の際に少なくない改稿がなされるとともに、巻末には「ノオト」が収録された。「ノオト」とは、出版社の編集者や友人に宛てて書いた手紙の引用という体裁を持った、『美しい村』創作をめぐる記録である。

（2）「音楽」のような表現を目指すこと

「ノオト」の最初に置かれた「出版者への手紙」は、「美しい村」の原稿に添えて送られたものという内容を持つが、ここには、「軽井沢で、まるで憑かれたやうになつて」『美しい村』の諸編を書いたこと、「自分がどういふ具合にして憑かれたやうな状態に這入つて行き、それから再び平静な状態に戻つて来たか」を「当時の友人に宛てた手紙や日記によつて、明瞭にして置かうと思ひつ」いたこと、さらには「巻末にでもお附け下されば、大へん幸せに存じます」という思い等が綴られている。

中島国彦「『美しい村』における隠蔽の構造――一九三三年の堀辰雄を取り巻く芸術環境」（『比較文学年誌』二〇一五年三月）は、この「ノオト」について、「はっきりと活字化されるのを前提にしたような落ち着き具合」で書かれていると評価し、「四篇と「ノオト」の全体が、作品『美しい村』とも言える」と指摘している。物語とともに、「ノオト」が読まれることが望まれている点は重要である。ここには、読みの補助線を作り出そうという意図を窺うことができる。とりわけ、作家仲間であった葛巻義敏に宛てたとされる手紙の中の、創作への意気込みは示唆的である。

> 音楽はそのモチイフになつた対象なり、感情なりを、すこしも明示しないで、表現できるんだからね。だから今度の作品をそんな音楽に近いものにして、僕のそんな隠

し立を間接にでも表現が出来たら、とてもいいと思ふんだ。

堀は、「モチイフになつた対象なり、感情なり」を「明示しない」で「間接」に表現する、「音楽」のような創作を目指したという。この言葉に従うならば、加えられた改稿は、「隠し立」しながらの「表現」に腐心した痕跡として捉えることができるだろう。改稿の多くは削除なのだが、わずかながら加筆も認められる。そしてそのわずかの中に、建築物——というには規模が小さいが、ここでは建造物も含む広い意味で捉えたい——が描き込まれているのである。

『美しい村』における建築物に注意を向ける時、そもそも、物語が展開し始める「美しい村　或は小遁走曲《フウグ》」（以下「美しい村」）の章が、ある「家」を目指して「私」が山道を歩く描写から始まっていることに気づかされる。この章には、軽井沢で出会った「或る女友達」との悲しい離別を小説に書くつもりで、人影の少ない六月のこの地を数年ぶりに訪れた「私」が、そのテーマに興味を失い、シーズン前の閑散とした村をさまよう様子が描き出されていく。自然を体感するとともに、「私」は建築物を目にするのだが、それらは何を語っているのだろうか。建築表象の中にたたみ込まれた意味を読み解くことを通して、『美しい村』の奏でる「音楽」に耳を澄ませてみたい。

一、「見棄てられた家」の存在

(1)二人の老女の不在

先にも述べたように、「美しい村」の冒頭部は、ある家を目指して「私」が山道を歩く様子から始まる。まず、この表象の意味を捉えてみたい。

或る小高い丘の頂きにあるお天狗様のところまで登つて見ようと思つて、私は、去年の落葉ですつかり地肌の見えないほど埋まつてゐるやや急な山径をガサガサと音させながら上つて行つた（中略）よつぽどそのまま引つ返さうかと思つた時分になつて、雑木林の中からその見棄てられた家が不意に私の目の前に立ち現れたのであつた。

「落葉」の量が予感させているが、たどり着いた「私」が発見したのは、「見棄てられた家」であった。「窓がすつかり釘づけになつて」いて、庭も「すつかり荒れ果て」たその家に入り込み、ベランダに立った「私」は、ここに住んでいた二人の人物に思いを馳せる。「夏毎にこの高原に来てゐた数年前」まで、「お天狗様」まで登りに来ては、前を通り過ぎていたと回想されるこの家には、「毎夏のやうにいつも同じ二人の老嬢が住まつてゐ」て、「私」はその様子を「何となく気づかはしげに見やつて」は、その二人暮らしに「ひそかに心をそそられた」という。さらに、この家の「名札」には、以前「MISSのついた苗字が二つ」書いてあり、その一方は「MISS SEYMOREといふ名前」であったことが思い出されている。

吉村祐美「堀辰雄と軽井沢」（『軽井沢という聖地』NTT出版、二〇一二年）によると、「お天狗様」とは「地元の人が風琴岩ともよぶオルガンロックのこと」であり、「私」が登っている「お天狗様」のある「小高い丘」とは、愛宕山を指している。愛宕山山頂近くは、外国人によって発展しはじめた当初からの別荘地であり、そのスローガンは、自然に居を借り、森の中で家族揃って静かな団欒を楽しむこと、信仰を大切にし健康で禁欲的な生活を送ること、「娯楽を人に求めずして自然に求めよ」であったという。

こうした記録を踏まえる時、この地で毎夏を過ごす、未婚の「二人の老嬢」は、彼女たちが宣教師であることを想像させる。宮原安春『軽井沢物語』（講談社、一九九一年）は、「軽井沢の外国人避暑客を男女別にみると、三対二ぐらいの割合で女性の方が多い」ことを示し、その理由を「明治時代の外国人宣教師が単身で赴任したこと」に求めている。明治時代に単身で赴任した男性宣教師は本国に戻って妻を連れて再来日することもあったが、女性宣教師の結婚は日本滞在の同国人との間に限られており、そのため未婚であることが多かったという。

その彼女たちの不在は、軽井沢別荘地が成立して、ある一定の時間が流れたことを意味していると、まずは捉えてよいだろう。不在の理由の一つとして想像されるのは老いだが、それは一九三〇年代に入った頃から、明治時代に来日して軽井沢を別荘とした宣教師たちが次々と亡くなっていたことと重なり合う。桐山秀樹「軽井沢・避暑地一二五年の伝統と文化」（『軽井沢という聖地』NTT出版、二〇一二年）は、この地に外国人墓地が建設されたのもまた、この頃であったことを伝えている。つまり、「美しい村」冒頭に描き出された「見棄てられた家」が語るのは、軽井沢に起きている変化である。

（２）変化の物語としての『美しい村』

『美しい村』は、様々なレベルにおいて、その変化が捉えられてきた作品である。改稿という物語そのものの変化に関する近年の論考には、宮坂康一「堀辰雄『美しい村』における「変化」――作品及びプルースト受容の「変化」」（『国文学研究』二〇一五年一〇月）があるが、ここでは、改稿の過程でおきていた「私」の描写の変化が、堀のプルースト受容の変化を示していると意味づけられている。

そして、これまで何よりも照準が合わされてきたのは、描き出された「私」の心境の「変化」を読み解くことであった。例えば前田愛「堀辰雄『美しい村』 軽井沢」（『幻景の街――文学の都市を歩く』小学館、一九八六年）は、「私」が目にする軽井沢の変化を、「「私」と風景とをへだてている裂目」と指摘し、それらへの反応を、「もっとも深いところでは、最近の悲しい別離を余儀なくされた女友達をめぐる回想を心の奥に封じ込めようとする無意識のはたらきにかかわっている」と指摘した。また、渡部麻実『美しい村』のメチエ――隠し置かれた《装置》」（『国文目白』一九九八年二月）は、「〈変化〉の主題は、自然の〈変化〉のみならず「私」の変心をも取り込んで発展」し、「自然における〈変化〉と「私」の心情の〈変化〉とがリンクした時に、初めて真意が露呈される」と位置づけた。

すなわち、村の変化の描写を、それを眺める「私」の心情を映し出したものと読み解くものであるが、「私」の心境に重点があるこれらの論考では、村の変化そのものの描写については、充分に検討されてきたとは言いがたい。しかし、一九三〇年代は軽井沢そのものが変容の渦中にあったこと、さらにはさまざまなレベルで描き出された村の変化が改稿時にも繊細に意識されていたことに留意するとき、村の変化の描写そのものが語り出す意味を見逃すことはできない。そしてそれは、建築表象に着目する本論の視座と結びつくものである。

二、「異様な小屋」の過去

（1）軽井沢産業とその衰退

「美しい村」の章において、印象的なものとして表された建築物は、すでに役割を終えている。それは、冒頭の「見棄てられた家」ばかりではなく、子どもたちと「峠」を歩くことになった「私」が見いだした、「ほとんど垂直なほど急な勾配の藁屋根をもつた、窓もなんにもないやうな異様な小屋」である。この「異様な小屋」が「氷倉」であること、その向こう側にすっかり隠れた「恐らく小さな掘立て小屋かなんか」に、〈狂気〉に陥った女とその夫、娘が生活していることを「私」は子どもたちから聞く。

「峠」を歩く場面は、「女友達」と過ごした過去の記憶とは無関係であり、さらに「私」は、「氷倉」を「異様な小屋」としか眺められていない。この建物の描写とエピソードの隠された意味を捉えるためには、軽井沢の変化に目をむけなければならない。

「氷倉」は、軽井沢の産業を象徴するものであったはずである。外国人避暑地としての成長とともに、軽井沢ではその気候を利用して、天然氷の生産が盛んに行われた。夏場に別荘の冷蔵庫に使うといった用途から、氷は別荘地としての発展と比例して、需要が伸びたものであったのだ。ではなぜ、ここではすでに「異様な小屋」としか認識されていないのか。その理由は、実際に製氷業を営み、また詳細な軽井沢案内記を刊行していた泉寅夫の『氷』（軽井沢町、一九二九年）を見ると明らかとなる。

この図書の刊行そのものが「機械氷に圧迫されんとする天然氷」の「復活興隆」を企図したものであるように、軽井沢の天然氷の製氷業者は一九二〇年代末に様相を大きく変えていた。その第一の理由は、機械による製氷技術の発展である。中でも軽井沢の天然製氷業に危機が訪れていたことは、松本市に「人造氷製造業場」が建設されて氷の値段が下がったこと、しかし天然氷業者は製造量を上げることが難しいため価格競争に対応することが困難なことなどの記述によって明らかにされている。加えて注目したいのは、「氷業に関する記事」としてここに収録されている「矢ヶ崎川利用を禁止されて大恐慌　軽井沢の製氷会社代表者出県陳情す」である。その内容は、矢ヶ崎川の水源利用が急に禁止され、採氷事業に関わっていた住民の生活が立ちゆかなくなったことを伝えている。

「矢ヶ崎川より二三十年来引水して製氷一ヶ年約一万余トンを産出」していた製氷会社に対して、町長が「多年無断で右川水を引水して居る」として「川水の使用願ひを請求した」ために会社側が願書を提出したところ、「矢ヶ崎川の川水を堰止めて採氷するは矢ヶ崎部落に浸水する恐れがあると云ふ理由の下に、願書を握りつぶして以後絶対に矢ヶ崎川の川水使用は罷りならぬと決議した」という事情である。その後、「この採氷事業に依つて生活して居る部落住民は二十年来使用し来つた矢ヶ崎川水に対し、今更事業を差止めるのは部落民五十余名の生活の糧を断つものであると二日夜五十余名連著調印の上三日代表四名は県へ陳情した」と続いている。

(2) 峠の一家の悲劇

このような変化を背景に捉える時、「氷倉」の向こうの「掘立て小屋かなんか」に住んでいる一家の姿は、天然氷業の衰退と重なり合う。例えば、一家の母の〈狂気〉は、「ときどき川んなかで怒鳴つてゐる」と描かれているが、「峠」が軽井沢村の東の外れの碓井峠であり、峠を下ってきた「私」が子どもたちと分かれるのが二手橋であることに留意するとき、この川は矢ヶ崎川と考えてよい。つまり、母の〈狂気〉は、矢ヶ崎川の利用禁止に対する怒りであると考えられるのだ。

以上捉えてきたように、「美しい村」に描かれた二つの建築物は、軽井沢が外国人別荘地として発展する中で作られたものであった。しかし、それらはもはや、「見棄てられた家」や、「異様な小屋」としか認識されないものになり果てている。だが、軽井沢を逍遙する「私」が、「何物かが附加えられ、何物かが欠けている」と語るように、失われゆくばかりではなく、村には新たに「附加えられ」たものもある。そして、それらの描写は、改稿の過程において操作されている。そこで次に、改稿の内実に目を向けるとともに、「私」が不在の間に新たに誕生していた建築物の語り出す意味を考えてみたい。

三、「白い柵」と「赤い屋根」

(1)「女友達」の別荘に出来ていた「白い柵」

『美しい村』の「序曲」は、初出時は「山からの手紙」というタイトルであったように、「高原の村」で書かれた「あなた」への、出すかどうかわからない手紙の内容である。まだ閉ざされたままの別荘が多い静かな六月の避暑地の自然を楽しんでいること、「あなた」の別荘の前を毎日通り、庭に入って少し歩きまわったりしていること、「もう見知らない人同志のやうに顔を合せたりするのは、大へんつらいから」、いらっしゃる前に立ち去ろうと思っていることなどが綴られている。短い章であるが、細かな改稿がなされており、その一つが、「あなた」の別荘の庭で目にしたものと、それに対する「僕」の思いである。

初出において、「僕」が庭で見たものは「名前を知らない、黄色い、十字花弁のきれいな花」であった。その上で、「あなた」の別荘の庭に入ると「胸がしめつけられるやうな気がする」と続くのだが、その理由として「去年まではあんなにお親しくお話し出来たのにと思ふにつけ、悲しくてならない」と、関係性の変化に対する嘆きが綴られている。それに対して、初版では、次のように書き換えられている。

> 僕はほとんど毎日のやうにあなたの別荘の前を通ります。通りすがりにちよつとお庭へはひつてあちらこちらを歩きまはることもあります。昔はあんなに草深かつたのに、すつかり見ちがへる位、綺麗な芝生になつてしまひましたね。それに白い柵などをおつくりになつたりして。……何んだかあなたの別荘のお庭へはひつても、まるで他の別荘の庭へはひつてゐるやうな気がします。人に見つけられはしないかと、心臓がどきどきして来てなりません。どうしてこんな風にお変へになつてしまつたのか、

本当におうらめしく思ひます。

名も知らない花を眺めていた初出に対して、ここで「僕」が目を向けたものは、「綺麗な芝生になつて」いることと、「白い柵」が作られたことであった。また、初出では、「親しくお話出来た」去年のことを思って「悲しくてならない」思いになっているのに対して、改稿後は、「どうしてこんな風にお変へになつてしまつたのか」と、庭の様子が変わってしまったことに対するうらめしさへと、「僕」の感情はニュアンスを変えている。つまり、「あなた」と「僕」の関係の変化を嘆くのではなく、庭の変化そのものに対する悲しみを語るものへとずらされているのだ。

庭に作られた「白い柵」は、次章「美しい村」には初出時から描かれており、水車の道の水車が無くなっているよりも「もつと悲しい気持ちになつて」見出した変化として語られていた。「私」は、「すべてが変わつてゐた」ことを示す象徴的なものとして「白い柵」を眺め、「女友達」の別荘の手入れを任されているらしい「宿の爺や」に、それがいつ作られたのかを尋ね、「一昨年」であったことを確認するなど、くり返し意識している。こうした「美しい村」の描写と響き合う形に、「序曲」は書き換えらえているといってよいが、「白い柵」の誕生はなぜそれほどまでに重視されているのだろうか。

(2)「赤い屋根」の別荘の存在

そこで同質の改稿として注目したいのは、「赤い屋根」の別荘の存在である。この特徴的な別荘は、例えば、「見棄てられた家」のヴェランダから「赤い屋根だの草屋根だのを散らばらせ」た高原を眺めたといった描写のように、初出時から描かれている。しかし、「見棄てられた家」のすぐ下の別荘が初出時には「草屋根」であったのに対して、初版では「赤い屋根」と書き換えられるなど、その位置が微妙に変化している。この「赤い屋根」の別荘をめぐっては、「二羽の小鳥」が「屋根の頂きからころころと転がつて来ては、庇のところから急に小石のやうに墜落して行く」という描写や、「美しい村」の末尾において「窓がすつかり開け放たれて、橙色のカアテンの揺らいでゐる」といったように、動きのある生きた空間であることが強調されている。

「白い柵」と「赤い屋根」という、自然の中に浮かび上がる新しい建築物の存在は何を意味しているのだろうか。ここで目を転じてみたいのは、軽井沢を描き出した菊池寛の物語である。

四、軽井沢モダンの姿——菊池寛「陸の人魚」

(1)赤い屋根の「あめりか屋」別荘

菊池寛は、一九二四(大正一三)年の「陸の人魚」(『東京日日新聞』『大阪毎日新聞』三月二六日～七月一四日、全一〇一回)をはじめ、一九二九(昭和四)年の「不壊の白珠」(『東京朝日新聞』『大阪朝日新聞』四月二二日～九月六日、全一三八回)、一九三四年の「貞操問答」(『東京日日新聞』『大阪毎日新聞』七月二二日～一九三五年二月四日、全一九六回)などにおいて、軽井沢を描きだしている。これらの作品が、広範な読者を獲得する新聞小説であることや、連載直後にそれぞれ映画化されていたことからは、軽井沢の当時の話題性の高さを窺うことができる。

菊池にとっての最初の軽井沢小説である「陸の人魚」は、いとこ同士で、ともに二〇歳の藤島麗子と敏子を中心とした物語である。「陸の人魚」の物語分析と、この頃の軽井沢モダンが内包していた諸問題については、拙稿「「軽井沢モダンの諸相——菊池寛「陸の人魚」・阿部知二「山のホテルで」を中心に」(『奈良教育大学　国文』二〇一五年三月)においてすでに論じているため、ここでは軽井沢の描写そのものの持つ意味に注目したい。

軽井沢の様子は、敏子の父の持つ別荘に向かう、麗子とその妹・久美子の視点から、旅行案内記であるかのように詳細に描き出されていくが、その中には、「赤い屋根」を持った別荘と、垣根の話題が印象的なものとして記されている。まずは次の傍線部に着目してみたい。

真つすぐな道を十町ばかりいつてから、車は左に折れた。この辺からは、落葉松の林が、道の両側に生えつゞいて、林間には赤い屋根や白い壁の別荘が、いくつも見えた。別荘は、平原にばかりあるのではなく、左の山にも右の山にも行く手の山にも、可なり高い山腹までも建ちつゞいてゐる。

車夫は、壮麗な建物を指しては何某公爵の別荘だとか、何某子爵の別荘だとか、うるさいほどに教へて呉れた。道の両側に在る別荘は、どの家も垣根をしないで、ただ低い土堤で天然の芝生を庭に取り入れてゐる。が、さうした庭に生えてゐる白樺の若樹などがいかにも高原らしい感じを与へた。車は爪先上りに、山麓近く進んで、蒼々と枝を重ねてゐる楓の林の中へは入つたかと思ふと、すぐ大きい洋館の玄関の前に止まつてゐた。黒い独逸塗りの壁に、白亜塗りの窓枠がけざやかに見える二階建の立派な建物であつた。

軽井沢駅から別荘までの道中で、二人は林間にある「赤い屋根や白い壁の別荘」を目にし、どの別荘にも「垣根」がないことを確認している。この、赤い屋根と白い壁が特徴的な別荘とは、軽井沢に出張所を開設していた「あめりか屋」によって建築されたものと考えてよい。

「あめりか屋」については、内田青蔵『あめりか屋商品住宅――「洋風住宅」開拓史』（星雲社、一九八七年）に詳しい。「あめりか屋」は、シアトルで建築を学んだ橋口信助が、一九〇九（明治四二）年に東京・芝で開業した国内最初の洋風住宅会社である。一九一六（大正五）年に軽井沢に出張所を開設して以来、豪華別荘を次々に手がけ、一方で「軽便組立」別荘も販売するなど（図1）、広く当地の洋風別荘の建築に当たっていた。「あめりか屋」の出張所もまた、急勾配の赤い切り妻屋根、外壁の下半分がサイディング張りで、上半分が粗面漆喰壁仕上げという特徴的なバンガロー様式であ

図1　あめりか屋の軽便組立別荘の広告（『婦人之友』1916年5月）

図2　あめりか屋軽井沢出張所（『住宅』1916年10月）

る（図2）。

『美しい村』において、生きた空間として描き出された別荘が「赤い屋根」と描き変えられたのは、こうした「あめりか屋」建築が息づく、軽井沢の姿が意識されていると考えてよい。この頃の別荘開拓を象徴するものであり、商業戦略に満ちたそれは、宣教師達が築いた自然に居を借りるという初期軽井沢別荘地の理念を変質させたものであった。

（2）塀や垣根というタブー――別荘地理念の変化

また、ここで、「どの家も垣根をしない」と特筆されているることにも理由がある。軽井沢別荘地には、「塀や垣根を設けぬこと」といった取り決めが早くからなされており、それは、「知っておきたい〝軽井沢ルール〟」（『軽井沢Vignette』二〇一〇年三月）など、近年の「軽井沢ルール」にも記されている。犬丸一郎『軽井沢伝説　避暑地・軽井沢に集った名士たちとの半世紀』（講談社、二〇一一年）もまた、昭和の頃まで「塀」というものがなかったという住人の回想を記しながら、その設置を近年の軽井沢の変容の象徴と捉えている。景観を損なわないための配慮という以上に、土地所有の象徴である「塀」や「垣根」は、やはり、自然に居を借りるという理念との齟齬ゆえ避けられてきたと考えられる。しかし、当時の軽井沢は、次のように語られるほどに変質していた。一九二六年八月に刊行された泉寅夫『軽井沢と附近の名所』（中信毎日新聞社）の再版版（一九二七年）に収録された、中信毎日新聞社の主筆、酒井静夫による「序文」の言葉である。

此の横暴なるブルヂヨアヂーは徒らに自己内省の心をもかなぐり棄て自らの金力を唯一の頼りとして此の力を以つて天上天下を征服せざればやまずとして居るのである。見よ彼等の力は今や都門を出でて純乎として純なる田舎のパラダイスにまでも襲つて来たのである。（中略）只だ金なるがために之を独占して我が物顔に天下の軽井沢をのさばりあるくブルヂヨア連を見る時に我等は断々乎としてかかる悪弊の匡正に邁進しなければならぬのだ。

金力による土地の独占は、小松史生子「軽井沢と避暑」（『コレクション・モダン都市文化　第五二巻　軽井沢と避暑』ゆまに書房、二〇〇九年）の指摘するように、「明治期までの外国人宣教師中心だった慎ましやかな開拓から、巨大資本のもとで行われる大規模な企業開発に変わっていた」ことが背後にあった。「陸の人魚」においても、敏子の父の別荘があるのは「ゴルフリンクの下」とされるが、この「ゴルフリンク」が造られた「野沢原」は、貿易商社を営んでいた野沢組の野沢源次郎によって拓かれた別荘地であった。野沢は、一九一四（大正三）年に離山から三度山にかけての土地約一六〇万坪を購入し、分譲地としての開発を進めていた。この野沢組とタイアップする形で軽井沢での事業をスタートさせたのが、橋口の経営する「あめりか屋」でもあった。

ここに、『美しい村』の「白い柵」嫌悪の意味は明らかだろう。「赤い屋根」と「白い柵」はともに、この頃の資本の力に任せた土地開発の象徴とも言うべきものであり、とりわけ「白い柵」は土地所有欲が顕著に現れたものと捉えられる。

以上のような軽井沢の変化を背後に見る時、『美しい村』の老嬢のいた「別荘」が「見棄てられた」と表現され、改稿時にその隣の別荘が「赤い屋根」を持つものに描き変えられていることのさらなる意味が浮上してくる。宮原安春（前掲）が伝えているのは、日本人別荘の増加によって、外国人宣教師達が築いた別荘地のあり方も変化を余儀なくされ、多くの外国人滞在者たちが愛宕山を離れて野尻湖へ移動していたことである。まさにこの地を見棄てた初期の別荘所有者たちがいたのだ。『美しい村』に密やかに描きだされた新しい建築物は、資本の構造にのみ込まれて変容していく軽井沢の姿を写している。ここに、『美しい村』において隠蔽されながらも、描き出されているものの内実が浮上してきそうである。それを確認するために、さらに「陸の人魚」のモダン軽井沢の姿を手がかりにしてみよう。

五、まっすぐの道と曲線の道

（1）道の語る変化

大企業による開拓の跡は、先の「陸の人魚」の引用部分に、さらに認めることができる。それは道である。「陸の人魚」において、駅から二人を乗せた人力車は「真つすぐな道を十町ばかり」走る。野沢組によって拓かれた野沢原は、別荘地の開発とともに六本辻という道路の整備を行った。放射状に広がる六本の道であるが、車夫が進んでいたのはこの道の中の一本であることは容易に想像される。

前田愛（前掲）は『美しい村』の「私」の歩く軽井沢内の道は、愛宕山へ向かう道、碓井峠への道、サナトリウムの道、水車の道という、四本にほぼまとまっていることを指摘している。さらに池内輝雄「軽井沢と『美しい村』考」（『堀辰雄とモダニズム』国文学解釈と鑑賞別冊、二〇〇四年二月）は、「私」の歩く道が、「迷路のように錯雑」としており、それらは「山地の起伏、曲折に対応させてつくられた」ものであるという。つまり、自然の在り方を重視した別荘開拓初期の道であるのだが、ここからは描き出されていないものの存在の大きさに思い至る。それを確認する前に、「道」に対する物語の配慮をさらに捉えておきたい。

「夏」の章の最後には、四本の中でも、サナトリウムの道付近に起きていた変化が描き出されている。この道に関する描写も改稿によってニュアンスを変えていることに注目したいのだが、まず、改稿後の本文をみておきたい。

「夏」の章において新しく出会った「向日葵のやう」な少女とともに「アカシヤの木立に縁どられ」た「川沿ひの道」を歩きながら、「私」は「あちこちに凸凹ができ、汚らしくなり、何んだかいやな臭ひさへしてゐ」ることに気づく。その後「私」は、その変化の理由を目の当たりにする。

背後のサナトリウムの方からその土手をうんうん言ひながら重たさうに荷車を引いてくる者があるので、私は道をあけようとして立ち上つた。見ると、それは一台の塵芥車だつた。（中略）……私はこんな塵芥車のやうなものにも、いかにもこの外国人の多い村らしい独特な美しさのあるのを面白がつて、それをちよつと見送つた（中略）それから小一時間ばかりの間に、私はこの土手を通りすぎる同じやうな塵芥車を、ほとんど十台ぐらゐ数へることが出来た。――何処かこの先きの方にでも、きつとこの村の芥棄て場があるんだなと、それにはじめて気がつくや否や、私は漸つとのことで、このサナトリウムの土手がこんなに凸凹になり、汚らしくなつてゐる原因にも気がつきだした。さうしてそれとほとんど一緒に、もうこんなにこの村には沢山の外国人がはひり込んでゐるのかなあと思ひながら、私はすこし呆気にとられたやうに、いましがた私の背後を通り過ぎて行つたばかりの、その最後の塵芥車をいつまでも見送つてゐた。……

この部分の描写にもまた、初出からの細かな書き換えがある。塵芥車をみた時の「外国人の多い村らしい」という感慨は、初出では「この季節の村らしい」というものであり、さらに後半部は次のように続いていた。

季節にならない前はいかにも鄙びた美しさに充ち溢れてゐたこの村全体が、季節がくると共に、次第次第に人間化されてゆく有様を、それが又私の心のうちの有様さながらであることを、かうして私の前を何台となく行き過ぎつつあるこれらの塵芥車が、恰も具象してゐるかのやうに、私には思へて来てならないのだつた。

「次第次第に人間化されてゆく」という描写が、「沢山の外国人がはひり込んでゐるのかなあ」という想像へと書き換えられている。改稿に際して、避暑客に外国人滞在者のイメージが付与され、この地の国際性を表すものへとニュアンスを変えているといってよい。

(2) 日本人別荘地としての南軽井沢の大開拓

しかし、塵芥車がやってきた方向を考える時、それは反語的であることが明らかとなる。塵芥車がやってきたのは、アカシアの木のある道の土手下の方からであった。つまりこれらの「塵芥」は、軽井沢銀座のある土手の北東側でも、野沢原のある西側でもなく、南側から来たものである。つまり、その起点は、この頃最も大きくその姿を変えていた南軽井沢である。そして、大規模な別荘用地となった南軽井沢の開拓を何よりも象徴していたのもまた道であった。

宮原安春（前掲書）の記述をもとに南軽井沢の展開を確認しておこう。一九二〇（大正九）年、南軽井沢に広大な土地を購入した箱根土地株式会社の堤康次郎は、その整備を行う中で、駅から用地までの間に幅二十間（約三十六メートル）にもわたる道路を通した（**図3**）。人力車が主だった当時の道路はせいぜい二間ほどであったことを思うと、そのスケールの違いが分かる。その後、一九二八（昭和三）年にはこの道路を滑走路にし東京―軽井沢間は航空路で結ばれた。

さらに、一九三〇（昭和五）年には、「軽井沢ゴルフ倶楽部」会員が成沢一帯の土地を購入し、二年後の一九三二（昭和七）年には、新ゴルフ場が建設された。その間に大胆な土地開発と別荘分譲が進んだが、ゴルフ会員と分譲地購入者は、皇族、華族、政財界人に限られており、「超エリート・ソサエティー」として急速に脚光を浴びていく。だが、『美しい村』が刊行された一九三二年の時点で、この地の購入者の中に

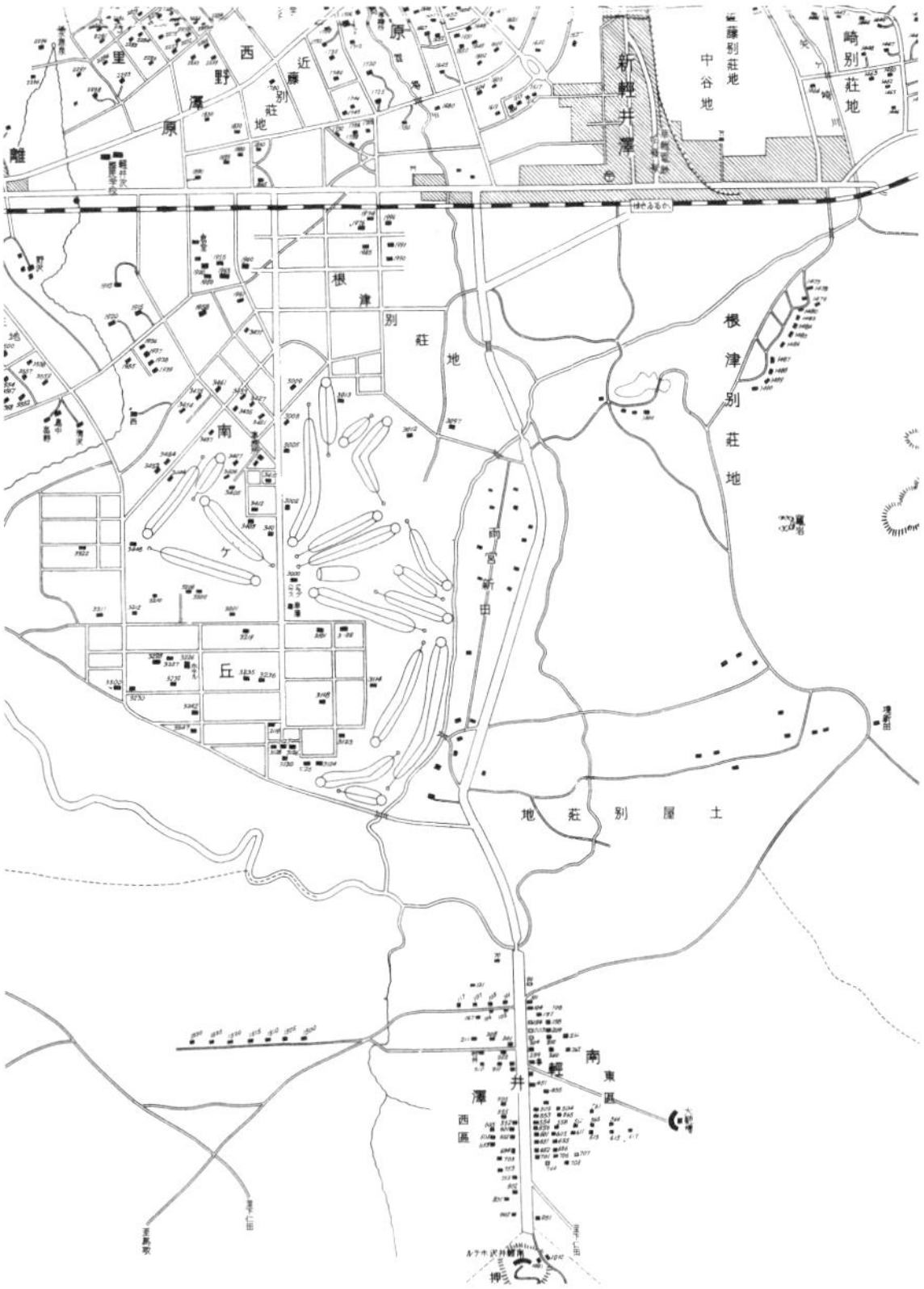

図3　南軽井沢地図　1941年（「保健之地大軽井沢交通図」一部『軽井沢避暑地100年』国書刊行会、1987年付録）

外国人は二名しかおらず、その話題性は、日本人主導としての初めての娯楽・別荘地であることに集まっていた。すなわち、この南軽井沢からやってきた塵芥車は、初出の表現通りに「美しさに充ち溢れてゐたこの村全体」が、「人間化」されてしまった結果もたらされた惨状なのである。しかし堀は、改稿時にはそのことを隠し、国際的避暑地としてのイメージを保とうとしている。

以上のように、役割を終えた建築物、改稿過程で密かに加筆されたものたち、書き換えられた表現を捉える時、『美しい村』に描かれていないものの存在が、むしろ無視できないものとして浮上してくる。それらは、まさに「間接」的に表現された「音楽」のようなものに思える。

六、造られた〈自然〉

(1)軽井沢の植林

先の「陸の人魚」に描かれた軽井沢空間の描写に、さらに着目してみたい。二人をのせた車は、「落葉松の林」をくぐり抜け、「楓の林の中」に入ってすぐに、藤島別荘に着いた。開拓の跡がはっきりと感じられる「真っすぐ」な道の両脇にあるこれらの植物は、軽井沢に自生のものではない。宍戸実「国際避暑地の誕生」(『軽井沢別荘史　避暑地百年の歩み』住まいの図書館出版局、一九八七年)や、宮原安春(前掲書)が伝えるように、軽井沢の発展は植林とともにあり、落葉松や楓、樅などは、野沢組によって輸入され、植林されたものであった。つまり、すみずみまで配慮された〈自然〉の建築にも、作品の眼差しは向けられているのである。

こうした点に留意するとき、『美しい村』に描きだされた〈自然〉もまた、その見え方を変えはじめる。それを象徴的に示しているのが、「花屋」の描写である。花屋の存在は、「何処もかしこも花だらけであつた」シーズン前の軽井沢では「人々から忘れられてゐた」くらいであったのに、「野生の花がすつかり散つて」しまった後に、「人工的に育て上げられた」「珍らしい花」を咲かせるようになると人々の注目を集める。そして次のように描写されている。

> 二軒の花屋のある横町には、道ばたに数本の小さな樅と楓とが植ゑられてあつたが、その一番手前の小さな楓の木に、ついこの間のこと、「売物モミ二本、カエデ三本」といふ真新しい木札がぶらさげられた。そしていまや、その横町の両側の花畑には、向日葵だの、ダリヤだの、その他さまざまの珍らしい花が真つさかりであつた。
>
> ……

道ばたに植えられていた「樅と楓」とが、ある日「売物」

になったことは、〈自然〉そのものが商品とされている様を伝えている。これらが、野沢源次郎が輸入し、植林した樹木であったことに留意する時、軽井沢の〈自然〉はその実、人為的なものであることを、この花屋の描写は語っているだろう。また、花屋が栽培していた植物は、初出時は「立葵」とされており、「向日葵」ではなかった。しかし、改稿時に「向日葵」へと書き換えられている。軽井沢には自生しない、「向日葵」や「ダリア」などが咲き誇っている様が描写されたのもまた、風景の人為性を表す方向づけであると考えてよい。

　前章「美しい村」の「私」は、「女友達」の庭が「綺麗な芝生」に変化したことを悲しみ、さらにその庭に、滞在宿の「爺や」が「羊歯」を植え付けている様を「胸をしめつけられ」ながら眺めていた。「私」が胸を痛めているのは、〈自然〉への加工に対してといってよい。そして「夏」の章では、〈自然〉と思われたものの人為的側面が照らしだされているのだ。こうした変化を捉える時、「美しい村」の章末尾の描写は象徴的である。

(2) 美しい村の終わり――「思惟《イデー》」の喪失

　「私」は、羊歯の植えつけを見届けることなく、「巨人の椅子」を見るために再び「見棄てられた家」を訪れる。「長い不在を具象するやうな」「変化」を目にした「私」にとって、「巨人の椅子」の眺めは「それだけがあらゆる風化作用から逃れて昔からそつくりそのままに残つてゐる」という思いになるものであった。変わらないものを確認したいという思いがここに認められるが、加えて確認しておきたいのは、「私」は「巨人の椅子」に、西洋的感覚をみていたことである。

　「見棄てられた家」に滞在していた「よく覚えてゐる方の神々しいやうな白髪の老婦人」に対しては、「一種の言語をもつてゐさうな気のする」というように、「私」は「巨人の椅子」に、西洋的な感覚との応答を感じている。そもそも「かまど岩」と呼ばれていたこの岩が、「巨人の椅子《ジャイアント・チェア》」と呼ばれたのは、軽井沢が西洋空間として形作られて以降のことである。岩を「巨人の椅子」と眺める「私」もまた、西洋的感覚を通して、軽井沢を眺めていたといってよい。だが、その「巨人の椅子」の見える風景を、「美しい村」の末尾で「私」は次のように眺めている。

> そんな気（「見棄てられた家」の庭に入ってぼんやり過ごせそうもない思い：引用者注）がしだすと、何んだかもうこれがその最後の時ででもあるかのやうに、私は、私のすべての注意を、半分はこの荒廃したヴィラそのものに、半分はこの高みから見下ろせる一帯の美しい村、その森、

その花咲ける野、その別荘、それからもう霞みながらよく見えなくなり出した丘丘の襞、それだけがまだ黒々と残つてゐる「巨人の椅子」などに傾け出してゐた。それにも拘はらず、私はときどきややもするとそれ等のもののことごとくを見失ひ、そしてまるつきり放心状態になつてゐる自分自身に気がついて、思はずどきつとするのだつた。

「私」は、「荒廃したヴィラ」「一帯の美しい村」などを「ことごとく見失ひ」、「放心状態」になる。さらに象徴的なのは、樅の木に飛来した鳩が再び飛び立つ、章の末尾の描写である。

再びすぐその枝から、薄暗いために一層大きく見えながら、それは飛び去つて行つた。あたかも私自身の思惟《イデエ》そのものであるかのごとく重重しく羽搏きながら、そしてその翼を不気味に青く光らせながら……。

鳩が飛び去ることに「私自身の思惟」の喪失が重ねられている。初出では「私自身の思念」と描かれているが、何が喪失したのかは、次章以降の「私」の変化が物語っている。「夏」の章以降、「私」は一度も、「巨人の椅子」に目を向けない。また、「牧歌的なもの」が書きたいと思った「私」が、小説の題材として繰り返し意識していた「二人の老嬢」の住んでいた「見棄てられた家」は、最終章「黒い道」では、「自分の夢の残骸」と呼ばれる。惹きつけられるものの変化は、「私」が恋した二人の少女の比喩にも表されていると考えられる。過去の「女友達」を「私」は「野薔薇」に喩えていたのに対して、新しく出会った少女は「向日葵のやう」というように、軽井沢に自生しない、「人工的」な花にたとえられている。そして、この少女と村を歩く「私」には次のような変化が起きていた。

私は彼女と暮方近い林のなかを歩きながら、まだ私が彼女を知らなかつた頃、一人でそこいらをあてもなく散歩をしてゐたときは、あんなにも私の愛してゐた瑞西式のバンガロウだの、美しい灌木だの、羊歯だのを、彼女に指して見せながら、私はなんだか不思議な気がした。それ等のものが今ではもう私には魅力もなんにも無くなつてしまつてゐたからだ。

「私」は、かつて「愛してゐた」ものに対する感情を喪っている。それは、村をみつめるまなざしの質そのものが変わったことを意味しているだろう。「私」の軽井沢の〈自然〉への傾倒と過去の恋が相対化されたことが表されているといえるが、すなわち「美しい村」の末尾で喪失された「思惟」とは、西洋化された感覚によってあこがれとともに体感し、美しいと感じていた軽井沢に対する観念そのものであるといってよいだろう。それは、「ノオト」に記された「憑かれたやうな状態」からの覚醒とも重なり合う。

七、美しかった村への追想

(1) 消されたエピソード

『美しい村』の改稿は、とりわけ「夏」の部分に集中している。それは、多数のエピソードそのものの消去であるが、その内容は、国際的避暑地の内実が不協和音に充ちている様を表しているものであった。例えば、「匈奴の森《フンネンワルド》」という小さな森で出会った数人の女の子たちと、「独逸人らしい」男のこと、「向日葵のやう」な少女が「ミツシヨン・スクウルの先生」と出会ったことなどである。独逸人らしい男は、「何をしにここに来たんだと云いたげな顔をして」二人に目を向け、また妹と二人で過ごしているという「ミツシヨン・スクウルの先生」の話は、「二人の老嬢」の「不思議な暮らし」をおもいがけず「充填させだすやうに見えた」とされながらも「なんだか急に興ざめたものに思はれ」「ひどく不愉快なものにさへ思はれ出した」などと描かれていた。

池内輝雄「増殖する物語群——『美しい村』を中心に」(『文学』二〇一三年九月)は、この「匈奴の森《フンネンワルド》」のエピソードが、のちに改稿・加筆されて「匈奴の森など」として一九三五年一月の『新潮』に発表され、その後「匈奴の森など——続美しい村」として『狐の手套』(野田書房、一九三六年)に収録されたことなどを受け、「〈美しい村物語〉圏」が増殖していたと指摘している。そしてその内実が、「孤立・孤独・差別、あるいは貧困にとりまかれている」ものであり、「『美しい村』は反転し、〈美しくない村〉へと変貌する」と述べている。

(2) 喪失の「音楽」

そうした指摘を受ける時、「美しい村」の中に登場する「レエノルヅ博士」が、「私を気詰まりにさせずにおかない」ほどの「不機嫌」をあらわにしており、村人による放火によって家を失ったかもしれないというほどの不和があったことや、母になっていた西洋人の女性が昔は親しんだにも関わらず見向きもしないことなど、テクストは国際的避暑地の不穏さを伝えている。改稿後の「夏」の章以降は、西洋人たちの姿も、〈自然〉に対する西洋的な再解釈も描かれない。「夏」では、「美しい村」の制作とその脱稿が話題となっているが、その創作への思いは、喪われたものへの追憶と、理想的国際的避暑地が幻想であったことへの落胆ではなかっただろうか。その思いを隠しながら、美しい村の物語として、成形されていった様が改稿の過程であった。「私」の「思惟」、観念の中にあった、いわば美しかった村を描くことで、それが喪われてしまったことの悲しみの「音楽」を奏でていたと考えてよいだろう。

『美しい村』の建築表象——ここには村の大部分を占める〈自然〉も含まれる——は、軽井沢変容の軌跡を伝え、それに対する「私」の悲しみを伝えるための重要な要素となっていた。空間に時間のグラデーションを刻み、記憶とともに変容を伝える建築物であったからこそ語り得た物語であったのである。

伊藤整「幽鬼の街」における植民地主義の構造

スティーブン・ドッド（訳：藤原学）

Stephen Dodd――ロンドン大学アジア・アフリカ研究学院（SOAS）教授。専門は近代日本文学、ジェンダー。主な著書に、*The Youth of Things: Life and Death in the Age of Kajii Motojirō* (Honolulu: Hawai'i University Press, 2014.), *Writing Home: Representations of the Native Place in Modern Japanese Literature.* (Cambridge, Mass.: Harvard University Asia Center, 2004.) などがある。

伊藤整「幽鬼の街」は、小樽を舞台とした小説であるが、そこは作家が生まれ育った郷土性を有する場としてのみならず、植民地主義が刻印された場としても描かれている。本稿では、作品内の鉄道やホテルなどの建築表象の分析を通して、郷土性の問題と同時に、近代における小樽の位置づけを明らかにし、植民地主義の構造を解明した。

一九三七年八月、伊藤整（一九〇五〜一九六九）は、雑誌「文芸」に「幽鬼の街」と題された短編を発表した。それは好意的な批評に迎えられ、文壇における伊藤の地位を確たるものとした小説である。続いて翌年には雑誌「文学界」に「幽鬼の村」を発表し、これら二つの小説は『街と村』という表題の単行本として一九三九年に刊行された。その序文は大仰な問いかけで始まっている。

> 人間についての物語は、なぜこんなにも悲しみや恥や歎きばかりを目覚ませてゆくのだろう。私たちのもとめているのは、善いことや美しいことだ。しかし私たちの喋る声に応じて立ちあがって来るのは、きまって先ずそういう暗い顔をした鬼どもだ。

この本の頁を開き、登場人物や彼等の顛末を一読しただけであっても、悲しみや嘆きといった感情を抱かない読者はいないであろう。しかしながら本論では、「幽鬼の街」で立ち現れる鬼の中で重要な鬼は、――少なくともその一つは――、植民地主義という主題であることを示してみたい。より広くいうならば、植民地主義は一九三〇年代後半の日本の文化と社会を統べる特徴となるが、それと結びついた緊張と期待を浮かび上がらせることに、この虚構の物語の詳細な分析が有効であることを示せればと思う。

しかしまずはじめに、「幽鬼の街」を文学的そして歴史的コンテキストに位置づけるために、二十世紀の日本文学におけるこの作者の立ち位置を示しておこう。

一、作者・テキスト・コンテキスト

近代日本文学の研究をすると、誰しもすぐに伊藤整という名に触れることとなる。その名前が、二十世紀の重要な作家たちに関連して非常に頻繁に現れるからである。伊藤は日本の文学界の中心人物、つまり「文壇」の典型的な作家としてもっともよく知られているが、文学批評に関しても座談会や雑誌やその他の出版物に幅広く関わった研究者であり編集者でもあった。作家としての彼は生涯を通じて実に多くの創作を手がけた。批評においても創作においても一九五〇年代に伊藤はピークを迎える。しかしながら彼が「幽鬼の街」でなぜ植民地のメンタリティを描いているかを理解するためには、どこで少年期を過ごしたか、そして新進作家として直面した文学の潮流の両方を知ることが重要であろう。

伊藤は生まれてから二十年あまりを北海道の小樽で過ごしたが、一九二八年に地方の雰囲気が耐え難くなり文学界に影響を与える人物となるという野心を抱いて東京へ出た。そして作家になることを熱望する他の若者同様、関東大震災（一九二三年）以降に起こった文学や芸術の潮流のなかに必死に身を投じた。一九三〇年には左翼思想を批判する文章を発表するなどプロレタリア文学に溺れることはなかったが、雑誌「トランジション」からは多大な刺激を受けた。それはユージン・ジョラス（一八九四～一九四七）の編集の下、パリを拠点に、シュールレアリスム、表現主義やダダなどの芸術を扱った文芸誌である。このことから推測されるように、伊藤は書くことに対する実験的な試みに興味を持っていたから、当然のように新感覚派の横光利一に惹かれていった。ちなみに、横光が頭角をあらわにした「上海」（一九二八～一九三一）の連載がはじまったのは伊藤が上京した年であった（Kockum, Keio, *Itō Sei: Self-Analysis and the Modern Japanese Novel*, Stockholm: Institute of Oriental Languages, Stockholm University, 1994）。「上海」に魅せられたという点で伊藤は同時代の作家たちと違いはないが、他の作家と決定的に異なる道を歩む転換点となったのは、ジェイムズ・ジョイス（一八八二～一九四一）とジークムント・フロイト（一八五六～一九三九）から深い影響を受けたことである。一九二九年秋、彼ははじめてそれらの著作に触れた。それから伊藤がジョイスに傾倒していったことは、たとえば、永松定、辻野久憲と共同してジョイスの「ユリシーズ」（一九三二）の初めての日本語全訳を一九三四年に刊行していることからも明らかである。それと同時期、フロイトの著作も伊藤に深く影響を与えた。フロイトの日本語訳がはじめて出版されたのは、一九二九年のことである。その影響から「文学領域の移動」（一九三〇）というエッセイを執筆し、今後の文学における心理学の重要性を論じている。精神分析の影響はまた、フロイトの提唱する深層心理を文学として表現することを目指して結成された「新心理学派」の創設メンバーに伊藤の名を見いだせることからも窺える（Kockum）。

「幽鬼の街」は〝意識の流れ〟によって書かれた小説のなかで最も成功した伊藤の作品としてだけでなく、新心理学派の主張を最もよく示す創作として論じられてきた（たとえばDonald Keene, *Dawn to the West*, Holt Rinehart & Winston, 1984など）。しかしながら、作者がこの物語で実践した小説技法を身につけるには数年が必要であった。一九三〇年代初頭、伊藤はジョイスやフロイトの思想を自作に組み入れようとしたが、多くの文学批評家はその努力を全くといって良いほど認めなかった。たとえば、川端康成（一八九九〜一九七二）は「感情細胞の断面」（一九三〇）を論評して、伊藤が用いたフロイトの精神分析的記述はあまりにもお粗末だといっている。そしてモダニストの実験的作品では、詩人堀辰雄（一九〇四〜一九五三）の方が文学としてははるかに成功しているといっている（瀬沼茂樹『伊藤整』冬樹社、一九七一）。

川端や他の批評家の意見を知った伊藤は、自分固有の文学の表現をまだ見いだせていないことを自覚した。そして一九三一年、より完成した作家になるべく、故郷の北海道に帰ることを表明した。北海道での日々は、みずからの成長期を回想した数作の物語を書くことへと彼を駆り立てた。たとえば「海の肖像」（一九三〇）は語り手がみずからが青年であった時代の複雑な女性関係を回想する物語である（Kockum）。また、幼少時代から一九二八年の死まで続いた父との確執を、文学を通して再考する機会ともなった。「生物祭」（一九三二）は、父の死と彼と良好な関係を築けなかった息子の罪悪感の物語である（伊藤整『伊藤整集』新潮社、一九七〇）。北海道で成長した時期が、伊藤自身の文学の更に深いところへ視線を届かせ、より正直であらしめるために必要なインスピレーションの重要な源泉だと、彼が考えていたことをこれらの作品は示している。

「幽鬼の街」の語り手はそれまでの小説と同じようにどこ

か不安げだけれども、この作品は、作家が独自の文体に対する自信を強くしていったことを暗示している。物語は作家が実際に帰郷して経験したことをモチーフにしている。小樽の街がいきいきと鮮明に文学的に浮かび上がってくるのはそのためである。そして伊藤はこの作品をみずからの文学的進展にとって重要な位置をしめると感じていた。それだけではなく、「幽鬼の街」を最も愛する作品であり、最も成功した創作として挙げている。

物語のプロットはとても複雑であるが一言でいうならば、鵜藤《うとう》という名の語り手が東京から約十年振りに帰郷した小樽での経験を描いたものである。いくつかの点で、この小説は私小説として読めることが強く暗示されている（鈴木登美『語られた自己』岩波書店、二〇〇〇）。主人公である語り手と作者の人生がきわめて似通っているからである。たとえば作者の名前と語り手の名前はほとんど同じである（イトウとウトウ）。生まれた場所も同じであるし、しばらく東京に住み、故郷に戻るのも同じである。そして、作者と語り手の区別をさらに曖昧にしているのは、この小説が一人称形式で「私」を主語として語られていることである。

もちろん、テキストの文体を隅から隅まで検証すれば、すべてが私小説の分類棚にきちんと収まるわけではないことは明らかである。小説の冒頭、鵜藤が小樽駅前に現れると、読者はこの小説に対して、ごく普通の日常的な通りや建物が、月並みな語り口で語られるのだろうという印象をまず抱くかもしれない。しかしこのリアリスティックな手法は見せかけに過ぎないことが分かる。すぐに物語はきわめて実験的で奇抜な様相を帯びてくる。語り手が街を歩き出すと、過去に関わった幾人かの人たちと——その大半は亡くなっているのであるが——次々に出会うという、不気味な幻覚のような経験をするからである。その大部分は若い女性で、鵜藤が小樽で過ごした青年時代にひどい仕打ちをした人たちであった。また、プロレタリア作家の小林多喜二（一九〇三～一九三三、初出誌作中では大林瀧次）や、十年前の自殺が世代を問わずすべての作家に衝撃を与えた芥川龍之介（一八九二～一九二七、初出誌作中では塵川辰之介）の霊とも邂逅する。伊藤の小説の結末はけっして前向きなものとはいえない。鵜藤は大勢の執念深い霊に付きまとわれて、ほとんど正気を失ってしまうのである。しかし、なにがあろうとも「生きなければならない」という、彼の決意を表現した末尾の一文には、かすかな希望の光が示されている。

幻想的な内容の他の小説同様、「幽鬼の街」においても、作中の出来事のすべてを意味づけることは容易ではない。とはいえ、ローズマリー・ジャクソンが指摘するように、幻想的な物語であったとしても、一定の歴史的状況に根ざしていることは疑いない（Rosemary Jackson, *Fantasy* Routledge, 1981）。たとえば、伊藤の小説にみられる絶望的なトーンを解釈しようとすることは、それに先立つ十年間に日本の作家達が経験した政治的、社会的な激動で負ったトラウマを解釈することにも繋がっているのである。伊藤が最初に東京に出たときにいたく感動したモダニストの文学的実験は、一九三〇年代後半にはすでに消え去っていた。伊藤がこの小説を書き始める一九三七年までには、横光利一は初期の革新的な文体を捨て、保守的なスタイルで書くようになっていた。「旅愁」（一九三七〜四六）は彼の欧州旅行を基にした小説であるが、そこで横光は、日本的なるものに専心すべきと迫ってくるような世の風潮から逃避することを試みている。その頃にはプロレタリア文学運動は、内部のイデオロギー対立と政府による弾圧で瓦解した。一九三三年は小林多喜二が官憲によって殺害されただけでなく、日本共産党幹部の佐野学（一八九二〜一九五三）と鍋山貞親（一九〇一〜一九七九）が、獄中から転向声明を出した年であった。その結果、多くの左翼作家が自己の政治的信念を撤回し、いわゆる転向文学にその顛末を書き記した（Seiji M. Lippit, *Topographies of Japanese Modernism*, Columbia University Press, 2002）。

これらの社会的、政治的な大きな変化と「幽鬼の街」がいかに関わっているかを、奥野健男は綴っている。奥野は、一九三〇年代中期の文芸復興に参加した同世代の作家の一団——たとえば、高見順（一九〇七〜一九六五）、堀辰雄（一九〇四〜一九五三）、坂口安吾（一九〇六〜一九五五）、太宰治（一九〇九〜一九四八）そして石川淳（一八九九〜一九八七）が含まれる——の一人として伊藤を捉えている。当時の多くの日本の作家や知識人が最も根本的な信念を転向したことを、これらの作家達は強く意識していた。伊藤は次第に増していく重苦しい時代の雰囲気に神経質になるとともに、彼らの世代の作家の失望を作品に反映させていたと言えるかもしれない。こうした意味で「幽鬼の街」の鬼達は、自己の中核のアイデンティティを裏切った多くの作家達が抱いた偽善や自己嫌悪、あるいは罪の意識と同じものなのかもしれない（奥野健男『伊藤整』潮出版、一九八〇）。

奥野と同様、本論においても、伊藤の小説とその社会的、歴史的環境との関係を論じてみたい。特に「幽鬼の街」の鬼達が一九三〇年代後半の植民地への姿勢と関係しているであろうことを示してみたい。しかしながら本論のいう植民地主義の構造は、「幽鬼の街」本文では直接表現されていない。

事実、テキストを通覧しても植民地主義のテーマが明示されているのは「植民地の文化」という語が使われている一カ所だけである。

さらに、批評家の中には「幽鬼の街」は失敗作であるというものもいる。それがより広い社会的文脈を考慮していないから、というのがその理由である。たとえば、共産主義の批評家である宮本百合子（一八九九～一九五一）は小説が発表された当時、ブルジョワの主観的観点から現実に嘘を塗り重ねたものであり、世界の社会的現実との関係が十分に描かれていないと批判している。対して伊藤は、広範な社会的事象には関心がないような印象を与えることで出来事を構成しているだけだといい、さらに辛辣に宮本の批判を否定する。宮本は左翼文学に毒されてしまっていて、それより右がかった一九三〇年代後半の知識人世代の考えを認めることができないのだ、というのである（Kockum）。

しかしながら、虚構の物語と社会的文脈との関係は、宮本はもちろん伊藤自身が熟視しようとしていたよりももっと複雑であるといえよう。確かに、伊藤が語ったのは、政治家の目や社会科学者の目を通した世界理解ではない。彼は文学者であり、言葉の力に敏感であった。つまりみずからがおかれた環境への対応を文学的な方法で行ったのである。その方法は、言葉を使い独自の呪文を唱えれば、独自の雰囲気を作り出せる魔術師になぞらえることが出来るかもしれない。事実としての一九三七年の日本は、植民地主義の気分に満ちていた。したがって伊藤の「幽鬼の街」の頁の中に、植民地主義の表現が見いだされるのは何の不思議もないことなのである。

二、操作された思考形態

植民地主義の構造は、支配する中央と従属する離れた地方との間の不公平な力関係に関わるものだが、「幽鬼の街」にもさまざま形でこの関係が見て取れる。最も明瞭な事例は、東京を中心とする本州の文化と、僻地の居留地であった北海道の文化の違いである。さらに視野を広げてみると、植民地主義のもう一つの構造が見いだされる。それは権力の地理的配置においてみられるものである。つまり、日本が大東亜の盟主となるべくアジアへの侵略を本格化した時期、つまり一九三〇年代後半に激しくなっていく日本とその植民地との間での戦争に見いだせる構造である。これらの、植民地という権力のパラダイムの二つの面がどのように「幽鬼の街」から発せられているかは後に論じることとして、ひとりの人間が世界と結びついているという次元で見られる植民地主義の構造を、まず考えてみるのも有益であろう。具体的にいえば、この小説に表れた伊藤整の知的精神の枠組みが、現実の小樽という都市からどのように影響されているかを探ってみよう。

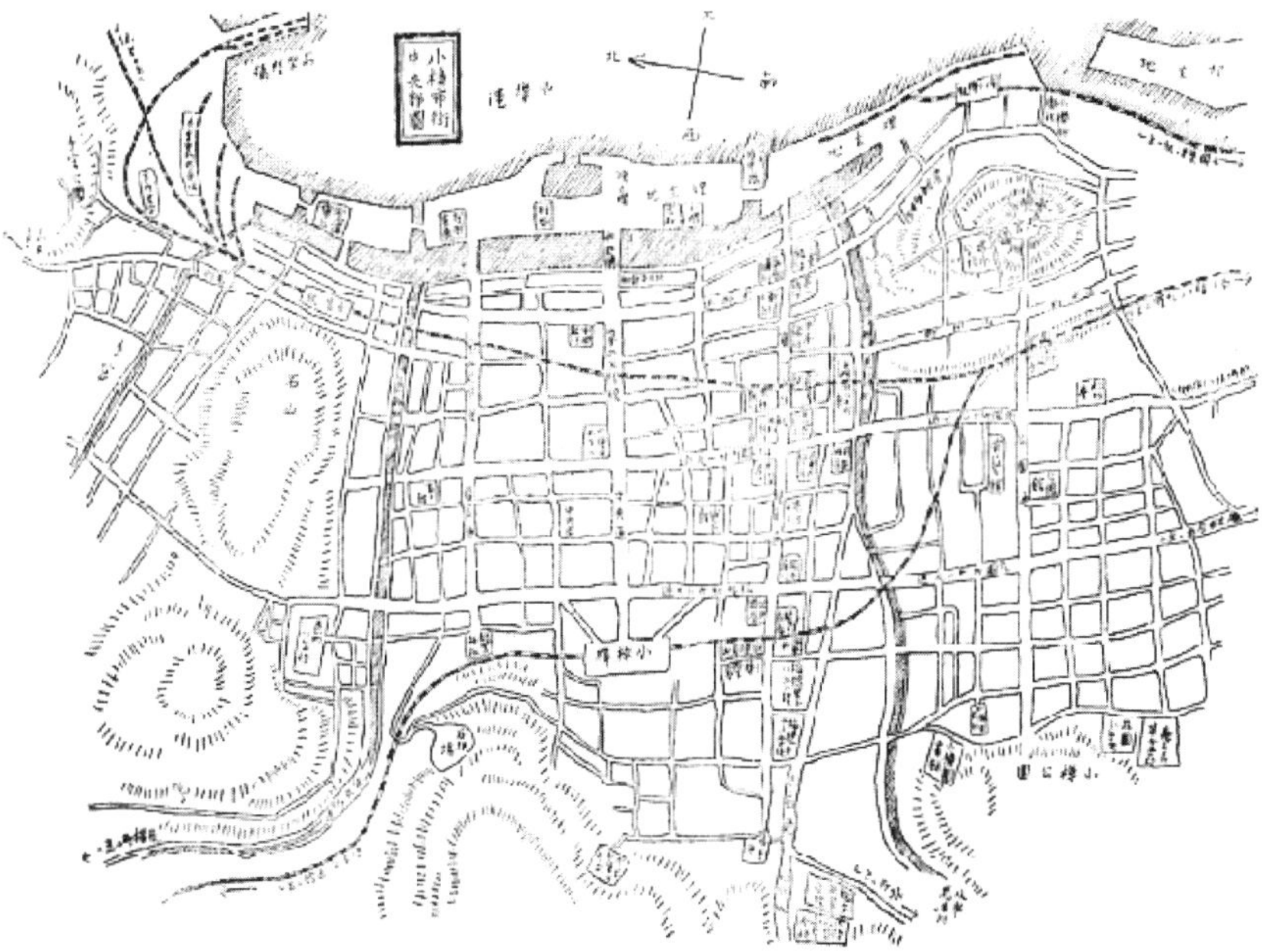

図1　「幽鬼の街」挿絵（『文芸』1937）

「幽鬼の街」はリアリズム小説だという印象を読者に与える程、小樽の通りや町の空間構成を、微に入り細に入り、描写している。たとえば洋風建築の北洋ホテルは「駅前の通りである第二火防線が、稲穂町の第一大通りと交叉する左側の角」に建っている、と書かれている。ほかにも、伊藤が在籍していた小樽高等商業学校だったり、「私は埋立地から色内町の第一火防線下へ出る月見橋に達した。次の埋立地と南浜町との間にある運河に架けられた」と書かれている月見橋など、実際の地理に基づいている。こうした正確さは現実の街を忠実に再現していることを意味しているが、初出誌には実際の小樽の地図が挿入されていて（**図1**）、「本当らしさ」をさらに強調している（**Kockum**）。

テキストを読み進めていくと、こうした第一印象から予想する以上のことが語られてはいるが、通りや町の位置の正確さに加え、ホテルや銀行や郵便局など、ランドマークとなっている建築も描写されていることから、これは小樽のガイドブックの一種として書かれたのではないかという思いを否定しえない。作中で名付けられている構造物、たとえば「埋立地にむかう急な坂を下りる」角にある「三階建の煉瓦建築の船会社」は日本郵船会社であるというように、その多くは現実の小樽に実在している建物に対応している。現実の建物にはそれ固有の具体的なリアリティがあり、否定し得ない存在感があるので、煉瓦や木や石などで作り上げられただけの単なる構造物だとみなすことは決して出来ない。建築はいつでもそれ以上の何事かを意味しているのである。

建築のこのさらなる性質は、小説の物語でそれがいかに機能しているかの考察を通じて、明らかになるであろう。小樽駅から小樽港へと続く長く大きな通りを鵜藤が歩いて行くときに眼に入ってくる町は、建築という観点からいえば、重要な建物の集合体と見なせる。それらの一つに、「ロシアの十九世紀風な廻廊と鉄の円柱を持った三階建の煉瓦建築の船会社がある」。これほど詳細な記述に目を向けると、建築の基本的な定義が思い出される。すなわち「構造物を設計し、建造する技術またその行為」というものである。

しかし語り手は、より比喩的（とはいえ重要さが減じるものではない）な建築の定義、つまり「形態や構造を統合しまとめる」という定義を呼び起こすような語り方で、作中での建築の意義を拡げようとしている。語り手は、「風物の現われの中のいろいろな建築形態には「みな過去の思出が引っかかっている」ことを意識するのである。生まれた町のあちこちに点在する場所は、みずからの過去にまつわる記憶を具体的なものとする、と鵜藤は云わんとしていると同時に、建築形態は物的対象であるだけでなく思考や感情が構造化されたものとしても解釈できるのだと云うことを暗示しているのである。

この二つ目の「建築」の意味を肉付けして具体的なものとするには、伊藤が東京に居るときに影響を受け、小樽の文学的表象を形作るのにも役立った思想を「幽鬼の街」の中に検証することが必要であろう。洋風の北洋ホテルを、たとえば、考えてみよう。それはフロイト流の無意識の建築というよりは、物的構築物として現実の地図の上に配されるように描かれている。ホテルは通りの角に建っている。そこに突然どこからともなく久枝が現れる。愛人だった彼女は今はずいぶん老けている。久枝は、たじろぐ鵜藤をホテルの中へと連れて行こうとする。そこは十年前に逢い引きに使っていた場所なのである。鵜藤はこのホテルが二人を待ち構えていたような不気味な宿命を感じ、「ホテルの暗い廊下の奥から私たちに糸をかけて引っぱっているような気がした」といい、語り手と建物とのつながりが、まるで人間同士のようであることが暗示されている。

中に入ると、フロイト的な悪夢が開かれる。同じ形の扉が無数に並ぶ廊下を、久枝は鵜藤を引っぱっていき、二人がかつて逢瀬を重ねた部屋の前を過ぎ、つきあたりの洗面所の中へと連れて行った。そこで白い瀬戸引きの傷んだ洗面器とナイフで鋭く削りとられた石鹸を突きつけた。そこは、鵜藤が久枝に堕胎を説き伏せた場所であった。それを思い出しただけでもショックだったが、さらに彼を耐えられない気持ちにさせたのは、体を悪くし二ヶ月も入院しなければならなくなった久枝を見棄てて他の女を追い回していたことを思い出したことだ。過去の忌まわしい出来事にまつわる怖ろしさは、二人が厨房の方へと廊下を進んでいくと、ぞっとするような映像的表現で示される。何十本ものナイフフォークをガチャガチャとかき回して食事の準備をしている二人の毛むくじゃらの男の腕の向こうに、「真赤なトマトが白い大きなバケツの中で押しつぶされていた」のを目にするのである。もちろん、こうした迷宮的な廊下は実際のホテルの間取りに関係しているのであろうが、一点だけ指摘しておけば、十年も前の石鹸が洗面所に残ったままになっていることは信じがたいことである。しかしより重要なのは、長いあいだ抑圧された記憶への通路として、廊下が機能させられていることである。

フロイトの影響は、この物語で描写しようと著者が選んだ場所の空間的特質にも認めることが出来る。ここまでのテキストで鵜藤は、過去の悪行と結びついた場所に置かれていたが、色内停車場下の「小便が一面に白くはねかかり、通路のコンクリイトの割れ目には水が溜っていた」汚れた共同便所に入るあたりから、はっきりとスカトロジーの様相を帯びてくる。鵜藤が用を足していると、苦しそうな女の霊が現れて、鵜藤にこう告げる。私は死んだけれども、堕ろした児を捨てたこの便所にいつも戻ってこさせられているの、と。そしてその女の手が着物の裾を掴むと、恐れと嫌悪でその場から逃げ去るのであるが、それは驚くことではない。このような下劣なシーンを物語に導入しているのは、新心理主義の立場、つまりフロイトに影響を受けた、自己の暗部を分析するという主題を、文学を通して実践しようとする立場を明らかにしようとしているのである。

小樽の文学的表象を作る伊藤の知的枠組みに影響を与えたもう一つは、ジェイムズ・ジョイスである。彼の影響の大きさは強調してもしすぎることはない。大学生のときにジョイスを見いだした伊藤は、近代化の波をうけた帝国の中心で文学的成功を目指すために故郷を捨てたという点で、彼に「精神的同類」を感じたというのは、マイケル・エインジが指摘する通りである（Michale W. Ainge, "An Examination of Joycean Influences on Itoh Sei" *Comparative Literature Studies*, 1993）。さらに一九三六年には「ユリシーズ」再読の後、その詳細な要約を新たに作り、その後の年月を（自作執筆と並行して）ジョイスに没頭していたことを「ユリシズ余談」で述べている。つまりアイルランド作家に対する伊藤の忠誠は、同じように影響を受けた他の日本の作家が次第に保守的な作風に転じていった後も長く続いたのである（同）。その結果、「幽鬼の街」で小樽は、北海道に位置し独自の歴史を持つ都市として描かれる一方、「ユリシーズ」でダブリンがそうであったような郷土性を持って描かれているのである。

小樽の表象を巡る実在と幻想との不安定な緊張関係が前面に現れてくる場所がある。鵜藤が彷徨い入った山田町である。そこは古着屋街と語られているが、以前は売春宿が並ぶ地域であり、それゆえ若き日の鵜藤の不健全な思い出に充ちているのである。幻想的な脅威はここでも描かれる。店先につり下げられた着物は鵜藤を詰問する幽鬼となって、彼に纏わり付こうとする。それらは「海中の昆布の群れ」のように感じられた。つまり鵜藤は海底に沈んでいるように感じたのである。幻想小説の例に漏れず、この一節は閉所恐怖症的な混乱とシュールレアリスムを印象づけている。しかしこの場面はもっと広い余韻を湛えている。伊藤の小説に見られる、逃避不可能な恐怖についてコッカムが自信を持って論じているのは、グロテスクで幻覚的な「ユリシーズ」キルケ挿話で、スティーブンがベラ・コーヘンの売春宿から激しい後悔と自己非難をもって逃げ出す場面と、それは酷似しているということである（Kockum）。言いかえれば、現実に基づいた小樽の記述は、それとは関わりのない、より幻想的な都市の肖像と重ねられているのである。

「幽鬼の街」の幻想的な側面は、伊藤がジェームズ・ジョイスに学んだモダニズムの影響といえる。たとえば、ときおり「意識の流れ」が記述されるが、それはジョイスのモダニズム小説に見られるものである。実際、伊藤のテキストにおいて「意識の流れ」は水の流れのように語られることがあるが、明らかにそれはジョイスに負っている。共同便所から避難した鵜藤は妙見川沿いを歩くことにする。すると川面の三角形の小波が舌のようになって、「君はまるでリッフィー河畔のレオポルド・ブルウムと言ったような憂い深い顔をしているじゃないか」と、「ユリシーズ」の主人公に擬えて、鵜藤をなじりはじめた。川面にはいくつもの顔が現れ、鵜藤に昔の悪事を思い起こさせる。たとえば、ゆり子。数年の間ひどい扱いをし、東京に出るときに捨てた女が、目に涙を溜めて浮かび上がってきて、その後、乱暴者と結婚させられて毎日ぶたれ、今はもう先も短いのと嘆く。ゆり子のようにちらちら現れる顔は実際の川の流れの一部として描かれている。

この表現は、鶫藤の生涯がいかに小樽という土地に織り込まれているかということを、著者が強調しているのだといえよう。それと同時に、日本人の作家が特にダブリンの地名を出してジョイスの作品と関連づけているのは、鶫藤の小樽での経験はアイルランドや日本の特定の場所を越えて、もっと抽象的でモダニズム的な思想によって理解されるべきでもあるといっているのであろう。

フロイトやジョイスに対する伊藤の知的関心と小樽の文学描写との関係を探るには、他の方法もあるかもしれないが、以上によってわれわれの主題、つまり小説全体に充満している植民地的心性を問うには十分であろう。まずはじめに問うのは、伊藤が自分が生まれ育った郷土固有の特色を再発見することを「幽鬼の街」に託したとするならば、なぜ西洋のレンズ、しかもそれは東京に出た後のごく最近身につけたものを通して自分の過去を整理しようとしたのだろうか？　いずれにせよ、テキストでは東京中心主義的な視点で田舎の故郷が表現されているので、西洋的な植民地主義そのものよりは、帝都を中心として辺境の地を植民地的に扱う日本的なものとして論じる方がより正しいのであろうか？

「幽鬼の街」における植民地主義の構造を素描しようとする本稿では、こうした広範な論点の一部に触れるだけであるが、限られた範囲であれ、われわれの関心を論じようとすれば、著者と小樽や北海道との関わりをより広い文脈で考えておく必要がある。言いかえれば、一人の作家が生きた土地の歴史とともに個別的な経験を超えた場所の来歴の中においても、テキストを位置づけなければならないのである。

三、大きな見取図

一九三七年七月は日本近代史において大きな転換点である。その時に起こった、北平（現北京）郊外の盧溝橋で日本軍と中国軍の衝突をきっかけに、日本の中国侵攻が本格化し、日中戦争（一九三七〜一九四五）へと拡大したからである。その後を運命づけたこの事件は同時に、明治以降進められた日本の植民地支配の系譜の中にも位置づけられる。一般的にいって近代日本の帝国化は日清戦争（一八九四〜一八九五）後に台湾が割譲された一八九五年に始まる。続いて、一九一〇年の韓国併合、一九三一年の満洲侵略に続く満州国傀儡政権の樹立（一九三二年）などが帝国建設を印づける出来事であるが、人によっては一八六九年が日本の帝国化の始まりというかもしれない。戊辰戦争が終結し旧幕府方が一時期支配していた北海道が、明治新政府の下に十一国八十六郡として組み入れられたからである。このような見方をするならば、中国に対する植民地化拡大の契機となった出来事と「幽鬼の街」の発表時期が重なるという理由だけではなく、植民地主義の構造の根本義において北海道の近代史を鋭どく見つめ直すという理由によっても、一九三二年の伊藤の小説を検証することは有意義である。

開拓使が置かれ、北海道の本格的な開発がはじめられた明治初期は、日本の「ワイルド・ウエスト」だといわれることがある。それは本土から北海道に渡った日本人（和人）と、北米大陸を横断して西に向かったアメリカ人入植者との間に共通点があるからである。たとえば、両者とも未開の地を見つければ自分の土地に出来ると信じていたし、先住民の土地を奪うことに何のためらいも感じなかった。しかしこの比較をよりもっともらしく思わせる関係が、両者の間には存在する。北海道開拓長官となった黒田清隆（一八四〇～一九〇〇）は、アイヌ対策と北海道の成長のためにアメリカ合衆国農務局長だったホーレス・ケプロン（一八〇四～一八八五）を顧問として招いたのである。一八七一年に来日したケプロンは農業、林業、鉱物資源の調査を始めるが、それはアメリカ横断鉄道が開通して先住民や彼らの土地を植民地化する際に行われた調査をモデルとしていたのである（Komori Yôichi, "Rule in the Name of Protection" in Mason, *Reading Colonial Japan*, 2012）。

一八六九年まで北海道は蝦夷と呼ばれていたが、こうした点からも植民地主義の歴史の中に北海道を位置づけることが出来る。江戸時代の北海道は主に松前藩が支配していたが、その松前氏の前身である蠣崎氏は一五世紀中頃に本州から蝦夷に渡り、渡島半島南部に居を構えた。そしてより内陸部へと支配地域を拡大し、一六〇四年に徳川家康より蝦夷地交易の独占権を公認され、松前藩を形成したのである。やはり江戸期には、ラッコの皮の交易を求めて、ロシア人が千島列島を訪れ、一七七〇年までには列島のすべての島々に渡っている。一七九二年から九三年にかけてロシアのエカテリーナ二世（一七二九～一七九六）は蝦夷地に遣日使節を遣わした。松前藩はロシア人一行を慇懃にもてなしたが、西洋人は本来は蝦夷地に入ってはならないことを告げた。それは蝦夷地が既に日本の勢力範囲内であるとの認識を明らかにすることであった。ロシアの来訪に危機を感じた幕府は、一七九九年に東蝦夷地の直轄支配をはじめた。一八〇七年にはさらに松前藩やサハリンを含む西蝦夷地の上地を決定し、幕府の直接支配を強めた（Marius B. Jansen, *The Cambridge History of Japan, The Nineteenth Century*, 1989）。歴史的に見渡せば、明治初頭に北海道と公式に名付けられる以前であっても、一九世紀以降はその北方の島が日本の施政下にあると一般に認識されるようになっていった。

日本の勢力範囲の端に位置していたとはいえ、北海道が過去にはロシアとの係争地だったこともあるという事実を知れば、「幽鬼の街」がロシア人の存在をいまもって跡づける空間を描いているのは驚くべきことではない。たとえば、海沿いの埋め立て地の無愛想な倉庫の裏にある、天幕を張った小屋に鵜藤はやってくるが、そこは日本とロシアとの文化的・政治的葛藤の物語が巧みに組み込まれているのである。久枝はそこでウラジミルを鵜藤に引き合わせた。二人はむかし顔なじみであったが、ウラジミルは今は久枝の恋人になっている。「柔道拳闘内外人対抗大試合」と書かれた幟が何本も立ち、小屋の中の見世物がどういう質《たち》のものかを雄弁に物語っている。それは旅回りの一座で、ウラジミルはロシア人ボクサーを演じ、日本人の柔道家相手に激しく殴り合うのを日課とするものであった。小屋の屋根には「東西武道の精神」と太く金字で誇張された額があって、それが国家主義的で互いの優劣を競いあわせる、儀式張ったこの興業の本質をよく示していた。

もちろんそれは公平な闘いではなく、その逆で、植民地主義がいつでも一方的な権力と支配の物語であることを示すように負けるのがウラジミルの役割であった。久しぶりに鵜藤と再会したことを喜ぶとすぐにそのロシア人は愚痴をこぼして、日本人の客は「柔道拳闘の試合も対等にやって見せるだけでは駄目なんですよ、何かこう派手な手で私たち西洋人がひどい目に会っている処を見せないと見物人は承知しないのです」と言い出す。この発言は単に日々の忍耐を私的に悲嘆している以上の意味がある。実のところウラジミルは、北海道という土地を公式に要求せず、まるで去勢されたかのように日本人に映るロシア人の象徴なのである。あるいは彼は、丁重にもてなされたが決して歓迎されなかった一八世紀のロシアの遣日使節になぞらえられるかもしれない。彼は日露戦争（一九〇四〜一九〇五）の敗者であり、ロシア革命の騒乱を怖れ逃げてきた避難民であり、一九二〇年代の日本で無力に漂流するしかないロシア人の代表なのである。要するに、「幽鬼の街」でのウラジミルの哀れな状況は、二つの文化の間の長年の葛藤を劇場の見世物に縮約し、日本の力の前では外国の脅威は既に手なずけられ危機を及ぼすものではなくなったことを示しているのである。

しかし北海道がアイデンティティの定まらない境界の地だとするならば、同様の曖昧さは伊藤が生まれ育った土地にも関わっているはずである。伊藤が少年時代を過ごした塩谷は現在では小樽市に組み入れられその西郊に位置しているが、一九五八年までは塩谷村として石狩湾に面した自治体であった。その地は明治初頭は鉄道も通じてなく、海岸線に沿って北方へと移住するニシン漁師によって開かれた村で、松前藩の文化やことば、習慣がもたらされた。やがて塩谷村には新潟経由で関西の農民や商人も住み着くようになった。少年時代の伊藤はこうした人口動態を村の社会構造として経験したのであった。漁師の息子は北国訛りで「浜っこ」とよばれ、農家の子は両親の関西弁を使い、「山っこ」とよばれていた（早川雅之『伊藤整論』八木書店、一九七五）。

本土から北海道への移民によって倭人の人口は大きく増加したので、――一八五〇年には六万人であったが一九一三年には一八〇万人となった（Conrad D. Totman, *A History of Japan*, Wiley-Blackwell, 2005）――異なる伝統やアイデンティティのこの種の混融は塩谷村では特に珍しいことではなかった。しかし伊藤の家庭環境が、故郷に対してきわめて特殊な関係を持たせることになるのである。母は松前の出身であったから、伊藤は「浜っこ」の集団に強く結びつけられようとされるのだが、しかし父が遍歴の果てにこの地にやってきたことがそれを困難にしていた。父は立身の人で、広島に生まれたが村を飛び出して軍隊に入った。一八九四年から九五年の日清戦争では中国に送られた後、台湾に渡り、そこから一九〇一年に北海道に移り住んだ。彼はその際、軍を除隊し、教師となった（Kockum）。伊藤は幼い頃から文学に興味を持っていたから、ことばに対してとても敏感であった。それゆえ一見些細に思える人々のアクセントの違いが気になった。父は広島訛りの言葉を話し、伊藤は標準語を使おうとしていたので、彼らの間には共通の言語が無かったため、父との間に親密な関係を結べなかったとさえ、伊藤は考えていたようだ（同）。生まれた土地との関係でいえば、漁師の子どもたちとも農民の子どもたちとのいずれとも言語的な親近感を持てなかったことは、他の移住者一家と比べて伊藤が生まれ故郷と曖昧で複雑な関係しか持てなかったことの象徴ともいえよう。

こうした伊藤の帰属意識の薄さは、小樽の文学表象においてふたたび立ち現れてくる。植民地のメンタリティのレンズを通して見たならば、その系譜を跡づけることが出来るかもしれない。塩谷がその存在を、植民地への異種の移民の集団に負っているとするならば、大きな街へと発展した小樽にも同様のことがいえる。そうなったのは、多種多様な考えや物的対象――つまり二つの意味での建築的構造――に負っているが、それらは他の場所に起源を持つものだからである。たとえば「幽鬼の街」作中、駅近くで「小樽市名所八景」を売る土産物屋が鵜藤の目に入るが、それは小樽という街を、本土の伝統的な風景の見方と同一の文化的枠組みと断絶無く結びつけようとしているように思える。日本中どこでも、そこの観光地を数え上げるのが普通に行われるものだからである。ところで、小樽の見所を一つにまとめたこのリストは、一八八〇年代にはじめて作られたものであり、おそらく西郷従道（一八四〇〜一九〇二）が北海道開拓長官であったときに命じたものであろう（日高昭二『伊藤整論』有精堂、一九八五）。要するに、外見上は小樽の伝統を示す印だが、そこには何も伝統的なものは無いのである。

更にいえば、植民地であった影響は、その刻印を小樽の街の形にも残している。それは通りに点在する実際の建築物から形成されているからである。佐竹七次郎（一八五六〜一九二二）は日本郵船ビルを設計し、曽根達蔵（一八五二〜一九三七）は三井銀行小樽支店を設計している。二人の建築家はともに東京の工部大学校造家学科（東京大学工学部建築学科の前身）第一期卒業生で、鹿鳴館（一八八三）を設計したことで知られる英国人建築家ジョサイア・コンドル（一八五二〜一九二〇）の下で建築を学んだ先駆者であった。三井銀行は英国ルネサンス様式の良質な事例として際立っており、小樽でランドマークとなるような他の建築は、石と煉瓦で造られたルネサンスとバロックの混合様式で、明治期の典型を示している（同）。言いかえれば、当時、東京で教えられていたヨーロッパをモデルにした日本の西洋建築の規範が小樽に建てられたが、それは小樽という辺境の街の都市景観が、中央の権力と権威の支配下にあることをはっきりと刻みつけることであったのである。

本土の文化と植民地としての北海道とを結びつけるもう一つの明瞭な記号は鉄道である。川沿いの道から離れた鵜藤は、市の最も繁華な一区画である花園町へと歩み入る。そこでは商品化された近代生活が一面に陳列されている。「玩具屋、絵葉書屋、ビヤホール、書店、蛇の目寿司、喫茶店、写真機店」などの多種多様な店が立ち並び、同じように多種多様な近代的消費者、「学生、小僧、測量技師、農夫、母親」等の人たちを満足させる。こうした品物の流通を機能させるのが、広範な鉄道システムの主要な役割であることが、地響きを立ててやってくる貨物列車を踏切の遮断機の前で鵜藤が目にしたとき、理解される。これは函館本線なのだが、線路はただ単に小樽と札幌をつなぐという輸送の基本手段であるだけでなく、国中に拡がった輸送ネットワーク内の一つの小さなつながりであっても、東京を中心とする経済システムに辺境地域が結びつけられていることをも示しているのである。

実に、鉄道は植民地の権力構造をさまざまな角度から具体化する中核的役割を担っている。たとえば、一分も長く小樽に留まることに耐え難くなった鵜藤は、(実際は映画館のだが)切符売り場で東京へ戻る乗車券を購入しようとする。窓口の中には、国家権力を身にまとったかのような「金ボタンのついた紺の詰襟服の」駅員がいて、その立場は他人の生活をかなりの度合いで支配しているである。だから駅員は壁の方を見つめたままで鵜藤には目もくれず彼に返答するという風に、尊大な態度で接する。しかしより銘記すべきなのは、植民地に対する権力の管理者としての役割を担っている点にある。鉄道路線網を、中央の帝都の経済や文化を辺境へと広めるシステムだとみなすならば、駅員が東京行きの切符を鵜藤に売ることを拒否したことは、要するに、帝国の正に中心地への好ましくない分子(鵜藤)の潜入を防いだということになるのである。壁に貼られたアイヌ名のリストの中に鵜藤の名があることが、駅員が拒否した理由なのである。

人種に基づく差別への言及は特に驚くことではない。人種間にヒエラルキーを設け、それに従って人々を分類することは、日本だけではなくどこの国でも植民地政策の中心となる一面だからである。一例として、アメリカ合衆国ではすでに一九二四年に「ナショナル・オリジナル・アクト」が成立し、ヨーロッパからの移民を制限するだけでなく、新たな日本人移民を認めないことを主眼としたものであったことを指摘しておこう。伊藤の小説はこうした時代の流れを反映し、人種に基づく表現がさまざまな形で描いている。たとえば、ウラジミルの哀れで疎外された状況を示すのに、ロシア人の肉体的特徴が否定的に用いられる。彼は不器用でロシア人特有の饒舌で、そして握手をすると「掌は厚ぼったく、なま温く、彼と膚《はだ》を合せているような気味悪さであった」と描かれている。この物語でもう一点指摘するならば、小樽の空に現れたカール・マルクスの亡霊は、ステレオタイプな肉体的特徴(髪、眼、鼻など)でもってユダヤ人であることが示されている。さらに複雑なのは、マルクスは『新猶太資本論』の著者として紹介されていることだ。実際、伊藤の文学テキストは彼が過ごした文化や時代を反映している。われわれが忘れてならないのは、この小説は同盟国であったナチスドイツと日本が日独防共協定を調印した一九三六年のたった一年後に書かれていることである。

もちろん、「幽鬼の街」がその時代の非道な人種主義イデオロギーを支持していないことは疑いもなく、伊藤自身もまたそうであったと考えるべきである。鵜藤が切符売り場で順番を待っているとき、列に並んでいた狂信的な外国人排斥家が、「日本の純粋な魂」を「不純な血液の混淆」から守らなければならい、と鵜藤に話しかける場面がある。アイヌ人に特徴的だとみなされていた縮れ毛の鵜藤を見て、この男は疑っているのである。伊藤が外国人排斥を批判していることは、一方的に騒々しく話しかけてくる変人としてこの男を描いている点からも分かるが、その一方で、伊藤はその時代を覆っている人種差別の言説から逃れることはできなかった。外国人排斥家がはたして日本人であるか鵜藤は訝るのだが、「骨太の手や顔は南洋の土人のような土色をしていた」と、伊藤はその男の容貌を書いている。鵜藤はその男を軽蔑するが、それは人種差別的な態度を示しているからというよりは、偽善的であることの方が大きい。外国人排斥家ならば、自分自身を「純粋な」日本人でないと批判しなければならないからだ。伊藤が植民地主義的態度への批判を基本的な点で批判できていないことは、鵜藤が切符を売って貰えずに売り場から憎しみと共に立ち去る描写によく示されている。鵜藤は屈辱を感じているが、それはいわゆる差別的に処遇されたからではなく、アイヌ人と間違われたことに対してだからである。

確かに、この小説はアイヌ人種を否定的に描いた文学作品の最初のものではない。差別の歴史は本土の日本人が蝦夷に最初にやってきた一五世紀にまで立ち戻らなければならない。倭人の視点から見ると、アイヌ民族は愚かで遅れた野蛮人で、文明の進んだ隣人の保護を必要としていると考えられていた。倭人の或る言い伝えには、アイヌ民族は犬の子孫であるというものもある。この種の極端な見方によって彼らは悪魔と化せられ、罪の意識無く労働の搾取が行われたである（Richard Siddle, *Race, Resistance and the Ainu of Japan*, Routledge, 1996）。アイヌ民族の人々は倭人による粗暴な扱いと耐性のない病原菌の流入によって圧倒された。その結果、二〇世紀初頭には、日本語の文献にアイヌ民族は「滅亡なる人種」と記述されるのが通例となった（同）。

また、「幽鬼の街」を、アイヌ民族に向けられた人種イデオロギーが植民地主義精神の進展に関与したテキストとして読むことができるかもしれない。ミッシェル・メイソンは、明治以降の北海道の植民地化は近代的国民国家建設に不可欠な一要素であったと考えているようである。彼女が論じるのは、日本がみずからを文明化された先進国であると規定できるのは、明らかに遅れている植民地地域間の関係とそれらと日本との関係の双方を創出することにおいてのみ可能であったというものである（Mason, "Introduction", *Reading Colonial Japan*）。アイヌ民族と他の植民地との関連は、「幽鬼の街」では外国人排斥家が「南洋の土人」として描かれていることは既に見てきたとおりである。「土人」という原始的で遅れていることを含意する軽蔑的な用語が、アイヌ民族に関連して明治期にはじめて使われたのは、一八七九年にアイヌ民族の立場を定めるための法律が起草される段階で「北海道旧土人」と呼び直されたときであった（Robert Thomas Tierney, *Tropics of Savagery*, University of Calfornia Press, 2010）。「幽鬼の街」では、稲穂小学校で行われる塵川（芥川）の講演を鵜藤が聞く場面でこの言葉は再び使われる。塵川はステージに映し出されているフィルムの中に不思議議にも歩み入り、芥川の有名な「河童」（一九二七）を直接に参照するかのようにそこで河童に転じ、「百日紅かなにかの大きな木に、南洋の土人のような格好で、あちこちの枝に手をかけながら攀登り出したのである」。百日紅という木の名前は巧妙とはいえないまでも未開人と猿との関係を示し、それは倭人がアイヌ民族を犬の祖先と連想したことと呼応している。この一節はまた、伊藤がこの小説を書いた時点におけるより一般的な事情を顕わにしている。すなわち、日本の権力構造の中で「土人」という語は、植民地の原住民を示す用語となっていたということである。

四、伊藤・小樽・世界

一九〇〇年から一九四〇年までの間、函館、札幌、そして小樽の人口はほぼ同じであった。函館は江戸時代にさかのぼる歴史を持つが、小樽の明治以降の急速な発展は顕著である。一八六五年に寒村として始まった小樽は、伊藤が生まれる頃には、重要な商業都市に発展していた。

小樽は、都市の成立は函館よりも遅れたが、札幌の外港として、また日本海沿岸からオホーツク海沿岸北〜中部、さらには北海道中〜北部の内陸地域に物資を供給し、またそれらの地域の生産物を積出す港湾として、その成長にはめざましいものがあった。一九〇五（明治三八）年以降、日本が南樺太を領有するようになってからは、同地域の商業の相当部分が小樽の商人に掌握されるようになり、このことがまた、小樽の発展を促進させた（山田誠、羽田野正隆「北海道における都市システムの発達」『地理学報』一九八一・三）。

小樽が幸運だったのは、鰊漁と銀行業という二つの産業によるものである。ロシアやアジア大陸との交易港として町は開花した。金融面では、明治期に横浜正金銀行の支店が小樽に設置され、それが契機となり「北のウォール街」と知られる活況を呈し、一九二七年の経済恐慌までそれは続いた。

伊藤が小説を書き出した頃には、小樽が最初期に持っていた未来への期待の大半は失われていたが、それでも未だ以前の栄華の名残があり、広い世界へのつながりは大きくなっていた。「幽鬼の街」において、伊藤は世界的な経済・歴史的権力と影響力の枠組みを実に正確に書き綴っている。悪夢に苛まされていた鵜藤が珍しくそれから解放されたひととき、旧友と一緒に市中の丘の上にある水天宮のベンチに腰掛け、あたりを見渡す場面は次のように記述されている。

> 足下に見えるドウズ氏の英国代理領事館の屋根を越して、北緯四十三度十二分東経百四十一度一分の水天宮山上から、遠い厚田、浜益の辺にあたる沖の海岸線に眼をやった。〔中略〕左手に街々の上に見える稲穂町と手宮の間の石山には、「サケはキ印」という明滅電灯がついて、キ印のキという字は多分高さ十間ほどもあろうと思われるその大きな姿を小樽市の上方の宵空に浮き出しているのであった。

世界地図を参考にして小樽を語るこの魅力的な一節は、狭く限定された日本を遙かに超えて拡がるグローバルな枠組みの中で重要なランドマークとしてこの街が眺められていることの証拠となるものである。言いかえれば、世界の中でその地が重要な意味を持っているということである。当時の大英帝国の権勢が至る所に行き届いていることを示す英国領事館に言及することで、この街の性質が際立たされている。それと関連して、帝国の建物に向けられた日本独自の強い衝動も読み取れる。さらに、魅惑的に点滅する看板は、植民地拡大の動機を浮かび上がらせる。それは産物や人力や原材料を巡って、アジア大陸で遙かに大規模に繰り広げられている戦いを物語るものである。「幽鬼の街」は鬼に住み着かれた街を表現している。その鬼は、単に或る人の過去の出来事にまつわる手に負えない物の怪といったことに留まらず、一九三〇年代後半の日本がより広い世界と絡み合い、戦争へとなだれ込んでいく世情が浮かび上がらせた不気味な妖怪なのでもある。

付記　「幽鬼の街」本文の引用は『街と村』（『昭和文学全集』小学館、一九八八）に拠った。

幻影の都市
――谷崎潤一郎「肉塊」における建築表象と横浜

日高佳紀

谷崎潤一郎「肉塊」の主人公吉之助にとって映画とは、幼少期より横浜の街並みの向こうに想像してきた西洋的な理想美を実現する行為だった。撮影のために作られた擬似建築空間のなかで邂逅した映画女優グランドレンに理想美を見出すようになるが、そこには、横浜の都市空間を捉える際と同様の認識過程を認めることができるのである。

ひだか・よしき――奈良教育大学教育学部教授。専門は日本近代文学。主な著書に『谷崎潤一郎のディスクール　近代読者への接近』（双文社出版、二〇一五年）、『谷崎潤一郎読本』（共編著、翰林書房、二〇一六年）などがある。

谷崎潤一郎中期の代表作「痴人の愛」（一九二四～二五）は、都市モダニズムを背景にした男女の葛藤が扱われた作品である。その最終第二十八章は一旦訣別した夫婦が和解してから「三四年の後」のことが一連の出来事の後日譚のような語りで描かれているが、その結末部の舞台に横浜が選ばれている。物語を通じて西洋文化を享受する女性として設定されたナオミは、夫である譲治に対し、和解の条件として次のような要求をつきつける。

「あたし、西洋人のゐる街で、西洋館に住まひたいの、綺麗な寝室や食堂のある家へ這入つてコツクだのボーイを使つて、――」

「そんな家が東京にあるかね？」

「東京にはないけれど、横浜にはあるわよ。横浜の山手にさう云ふ借家がちやうど一軒空いてゐるのよ、此の間ちやんと見て置いたの」

（「痴人の愛」二十七）

かつて小森陽一は、「東京における浅草的な盛り場から、銀座的な盛り場への移行を、みごとに象徴的に生き抜いた身体」として「痴人の愛」の河合譲治とナオミ夫婦を評したが、物語の最終的な舞台が横浜に設定されたことについても、「東京という都市が、外国（外部）としての西洋をめざす過程の中で西へ西へと肥大していくのと同じように、譲治とナオミの住居も、西へ西へと移動しつづけていく。横浜に住むようになった譲治は、すでに〈浅草的なるもの〉の痕跡すらとどめないほどナオミに同化している」とした（「都市の中の身体／身体の中の都市」佐藤泰正編『文学における都市』笠間書院、一九八八年）。身体表象そのものに〈西洋〉を体現させたナオミ――和解する直前の彼女はまさしく西洋人と見紛う姿で譲治の前に現れる――が目指す場所こそ、横浜なのだ。

「痴人の愛」は、最終章を除いて、関東大震災以前の東京を舞台としている。明治以降、銀座を中心に都市の西洋化が進んでいたものの、東京は、近代以前の街並みを残す都市でもあった。これに対し横浜は、一八五九年の開港とほぼ同時に設置された西洋人居留地が維新後も拡大し続けており、実際の街並みの上でも、また、その都市イメージとしても、〈西洋〉を保持する土地であった。カフェやダンスホール、活動写真といった西洋文化を享受し続ける「痴人の愛」において、最後にそうした文化体験を超えるような生活様式そのものを体感できる場として横浜が選択され、「西洋館」という建築空間は二人が新たな生活をする上で不可欠のものとされたのである。

本稿で取り上げる「肉塊」は「痴人の愛」に先立って書かれた作品だが、両テクストには、都市モダニズムや活動写真の印象、奔放なモダン・ガールに翻弄される男といった、いくつもの共通するモチーフを認めることができる。「肉塊」においては、横浜という都市空間が西洋イメージを色濃く保つ場として扱われており、また、都市と個人の内面や美意識とがあやうく交差する様が描かれているのである。関東大震災が起きる一九二三（大正一二）年の元旦から約四ヶ月にわたって発表された新聞連載小説（『東京朝日新聞』一九二三年一月一日～四月二九日、『大阪朝日新聞』同～五月一日）であり、同年九月一日の大震災を経た翌一九二四年一月に春陽堂から単行本化された。

最初に、物語のあらすじを確認しておこう。

横浜元町通りに西洋家具店を出していた小野田吉之助は、店を閉じて映画スタジオを作り、高級映画を制作する夢に邁進する。もともと、才能の欠如にもかかわらず、凡庸に生きることに満足できなかった吉之助は、芸術のもつ無限に気高く美しいものに憧れており、また同時に、純白の皮膚をもった金髪の聖母のような女性への幻想も抱いていた。カメラ仲間の柴山と映画制作に取り組むうち、映画俳優に応募してきた相沢に紹介されるまま女優を探しに出向いた仮面舞踏会で、理想の女グランドレンに出会う。「混血児」である彼女の白い肌と豊艶な肉体に溺れる吉之助にとって、その粗雑な振舞い、下品さ、気儘さがかえって悪女の魅力に感じられるが、完成した映画第一作は不評であった。これに対し柴山は、吉之助の貞淑な妻である民子と娘の秋子を起用して第二作を作り上げる。凛とした眼差しをもつ妻の姿に、吉之助は、女性の真の貴さ、永久に朽ちないものを発見するものの、彼らのもとを去り、グランドレンや相沢らとともに淫らな娯楽に供する映画を作り続けるのであった――。

「肉塊」は、映画会社を設立し、「藝術映画」を制作する過程が扱われた作品なのである。舞台である横浜は、谷崎が脚本部顧問として深く関わった大正活映が一九二〇（大正九）年に設立された土地であり、「大正十年の三月の半ばころから「此の物語は始まる」とされる「肉塊」の作中時間と時期がほぼ重なっていることから、従来、谷崎の映画体験に引きつけながら、その映画観あるいは芸術観を解明する文脈で検討されてきた。たしかに、内容的にも吉之助の志向する映画は「現実世界に隠された物の本体を」「顕現せしめるところの装置」（千葉俊二『谷崎潤一郎　狐とマゾヒズム』小沢書店、一九九四年）にほかならず、こうした発想の背景にプラトニズムに基づく芸術観を見ることは可能であろう。また、「肉塊」と映画をめぐる同時代的な意味および谷崎の創作との関わりについては佐藤未央子の詳細な論考がある（「谷崎潤一郎「肉塊」と映画の存在論」『日本近代文学』二〇一六年五月）。

それらに対し、本稿で考えたいのは、この作品において横浜という都市のイメージが、構成された物語空間においてどのように機能するかという点である。作中に描かれた映画も含めた、現実と虚構のせめぎ合う物語の場で、都市と直接結びつきながら具体的な空間を表す建築表象は、いかなる特質をもつのだろうか。こうした問いを切り口に、映画というヴァーチャルな空間をイメージづけていく物語の構造を検討する。ここから、描き出された都市とモダン文化との繋がりを明らかにしてみたい。

一、西洋空間としての横浜

「肉塊」において横浜という都市空間が単なる物語の舞台という以上の意味をもつことは、冒頭から新聞連載二回分の分量を費やして元町通りを中心とした街の描写がなされていることからも明らかであろう。まずはこの部分に注目して、物語における都市の果たす機能について検討してみよう。

物語は冒頭、「すべて、或都会の特色を知るにはその都会での一番賑やかな街を歩くのが捷径である。」という一文で始まっている。どこにでもありそうな場所であっても、「注意して見れば何かしらその地方でなければならない独得の空気がある」ものであり、街の断片と出会うだけでその場所を「何となく嗅ぎ分けられる」というのである。その上で、「僅か」な距離にも「無限の変化」が感じられる「街通り」の典型として、「横浜の元町通り」が挙げられる。「北側に山を控へ」た「路の幅は東京の仲通りぐらゐしかない」とされる元町は、山上の「外国人の居留地から、朝に夕べに各国の人々がいろいろな風俗をしてその坂路を降りて来る」ような通りでもある。

図1　「肉塊」連載第一回挿絵（『東京朝日新聞』1923年1月1日）画：田中良

〔…〕散歩好きな西洋人たちは、男も女もぞろぞろ歩いてやつて来る。坂の中途から街通りへかけて、彼等を相手に商ひをする花屋、洋服屋、婦人帽子屋、西洋家具屋、パン屋、カフエ、キユウリオシテイー・シヨツプなどが一杯に並んでゐる。——が、それらの店はどれもこれも多くは古めかしい土蔵づくりの、ただ前の方だけへガラスを嵌めて飾り窓を拵へたりしたささやかな構へで、銀座あたりの大商店とは比較にならない。寧ろ掘留か伝馬町辺の老舗の造りに似てゐるのだが、窓に飾つてある物が花でも菓子でも切れ地でも西洋向きの派手な色彩に富んでゐるから、落ち着きのある中にもケバケバしい趣があつて、勿論掘留や伝馬町とは街の感じがまるで違ふ。さうかといつてこんな所が外国にある訳はないから、矢張り日本の横浜でなければ見られない街通りなのである。

（「肉塊」一）

元町は、横浜を象徴する空間であり、その「都会の特色を知る」ことのできる街として取り上げられているのだが、ここに挙げられた都市の断片は、山上の居留地からやって来る西洋人の風俗によって彩られている。殊に、建ち並ぶ商店は西洋人を相手にした店であり、店の規模や作り自体は「古めかしい」が、通りに面した「窓に飾つてある物が」「西洋向きの派手な色彩に富んでゐる」ため、その独自の都市空間を特徴づけているという。すなわち、この街のイメージは、訪れる西洋人と彼らの消費行為によって形成されているのである。

また、ここで街の特質を表すために「掘留や伝馬町辺の老舗」が引き合いに出されていることにも留意しておかねばならない。建ち並んだ店舗の規模そのものは、これら東京でも最も古い江戸情緒を湛えた日本橋に近い界隈に通じるものとしながら、そうした古い盛り場にはない「落ち着きのある中にもケバケバしい趣」を持つ場として、元町の空間は際立たされているのだ。そして、その雰囲気こそが、現実の西洋空間とも異なった横浜のイメージを決定づけているのである。

図2　横浜元町界隈

図3　谷戸橋とグランドホテル

元町を中心とした都市風俗の描写に続いて語られるのが、街を構成する具体的な建築物である。先の山手から下りてくる西洋人たちの動きとは異なった、波止場から元町に至る道筋を辿る視線に重ねて次のような一節が置かれている。

波止場の方からそこへ行くには、海岸通りを真つ直ぐにグランド・ホテルの前に出て、その角を右へ曲ると、港へそそぐ一とすぢの掘割があつて、谷戸橋といふ橋がかかつてゐる。西洋人がウオター・ストリートと呼んでゐる山下町の往来の北のはづれにある橋なので、橋の向うに川を隔ててグランド・ホテルと向ひあつた仏蘭西の領

図4　谷戸橋とフランス領事館

事館がある。その、もう今日では時勢おくれのしたらしい建物のうしろにはずつと居留地の山がつづいて、高い高い丘の上にさまざまな形をした西洋館が入り乱れて並んでゐるところは、――赤い屋根瓦や、いろいろに塗り立てた壁の色や、ゴシツク風の教会の尖塔や、海へ向つて突き出てゐる露台や、――それらのものがきらきらと日に映えながら、青空の下にくつきり浮かんでゐる景色は、ちやうど昔の石版画か何かに有りさうな図で、始めて横浜へ来た者だと誰しもちよつと異様な感じがするのである。さてその橋を渡り、領事館の前を川に沿うて右へ進み、薬師堂の角を左へ折れればそこが元町通りであつて、丘と掘割との間に挟まつた、狭い細長い区域の両側に家が並んでゐるのである。　　　　　　　　　　（「肉塊」一）

波止場から海岸通りを抜けてグランドホテル、旧居留地を保護する目的で作られた堀割とそこにかかる谷戸橋、橋の向こうのフランス領事館、といった建築は、いずれも明治期に建造され、後の関東大震災で失われるものだが、作品発表時には、西洋風の街並みにおいても、際立って感じられるランドマークのようなものであったことが想像されよう。

ここで「仏蘭西の領事館」を「もう今日では時勢おくれ」としている点には留意が必要である。横浜のフランス領事館は、フランス人建築家ポール・ピエール・サルダの設計によって一八九六年に建築された。サルダは一八七三年に海軍省の御雇い外国人として来日、横須賀造船所で三年ほど機械技師を務め、東京帝国大学で教鞭を執った後、一八七八年頃に横浜に移り住んだとされる。フランス領事館のほか、ここでも挙げられているグランドホテル新館（一八九〇年築）もこの人物によって設計されたものである。領事館を「時勢遅

図5　横浜グランドホテル（新館）

れ」とする眼差しは、それ自体の建築様式の古めかしさにも拠っているのであろうが、むしろ、領事館の背後に見られる山手の居留地の西洋館群とのコントラストのためであろうと思われる。ここでの「石版画」のような景観は、これら全体から受ける印象にほかならない。

　この言説にしたがって都市を読み取るとき、「波止場」から元町に向かう読者の視線は、それらの建築を認めた後、西洋人たちの住む「居留地の山」と出会うことになる。その「昔の石版画か何かに有りさうな図」は、横浜に慣れない者には「ちよつと異様な感じ」を与えるような質の風景であるとされている。先に横浜を象徴する空間として語られていた元町は、こうした風景の中に位置づけられるのだ。

　港から元町に至るまでの具体的な建築を眼差しながら都市空間を語った先の引用部に続けて、都市は次のように把握される。

> 支那街へ行けば支那街特有の臭ひがするやうに、西洋人の往き来の激しい、西洋向きの品物ばかりを売つてゐるこの街通りにも一種特別な匂がする。葉巻の匂、チョコレートの匂、草花の匂、香水の匂――それらのうちでも最も強い葉巻の匂と、ココアだのコーヒーだのを煮つめたやうな匂とが一つになつて、往来の空気の中にこつそり柔かく溶け込んでゐる。よく晴れた日の、うらうらとした春の午後などにそこを通ると、甘い優しいその薫りがそよそよとした微風の底を流れながら、折々ふうわりと、女の手の様なしなやかさで鼻先を嬲つて行くのを感ずるであらう。時にはその空気全体が、びろうどに似た触感を以てその人の頬を撫でるであらう。で、それでなくても明るい街が、春は一層明るくなる。空の色や、

水の流れや、山の上の樹々の梢や、そんなものよりも春は最初にさういふ街のショウ・ウインドウにやつて来る。

（「肉塊」二）

都市空間をその景観で捉える語りから一転して、都市の内部に身を置いてそこで知覚した内容が語られるのである。視覚で捉えられてきた都市は、「一種特別な匂」という嗅覚の対象へ、さらには、「びろうどに似た触感」で感知されるものへと、さまざまな身体感覚を横断的に駆使して体感されるものとなるのだ。そして、「春」の訪れがそうであるように、都市の印象と変化は、「街のショウ・ウインドウ」によってもたらされる。自然変化よりも商品によってもたらされる季節感。都市消費文化の表象が先行して現れる場として都市イメージが捉え直されるのである。

すなわち「肉塊」における横浜とは、そこを生きる者にとって、匂いや触感といった不可視のものによって捉えられるものであり、西洋人の生活そのものである消費行為の対象である「ショウ・ウインドウ」の表情へと結実するのである。こうした都市体験と、最初に述べられた西洋建築がイメージづける景観と、質的に異なった二つの印象のバランスによって「肉塊」の横浜は表されているのだ。

二、西洋表象と美

ここまで見てきたような横浜のイメージを背景とした「肉塊」にあって、物語の中心人物である小野田吉之助は、この都市空間に生まれ育ち、そのイメージに導かれた西洋美への憧れを抱く人物として設定されている。

確認したように、吉之助は家業を引き継いで西洋家具店を経営していたが、物語が始まる「大正十年の三月の半ばころ」には、元町にあった店を人手に渡し、少し離れたところの本宅に隣接して建つ工場と倉庫を残すのみとしていた。米国から届いたカメラ技師柴山の手紙によって「小野田スタヂイオの設立、高級映画の製作と販売」に衝き動かされた結果、「鍛冶屋の店のやうな工場と、古ぼけた煉瓦作りの倉庫」を映画スタジオに作りかえて、映画制作に乗り出そうというのだ。

こうした決意に至る前提には、横浜という特殊な都市空間との関わりによって吉之助の中に醸成されてきた美意識がある。映画制作は、吉之助自身が子供の時から抱いていた「美しい夢」の実現に繋がっていく行為であった。

吉之助の美しい夢を慕ふ性癖は、或は彼が横浜のさういふ街に生れて、普通の日本の社会では見られない外国人の風俗や、建築や、器物などを、明け暮れ見せられてゐたことが幾分それの素因をなしてゐたかも知れない。彼には自分の住んでゐる街、周囲の人々、家庭や学校での生活、――それがすべて色彩のない、あぢきなく詰まらないものに思へた。しよざいのない時、彼はしばしば海岸通りへやつて来て、そこのベンチにぼんやり腰かけて波止場の方に浮かんでゐる商船や軍艦を眺めた。――世界の何処かに、きつと此の日本よりも美しい街があり、美しい空や水があり、美しい人々が美しい声で話しをしてゐる国がある。――と、そんな風に思ひながら、お伽噺の世界のやうなその国のことを想像し、大きくなつたら船乗りになつて方々の国々の港と云ふ港へ行つて見たいと、さう考へることもあつた。そして空想を続けると彼の眼の前にいろいろの幻がちらちらした。見るもの、聞くものが、みんな取り止めもない幻の種となり、さまざまな色や音楽が頭の中へ泡のやうに浮かんでは消える。――それを何かで云ひ現はす術を知らない吉之助は、ただこつそりとその幻影を見詰めてゐるより仕方がなかつた。

（「肉塊」一二）

この箇所の末尾で語られている「幻影」を「何かで云ひ現はす術」こそ、映画の制作に繋がる契機であることはいうまでもない。しかし、当初の吉之助が抱いていた「美しい夢」は、映画制作とは関わりのないものだった。また、横浜の都市空間から導き出されたものとはいえ、「空想」の世界の「幻」にほかならず、現実の都市にはあり得ないものであった。しかしながら、その「美しい夢」を抱く契機に横浜で体験される「外国人の風俗や、建築や、器物」といった要素が置かれていることは見逃せない。吉之助の「美しい夢」は、実際に目にする「自分の住んでゐる街、周囲の人々、家庭や学校での生活」から直接得られるものではなく、むしろ、横浜の風物を「幻の種」としてかき立てられた「空想」の産物なのである。吉之助が抱く、あるいは、横浜という都市空間が醸し出す〈美〉とは、都市に内在する事物から連想される不在の対象にほかならないのだ。その中心に、〈西洋〉のイメージが置かれているのである。

そんな〈西洋美〉に対する憧れを抱きながら、家業の家具店を継ぐことを担わされた吉之助は、せめて仕事の合間に芸術鑑賞の趣味を満たそうと考え、大学の文科に進むことを希望するが、それも父親に反対され、やむなく高等商業への進学を選択、不本意な学校生活を送る一方で「幼い頃から憧れてゐたお伽噺の世界」を求めて、夏休みになると「朝鮮、満洲、支那、西伯利」といった「日本の土地でないところ」を放浪し「ずつと前から自分がしばしば夢で見てゐた国へ来たやうな心地」に浸った。そして、旅から日常に戻ってもなお、吉之助は「それらの記憶が更に美しい幻を呼び起」すような感慨の中に心を没入させていた。やがて、こうした「旅行癖」が要因となって「写真道楽」に耽るようになるのである。

旅の途中で撮影した「精巧な印画」は評判を博し、吉之助は「ひとかどの藝術写真家」としての認知を得ていく。図らずも、諦めていたはずの「創作」の欲望を実現させたわけだが、「写真も一個の独立した藝術だ」とする世評を吉之助は肯定することができない。

彼にとって写真とは、「自然の中からキヤメラの内へ好きな構図を切り取つて、それに多少の修飾を加へ」たものに過ぎず、それは「俗事にたづさはりながらなほ藝術をあきらめることの出来ない」、「結局それはほんたうに己れのものを生み出す力のないものが、たゞ創作の真似事をして」いるだけであるとして、写真の技術や技法がどれだけ賞賛されようとも、「わざとらしい技巧」による「ごまかしの美術」「独創力のない俗人どもの似而非藝術」であるなどとして全く認めようとしない。「自分はつまり絵が画けないから、こんなごまかしの手段で以て、外形丈が絵に似た物を拵へてゐる」とさえ考え、「藝術写真家」と評されること自体を毛嫌いするようになるのである。

写真に対するこうした吉之助の意識は、「横浜」の都市イメージが果たす機能を考える上で鍵となる。

例えば、次の箇所を見てみよう。この場面において吉之助は妻の民子に対して、映画の作り出す表象の価値を写真を引き合いにしながら説いていく。

「一体、己の考へでいふと、」と、吉之助は更につづけた。「活動写真といふものはたとへどんなに短い場面でも藝術的に撮つてさへあれば、そこに必ず一つの神秘が感ぜられる筈だと思ふ。僕がお前を写すとする、それは長い芝居でなくても、お前が庭を歩いてゐるところでもいい、さうしてそれをスクリーンの上へ映写するとする。――ただそれだけを考へて見ても己には何だか不思議な気がする。普通の写真だと物の影だと思へるけれど、活動写真の中の人間はなぜか己には影のやうな気がしないのだ。却てこゝに生きてゐるお前の方が影であつて、映画の中に動いてゐるのがお前の本体ぢやないだらうか？」と、そんな風に思へてならない。〔…〕己たちの見る夢だとか空想だとかいふものも、つまりそれらの過去のフイルムが頭の中へ光を投げるので、決して単なる幻ではないのだ。矢張り先の世とか、子供の時分とかに、一度何処かで見たことのある物の本体が影を見せるのだ。己には先からさう云ふ考へがあつたんだけれど、活動写真を見てゐると一層そんな感じがする。映画といふものは頭の中で見る代りに、スクリーンの上へ映して見る夢なんだ。そしてその夢の方が実は本物の世界なんだ。」（「肉塊」二）

吉之助は、現実を「切り取つ」て紙に写し出した写真を「物の影」とし、それに対してスクリーンに映写された活動写真を「影のやうな気がしない」と述べている。さらには、一旦映画の中にイメージが投影されると、「生きてゐる」現実の存在よりも、映像の方が「本体」に見えてしまうというのである。まさしくプラトニズムに基づく芸術観が表されていると言ってよい箇所であるが、映像をめぐるこの吉之助の発想は、彼が横浜の都市空間から〈美〉の幻影を受け取る際の認識に通じている。

先に述べたように、街の断片によって構成された都市から〈美〉を体験する契機を得ていた吉之助にとって、視覚で捉えたものよりも自身の想像によって認識しうる不在の対象としての〈美〉こそ、子供のころから憧れていたものであった。そうした実体を伴わない「夢だとか空想だとかいふもの」を現実の世界において表象すること。それこそ、映画の幻影にほかならないというのである。

> 最初に己は脚本を作る。さうしてそれを頭の中で夢にして見る。夢の世界でいろんな人間の幻がちらちらする。それから己はその幻に似たものを、此の世の中に生きてゐる男や女から捜し出す。その場合に、己の幻こそ本体なので、俳優たちはその影なのだと己は思ふ。
>
> （「肉塊」二）

このような意識で映画制作に向かう吉之助にとって、自身の抱く理想の〈美〉を実現するためには、それを喚起しうる俳優を見出すことが不可欠となる。果たして吉之助は、映画制作の理想の「影」すなわち現実の表象として、女優・グランドレンを見出すことになるのである。

グランドレンを理想の〈美〉と接続していく過程については次節で詳しく検討するが、その前に、映画による独自の世界を創造する上で、見落としてはならないのは、映画制作を行う空間そのものである。

映画制作こそ、年来の「美しい夢」の実現にほかならないことに思い至った吉之助は、妻の民子に事業の意義を説いていく。民子も夫の夢に対する協力を惜しまない気持ちになっていくのだが、そうしたやり取りの中に次のような一節がある。

> 監督のこと、撮影術のこと、染色のこと、調色のこと、

カツテイングのこと、——夫は夢中でそれを語つた。何とかして映画の真価を妻にも了解させたいといふ心持ちが、彼の態度に溢れてゐた。
「これを御覧、かういふものが今に此処に立つんだよ。」さう云つて、彼は或時一枚の図面を民子に示した。図面の中には撮影所、現像場、映写室、化粧室——夫らのものから出来上つてゐるスタデイオの設計が作られてゐた。

（「肉塊」二）

ここで吉之助がスタジオの設計図を民子に見せたのは、単に「映画の真価」を知らしめることだけが目的ではない。スタジオ建設を進めるうちに、西洋家具店時代の倉庫と工場だけでは不充分であることが判明し、資金不足もあって、隣接する住居の一部を改築してフィルムの「現像場と映写室」に充てざるを得なくなったのだ。

「小野田スタデイオ」の完成は、吉之助の夢を実現する上で不可欠の条件である。吉之助は、民子にその設計図を見せ、具体的なスタジオ全体をイメージすることを促す。まさしく建築は、吉之助にとって「幻」でしかなかった「美しい夢」を作り上げるためのプロセスを、可視化して示すものなのである。

当初の目論見とは異なって、結果的に家族に負担を強いることになるのを恐縮しつつ打ち明ける吉之助に対し、民子はむしろ「自分も夫の仕事を朝夕目撃することが出来る」のを「唯一の慰めであるやうに感じ」てあっさり住居の提供を承諾する。こうして「小野田スタデイオ」の建築空間は出来上がるのだが、吉之助の家庭と撮影現場との境界は、当初から曖昧なものとなる。この設定が、民子を映画事業に直接的に関わらせることになり、ひいては、物語後半での民子と娘秋子の撮影への参加を生み出す要因ともなっていくのである。

三、「幻の女」とグランドレン

ここまで、吉之助が横浜の都市イメージを一つの契機として「美しい夢」を自らの裡に作り上げていたことを確認してきた。映画制作はその理想美の実現のために取り組む事業だったが、吉之助が幻のように思い描く〈美〉は、女性に対する或る理想美に結実するものでもあった。

彼は強ち道徳家ではなかつたけれども、「女性」といふものに対しては、ずつと前から或理想を持つてゐた。それは恐らく、幼い頃から西洋人の女の多くを見つけてゐたせゐでもあらう、「女」といふと彼には純白の皮膚を持つた、金色の髪をちぢらせた、聖母のやうな気高い碧い瞳を持つた荘厳な顔が眼に浮かんだ。彼の「女」はそれ以外になく、彼女は彼の美しい夢の世界に住んでゐた。空想の中で彼は幾度かその幻の女の前に跪き、彼女の足に畏る畏る唇をつけた。時には街を歩いてゐる西洋人の女の顔にその幻を見出すこともないではなかつたが、……しかし、黄色い皮膚を着せられてゐる日本人の彼が、それをどうすることが出来よう。彼は此処でもあきらめを持たねばならなかつた。

（「肉塊」二）

吉之助が抱く理想の女性もまた、都市イメージに導かれた憧れの対象であった〈美〉と同様に、不在の対象というべきものなのである。それは、西洋人女性の「純白の皮膚」につながるものとしてイメージされるが、どこまでも「美しい夢の世界に住」むもの以外ではない。街ですれ違う西洋人女性にその「幻を見出す」ことはあっても、直接的な関わりを持つことはできない。たとえば母に「ちつとは遊びにいくといゝ」などといわれても、「幻の女に対する一つの冒瀆」と考えて、そんな気になれずにいたのだ。

映画を通して自身の理想の〈美〉を実現しようとする吉之助が欲しているのは、映像の中でそうした理想美を生み出すための女優であり、彼にとっての「幻の女」はスクリーンの中にしか存在しないはずであった。したがって、当初、生身の女性としてのグランドレンに異性として惹かれていたわけではないのだ。しかし、結果として吉之助は、貞淑な妻であり映画制作の裏方としてあらゆる協力を惜しまない民子を裏切って、グランドレンと特別な仲になっていく。

こうした顛末に至るのは、吉之助の意識が本来、映画の中だけにあったはずの理想美を現実の世界に引き出して感受するようになるからである。結論から言えば、非現実の映像の世界と現実世界を横断する際、物語の上で機能するのは空間表象を通してであり、本稿で問題にしている建築をめぐる記述こそ、その起点となるものなのである。以下でその過程を確認してみよう。

ある夜、俳優に応募してきた相沢に連れられて、吉之助と柴山はグランドレンと会うために仮面舞踏会に出かける。その道すがら、山手の「外国人街」の印象が、「こんな所を歩いてゐると日本にゐるやうな気がしない」という洋行帰りの柴山の口から語られる。

「一体に日本の家は建築が薄ツぺらで直かに往来に面してゐるから街通りに深みがないが、そこへ行くと斯う云ふ街は奥床しいね。見給へ、あの洋館の二階の窓に明りがついてゐるだらう。あの窓の持つ一種の神秘となつかしさとは、日本の街では見られないものだよ。〔…〕」

（「肉塊」四）

一般の日本家屋の建築との対照性からこの街の西洋的空間が捉えられていることに留意しよう。その上で、闇と西洋建築の窓に枠取られた光、その光の向こうにある「神秘となつかしさ」は見出されている。

やがて舞踏会の行われるホテルを遠目にした吉之助は、闇から光に向かう印象を「活動写真を見る時に似て」いるとし、「子供の時分」に体験したパノラマを思い起こすのである。そして、暗闇の中に浮かび上がった「一点の光り」の中を「いろいろな人影が謎のやうに黙つて動作をつづける」、その映画表象にも通じる「神秘な感じ」は、水族館の「ガラス越し」に覗かれる空間を連想させるものであるとして、「その水族館の幻想を映画に作つて見ようかと思つて」いる、と自らが構想する第一作目の映画のモチーフが人魚であることを初めて柴山に打ち明けるのである。まさに、この日の目的は「水族館の窓の向うに」入れる「人魚を捜しに行く」ことそのものにほかならないというのだ。

果たして、舞踏会での邂逅を経て、人魚の映画を撮る目的でグランドレンを女優として迎え入れることになる。しかし、実際の撮影が始まると、吉之助と柴山の間で、水中の映像を作り出す際に意見が衝突する。人魚が恋人プリンスと水槽越しに接吻するシーンで、人魚が水中に吐く息を「美しい泡」で表現するために「ほんたうの水」を使う必要があるとする柴山に対し、吉之助は、「光線」を工夫することで水中の感じを出すことができるはずだと主張するのである。

> 水を使へば水の感じが出せると思ふのは、俗人の考へに過ぎない。水の世界とは云ふものの、吉之助の註文するのは写実的の意味に於いてではなく、畢竟彼の幻想を満足させるやうな、一個の美しい謎の世界である。そこにあるところの凡べての物がなまめかしくゆらゆらと輝き、繻子のやうにつやつやとして波に揺られてゐる心持ち、――それはほんたうの海の底とは全く違つたものであらうとも差支はないのである。（「肉塊」七）

吉之助は、映像の空間を作り上げるために「絹や天鵞絨」「ブラック・ベルベット」といった構築物に「扇風機と人工光線」を与えることで水中を表現しようというのである。こうした視覚の操作によって「写実」を超越することこそ、吉之助のイメージする「幻想」の表象、「一個の美しい謎の世界」を現出する方法であると考えているのだ。

水中の空間表象をめぐる両者の対立は、結論を見ないまま、深夜にもの別れとなり、帰宅するため現像室を後にした吉之助は、次のような印象を抱く。

戸外――さう、さつきから三時間ばかりも暗い室内に籠つてゐた彼は、全くそこに戸外と云ふものがあることを忘れてゐた。彼の世界は赤い電燈の灯影のうちに浮かんでゐる、小ひさな無数のグランドレンの顔ばかりだつたのが、そこには非常に冴え冴えとした青白い夜の光が地にクツキリと印してゐた。
「いい月夜だな。」
と、さう思つたのは、しかし彼の間違ひだつた。それはスタデイオのガラス張りの天井に燃えてゐる、アーク燈の明りだつたのである。（「肉塊」七）

この時、吉之助の意識はすでに、現実と幻影の境界を逸脱しようとしている。帰宅前の点検のためにスタジオの周囲を歩きながら、やがて吉之助は翌日撮影する予定の「水族館の一場面」を想像する。

もう一時近くであらう、――岡の上の異人の墓の石塔の列が夜にも著くしろじろと見える様な、星のきれいな、晴れ渡つた晩だつた。撮影所の中には明日撮影する筈の道具が、三場面ほど飾つてあつて、一つは例の水族館の場面、一つはプリンスの居間とも寝室とも分らないところ、一つは土耳其風のハレムとでも云ふやうな、贅沢な宮殿の遊び場だつた。プリンスは人魚のお蔭で通力を得、一緒に水の中を泳ぎ廻つて貝や魚を友達にして暮らした揚句、やがて人魚を水の世界から誘ひ出してハレムへ連れて行く。そこの部屋には四角に切られた大理石の噴泉がある。〔…〕……吉之助はガラス張りの外を歩きながら、内部に飾つてあるそれらの舞台を想像した。そこには、しーんとした深夜の静寂の裡に、アークの炎に燃えつゝ眼のさめるやうな絢爛な道具立てが、明日の演技を待ち構へてゐるのだ。それこそ海の底の世界のやうに、又は死滅の国のやうに、音もなく並んでゐるのだ。……と、さう思つたとたんに、微かにカタリと云ふ響きが不意に彼の耳を襲つた。（「肉塊」七）

ここで描かれているのは、スタジオには入らずに「ガラス張りの建物」外部に身を置きながら想像された室内空間である。吉之助は横浜の都市空間をさまよいつつ、想像上の視線をスタジオ内に構築された擬似建築物の上に這わせていくのだが、その際、翌日に撮影される映画のイメージに重ねて、物語の上に空間表象を配置するのである。そうした想像力によって作り出された建築の上に、不在のはずのプリンスや人魚の身体を呼び起こし、彼らの演じる様を描き出していく。

この時、ガラスの外にいる吉之助に焦点化された語りは、さながら映画を撮すカメラそのものとなり、スタジオ内の擬似建築をリアルなものに仕立てる機能をもって物語上で動き出す。吉之助を包む静寂が想像の世界を現実と不可分にさせていたはずだが、この時、静寂を破る物音が彼をスタジオ内に導くのである。

スタジオ内部に足を踏み入れた吉之助は、作り上げられた建築空間の内部で、撮影時にいるべき俳優たちの姿や声を想像し、それらが不在の空間に違和感さえ覚えるのである。

> 彼は蒸し暑い夏の晩などに月夜の公園を散歩しながら、池のほとりに立ち尽して噴泉のひびきを聞くのが好きであつたが、しかしガラスのドームの中の、アーク燈の明りの下で見る噴泉は月夜のそれよりも更に美しい。そこにある世界は昼でもなく夜でもなく、吉之助の所謂「自然を歪めた、人工的な」或謎のやうな明るみを持つ世界である。月と太陽とに慣らされた人間の瞳は、人間自身が作つたところのその青白い明るみに対して不思議な凄味と鬼気とに襲はれる。青白ければ青白いほど、明るければ明るいほど、一層月とも太陽とも違つた感じが増して来て、そこにあるものはほんの仮初の幻であり、ちよつと眼を潰ればそれこそシャボンの泡のやうに一瞬間に消えてしまふかと訝しまれる。が、幾度び眼を潰り、幾度び眼を睜つても、その青白い幻は儼然として消え失せるけはひもなく、水のしぶきは相変らずちよろちよろと響きを立てて吹き上つてゐる。そして大理石の彫像は、青白い中でも一と際青白く、生温い春の夜ながらぞつと寒さを覚えさせるほど冴え返つて、而も昼間の光線で見るよりは何処となく生き生きとしてなまめかしい。顔つきだけをグランドレンの容貌に似せた、極めて拙い彫刻ではあるが、若しほんたうのグランドレンを連れて来て此の噴泉の中に立たせても、肌の匂ひはこれ以上に妖艶ではあるまいとさへ感ぜられる。
>
> 「グランドレン！」
>
> と、吉之助は思はず口の内でさう呼んで見た。
>
> （「肉塊」七）

映画撮影のために作られたこの撮影所内の建築空間の中で、際立って認められるものこそ、「顔つきだけをグランドレンの容貌に似せた、極めて拙い彫刻」なのである。しかし、ここに至った吉之助の意識は、既に作り出される映画をイメージし、その空想の幻影空間の中で、「ほんたうのグランドレンを連れて来て此の噴泉の中に立たせても、肌の匂ひはこれ以上に妖艶ではあるまい」などという転倒に陥っている。眼前の空間から想像上の理想美へ、そして、「肌の匂ひ」という視覚を超越した感覚によって得られるイメージに至るこの過程こそ、物語冒頭にあった横浜の都市空間を把握する認識に通じている。

勿論そこは大映しになる場面であつた。で、吉之助はいつものやうに、その彫像の何処へ人魚とプリンスを据ゑ、何処へキヤメラを置いたらいゝか、そして彼等にどんなポーズを取らせようかと、例の工夫に耽りながら噴泉の周りを往つたり来たりして時の移るのを忘れてゐた。さうしてゐるうちに彼は次第に、自分が当のプリンスであつて、此の原型に似た女がやがて此の部屋に現はれるのを待つてゐるのだと、さう云ふやうな心持ちに誘はれて行つた。実際それは考へやうに依つては事実に違ひないのである。よしやこゝにあるハレムが仮の舞台の道具だとしても、彼の心には昔から此のハレムがあり、そこには一つの完全な美の原型があり、「彼女」がいつかは此の世の生きた人間として自分の眼の前に出て来ることを、長い間待つてゐたのである。　（「肉塊」七）

作り舞台の擬似建築空間の中で、吉之助は再び映画制作の現場を想像する。そのうちに、自らを映画のなかで人魚を恋するプリンスの位置に重ね、非現実の存在である女、まさしくそれは吉之助が作り出そうとした、自らが憧れ続けてきた理想の女を待つような錯誤に陥っていく。この時すでに、眼前の映画の作り舞台の「ハレム」は、彼の心の中に存在し続けていた〈美〉を生み出す場を具現化した空間以外の何ものでもない。こうした想像上の映画と現実の転倒を経て、現実のグランドレンを「幻の女」と眼差すような認識に、吉之助は逢着するのである。

果たして吉之助は、「ハレム」の中心である「閨」で人魚の衣裳のまま横たわっていたグランドレンを見出す――後に明かされるように、この時相沢といたグランドレンが意図的に吉之助との邂逅を演出したのであるが――。すでに現実と映画の世界を区別できなくなっていた吉之助は、想像された映画空間、その幻影のなかで邂逅したこの「幻の女」と肉体関係を持つに至るのである。

四、都市／建築から肉塊へ

前節までで検討したように、映画制作に乗り出す吉之助にとって横浜の都市イメージから抱かれた理想美への憧憬と映画そのものがもつ幻影の価値は、グランドレンという女性を映画において表象することで達成されるはずであった。その際、都市空間と映像を接続する上で、建築の果たす機能についても確認した。しかし、見てきたように、グランドレンとの関係はある夜を境に変質する。グランドレンの現実の身体と映画表象の間にあったはずの断絶は、前節でみた過程を通して無化されてしまうのである。

そこで最後に、グランドレンとの関わりの変化が映画制作および物語に及ぼす事態をみていきたい。

グランドレンとの特別な関係を深めていく吉之助だったが、映画制作はその後も進み、数ヶ月を経て完成する。吉之助の意向を優先させて作り上げた映画は、必要以上の長さをもち、過剰なほどにグランドレンのクローズアップを多用したものとなっていた。そのことについてどれほど柴山が反対しても、吉之助は聞く耳を持たなかった。

過剰なクローズアップをグランドレンの〈美〉の表象と考える吉之助は、「藝術の上での美しさと、実生活での美しさとは違つてゐる」と元来の意識を思い起こしながらも、「少くともグランドレンの場合には映画の中の人魚が現す美しさは、彼女が日常の実生活の延長であ」り、「現世に生きてゐるグランドレンの生れながらの美しさを、出来るだけ充分に、出来るだけ明瞭に、そして出来るだけ順序よく翫賞するに都合がいいやうに、一つの便利なシチユエーションを作つた」ものこそ、この映画であると考えるようになる。

たとへば人は泥土の中から貴い石を掘出したとき、その貴さを増す為めに研きをかけ、細工を施し、それにふさはしい贅沢な筐の中に収める。グランドレンはその石と同じだ。自分は彼女を此の世の中から掘り出したのだ。宮殿や、水族館や、噴泉や、鱗の衣裳や、――それらのものは彼女と云ふ石を蔵つて置くびろうどの筐だ。その筐を作り、さてその裡にその石を収め、かがやかしい光を飽かずに打ち眺める。それが今度の映画なのだ。クローズ・アツプが多過ぎるのは自分に云はせれば当然のことだ。自分はそこに、大きく映された彼女の顔の表情の中に、酌めども尽きない無限の変化があるのを感じ、滾々として湧き出づる微妙な音楽を聞くことが出来る。それで藝術の目的は達せられてゐるのぢやないか。其の外に何を求めることがあらう。

（「肉塊」八）

かつて幻影のなかだけに〈美〉を感得していたはずの吉之助にとって、映画の擬似空間もまた〈美〉を表象する発露であり、映像のなかに作り出された建築はそうした機能を担っていたはずだった。しかし、この映画においては、それらはグランドレンのクローズアップを入れる「びろうどの筐」でしかない。そうしたクローズアップの醸し出すもう一つの〈美〉に囚われてしまった吉之助は、この時すでに、幻影の側に取り込まれている。

したがって、過剰なクローズアップがグランドレンに対する「愛に溺れた結果」ではないかという柴山の疑いに対しても、映画を彼女の生活の延長とみて「グランドレンに溺れる心は劇中の人魚を愛づる心と変りはない」とし、映画を「実生活と密接な関係にあるのがいい」といった考えに至るのである。

果たして、完成された「小野田映画製作所」第一回作品は、散々な評判に終わる。柴山が危惧していたとおり、「筋が余り冗漫で、主役の人魚のやる仕草がくど過ぎる」、「女優の藝が成つてゐない。表情が乏しい。あんなに度び度びクローズ・アツプが出て来るのに、いつも同じやうな顔ばかりしてゐて、何の事やら意味が分らない」といった非難を浴び、どれほど売り込もうとしても買い手がつかないのである。クローズアップへの吉之助のこだわりは、断片から広がるイメージこそ自身の目指す〈美〉の表象であり、それを生み出そうとする意識に裏打ちされている。しかし、こうした意図が、鑑賞者の多くに理解されることはない。生み出された映像（クローズアップ）は一人の女性の「肉塊」に過ぎず、それら断片としての映像が一つのイメージに結ばれることはないのだ。

経営に行き詰まった吉之助は第二回作品を作り始めるが、またしてもグランドレンを重用していくなかで、決定的な破綻が生じ、グランドレンも失踪する。その結果柴山が女優に起用した民子に対し、グランドレンになかった純粋さを見出し、もとの〈理想美〉を想起する吉之助だったが、自身は彼らのもとを去り、かつて抱いていた〈美〉の探求から限りなく遠いところで、グランドレンや相沢たちと淫らな映画を制作するようになるのである。

以上みてきたように、物語は、後半になって、当初イメージされていた「藝術映画」の制作から逸脱する。そこに至るまでの吉之助がグランドレンという女性を見出すまでの展開にあった、都市イメージが個人の認識に作用し、それを映画という現実とは異なったレベルの表象に接続しようとする試みは消え、一人の女性の身体そのもの、いや、その断片としての肉塊に、鑑賞する者たちの欲望を煽ろうとする試みへと吉之助を連れ去っていくのだ。

このように、理想の映画制作を果たす物語として「肉塊」を読もうとするなら、後半の展開は、当初配置された物語の構成が破綻していく過程を見ることになろう。

しかし、夜の撮影所で吉之助が「幻の女」としてグランドレンを見出す場面こそ吉之助が憧れ続けていた理想美との邂逅であるとするなら、本来は映画で実現するはずだった幻影空間そのものが現実に顕れる過程を認めることができよう。

そうした現実と幻影の間のイメージの葛藤を生み出す場と

して横浜の都市空間と建築は機能していたのであり、空間に対する認識と身体性を映画という表象の上で扱おうとした物語として、「肉塊」は捉えることができるのだ。

付記　引用は『谷崎潤一郎全集』（中央公論新社、二〇一五〜二〇一六年）に拠る。引用文中の傍線はすべて引用者による。但し、ルビ・傍点等は適宜省略した。

日本近代建築小史

高木 彬

一、近代建築の成立

本稿の目的は、近代建築の成立、および日本における近代建築の受容とその展開を概観することである。ギリシャのパルテノン神殿から始まる包括的な建築史ではないことを、先に断っておく。

近代建築（modern architecture）の成立は、一八世紀後半にイギリスで始まった産業革命にまで遡ることができる。それまでの西洋建築は、教会や貴族の邸宅を中心に展開していた。しかし産業革命がもたらした工業化や都市化の流れは、工場、倉庫、オフィス、鉄道施設など産業関連施設や、職住分離のライフスタイルに適応した独立専用住宅や集合住宅といった、新しいタイプの建築を要請した。

また、そもそも建築とは、いくつかの例外（実現しなかった建築計画、あるいは最初から実現を目的としない批評的行為としての建築計画）を除けば、物理的な材料を用いて建造するものである。したがって、その材料の製造技術の革新は、そのまま建築の姿の根本的な変化に直結する。

産業革命は、鉄、ガラス、コンクリートといった材料の大量生産と加工の工業化を可能にした。それによって、それまで建築物の一部（たとえば神殿建築の石材を繋ぐ鉄の楔や、教会建築のステンドグラス）にしか用いられてこなかったこれらの材料が、建築物を構成する主要材として用いられるようになる。

材料が変われば、建築構造が変わる。なぜなら材料には、それぞれ物質的・物理的な特性があるからだ。

産業革命以前の西洋建築の多くを形作ってきた石や煉瓦は、基本的には垂直方向に積み上げることしかできない。水平方向に煉瓦を架け渡す（たとえば窓など開口部の上辺や内部空間の天井を形成する）ためには、特殊な積み方が必要になる（少しずつ角度をつけて両端から積み、合流する中央で要石《キー・ストーン》を嵌め込む構法が一般的）。開口部のアーチやヴォールトの天井は、美的な要請によるものというよりは、まずは煉瓦という材料的特性から必然的に導かれた造形だと言える。

　このように石や煉瓦を積んで建築物を造る組積造《そせき》（**図1**）に対し、鉄とコンクリートは建築物を、柱（垂直材）と梁（水平材）による架構方式（ラーメン構造、**図2**）へと変えた。鉄は、引張に強いが圧縮に弱い（座屈する）。逆にコンクリートは、圧縮には強いが引張に弱い（脆い）。鉄とコンクリートの欠点を相殺し、両方の材料の特性を相補的に活用した建材が、鉄筋コンクリート（reinforced concrete（RC））である。コンクリートの中に鉄筋を埋め込んだこの建材によって、柱と柱の間に長い梁を架けることが可能になった。建築物にかかる荷重は、石や煉瓦の壁（面材）ではなく、柱と梁（線材）によって支持できる。壁は荷重を支える役目から解放され、それまで狭い面積で縦長だった開口部も、壁面に自由に空けることが可能となった。

図1　組積造（ジェイムズ・フランシス・オゴーマン『建築のABC』、安井正訳、白揚社、2000年）

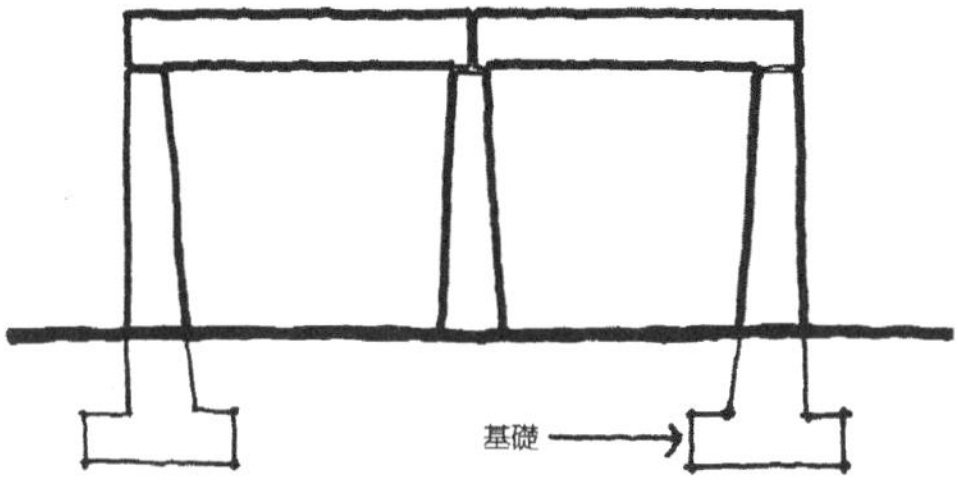

図2　ラーメン構造（ジェイムズ・フランシス・オゴーマン『建築のABC』、安井正訳、白揚社、2000年）

　こうした産業革命以降の建築の工業化について原理的に考察を加え、設計に活かした建築家たちがいた。彼らの建築は、上述のような近代の建築の原理を理解した上で、それを自覚的に推進していこうとする近代主義《モダニズム》の立場のもとに設計されていた。そのため、近代主義建築（modernism architecture）とも呼ばれる。

　たとえばル・コルビュジエ（Le Corbusier）は、この材料的・構造的革新によってもたらされた近代建築の性質を、「新しい建築の五つの要点」（Les cinq points d'une architecture nouvelle, 1927）と呼んだ（「近代建築の五原則」とも呼ばれる）。壁は建築物にかかる荷重を支える必要がなくなったので、原理的にはどこに配置してもいい。

図3　ル・コルビュジエ《サヴォワ邸》（中村研一『ヘヴンリーハウス――20世紀名作住宅をめぐる旅1　サヴォワ邸／ル・コルビュジエ』東京書籍、2008年）

すなわち間取りや立面（ファサード）は自由に構成できる（「自由な平面」、「自由な立面」）。また同じ理由から、それまで小さく縦長だった窓を大きく横長に空けることもできる（「水平連続窓」）。加えて、たとえば一階部分の壁を全て取り払い、柱のみで二階以上の建築物を支えることで、一階部分を半外部空間（「ピロティ」）として解放することもできる。そうして、それまで地面から積み上げるしかなかった旧来の組積造との違いが明示される。また過去との違いは、屋根の構造にも現れる。旧来のヴォールト天井においては屋根は三角形断面のものが多かった。しかし鉄筋コンクリート構造では、屋根（スラブ）は四辺の梁によって支えられるから、水平面となる。建築物が奪った地表面を、その屋上で第二の地表面として再現することが可能になった（「屋上庭園」）。――現代建築においては常識となっているこれら五つの原則を、実際の建築物として示したのが、コルビュジエ設計の《サヴォワ邸》（一九三一、**図3**）である。産業革命がもたらした新しい建築のタイプであるその独立専用住宅には、「自由な平面」「自由な立面」「水平連続窓」「ピロティ」「屋上庭園」といった、近代主義建築の要件がすべて備わっている。

二、日本における近代建築の受容

このように産業革命以後の西洋では、教会建築に代表されるような旧来の建築タイプや構造とは別のかたちで、鉄とガラスとコンクリートを主要材とした新しい建築物が造られ始めていた。しかし、当時それはいまだ建築のアヴァンギャルドとも見なされていた。依然として多くの建築物は、石と煉瓦による組積造によって建設されていた。

明治維新後の日本が、西洋からさまざまな近代的技術とともに「建築」を受容し始めたとき、まず彼らが参照したのは産業革命以前から続く組積造の建築だった。なぜなら、それが西洋においていまだ建築の正統だったからだ。近代化＝西洋化を急ぐ明治政府にとっては、それを模倣する以外に選択肢はなかった。

しかし、ひとくちに組積造の西洋建築と言っても、それは一〇〇〇年以上ものあいだ受け継がれてきている。時代ごと

図4　歌川国輝（二代）「東京銀座要路煉瓦石造真図」（東京都立図書館デジタルライブラリー、http：//www.library.metro.tokyo.jp/digital_library/tabid/1423/Default.aspx）

に技術はアップデートされ、石や煉瓦の表面を彩る装飾にも、ロマネスク、ゴシック、バロックという時代ごとの様式の変遷がある。そうした技術形式や装飾様式の異なる各時代の建築物が、都市のなかに同居・積層しているのである。それをそのまま移入することが、日本の都市の近代化だと信じられていた。したがって、日本における近代建築とは、いわゆる近代主義建築に限らない、広い意味での西洋風建築のことである。日本における建築の近代化は、そうした西洋建築の歴史を、わずか数年間で反復する過程だった。

　そのため明治政府は、他の近代技術と同様に建築分野でも、海外から技術者を雇用した。技術移入をいわゆる「御雇い外国人」に頼ることで、近代化を加速させた。たとえば、アイルランド人技師トーマス・ジェームズ・ウォートルス（Thomas James Waters）は、《大阪造幣寮》（一八七一）や、近衛歩兵第一・第二連隊兵舎の《竹橋陣営》（一八七一）、銀座大火後の《銀座煉瓦街》（一八七三、**図4**）などを設計した。いずれも歴史様式をベースとした組積造建築である。《銀座煉瓦街》はその名の通り煉瓦造の建築物で銀座の一街区を構成した都市計画。「一丁倫敦」とも呼ばれ、都市の不燃化と近代化のモデルとなった。このように明治初期は、日本が近代国家としての体制を整えるための基盤的建築や産業関連施設が、外国人建築家によって建設されていった。

　また同時に、維新前より長崎・横浜・函館・神戸に設置されていった外国人居留地においては、それまで日本建築を手がけてきた大工棟梁たちが洋風住宅を建設した。たとえば長崎の《グラバー邸》（一八六三）では、イギリス人貿易商トーマス・ブレーク・グラバー（Thomas Blake Glover）自身が簡略な設計図を提示し、その図面をもとに日本人棟梁が施工した。施工にあたって棟梁たちは、日本の伝統建築の技術を活用しつつ、西洋建築の意匠の再現に努めた。（ただし、それはイギリス本国の住宅建築とは異なり、高温多湿の日本の風土に適応した、ヴェランダをもつコロニアル様式だった。）

図5　清水喜助（二代）《築地ホテル館》（清水重敦『日本の美術7　No.446　擬洋風建築』至文堂、2003年）

こうして建設されていった公共建築や居留地建築は、錦絵などのメディアや伝聞によって日本各地に知られていく。それをもとに、各地の大工棟梁たちは見よう見まねで、西洋風に擬えた建築を独自に建てていく。現在「擬《ぎ》洋風《ようふう》建築」とも呼ばれるそうした建築の代表例としては、清水喜助（二代）設計の《築地ホテル館》（一八六八、**図5**）や《第一国立銀行》（一八七二）、林忠恕《ただひろ》の《大蔵省》（一八七三）や《内務省》（一八七四）などが挙げられる。いずれも西洋建築の正統な歴史様式には則っていないが、その受容と解釈を考える上で興味深い事例である。

さて、こうした御雇い外国人への依存や西洋建築の表面的な模倣から脱したのは、工部省（当時）が開設した工学寮（一八七三、後の工部大学校（一八七七）、現在の東京大学工学部の前身）の造家学科における体系的な西洋建築教育が開始されてからである。教師として招いたイギリス人建築家ジョサイア・コンドル（Josiah Conder）のもとから、その後の日本近代建築を牽引する建築家たちが巣立った。

イギリスのクイーン・アン様式を基調として《日本銀行本店》（一八九六）や《東京駅》（一九一四、**図6**）など二〇〇を超える洋風建築を設計した辰野金吾。《東宮御所（赤坂離宮）》（一九〇九）など宮廷建築の設計に多く携わった片山東熊《とうくま》。《帝国ホテル（初代）》（一八九〇）を設計した渡辺譲《ゆずる》。《三菱一〜七号館》（一八九五―一九〇五）や《東京海上ビルディング》（一九一八）、《郵政ビルヂング》（一九二三）などを設計し丸の内オフィス街の基盤を築いた曽禰《そね》達蔵。――彼らはコンドルのもとで体系的に西洋建築を学習した上で、「洋風建築」を日本の都市に根づかせたのである。

三、植民地建築としての展開

そのようななか、彼らが西洋から習得した石と煉瓦の洋風建築は、ふたたび海を渡ることになる。日清戦争（一八九四―九五）や日露戦争（一九〇四―〇五）によって日本が順次統治していった東アジアの諸都市へと日本人建築家が渡り、そこで洋風建築を建設していくのである。

図6　辰野金吾《東京駅》（交通博物館編『図説　駅の歴史　東京のターミナル』河出書房新社、2006年）

日清戦争の結果、清から割譲された台湾と、併合という名目で植民地化された韓国には、それぞれ支配機関として台湾総督府と朝鮮総督府が置かれ、併せて都市計画が実施された。また、日清通商航海条約（一八九六）の締結によって、すでに下関条約（一八九五）によって開市されていた沙市、重慶、蘇州、杭州に加え、上海、天津、廈門《アモイ》、漢口を加えた合計八都市に、日本専管租界（日本人居留地）が置かれた。さらに日露戦争の結果、帝政ロシアから遼東半島南端（関東州）の租借権と、建設途中の大連・旅順―長春間にわたる東清鉄道の路線やその鉄道附属地を獲得した。日本政府は、半官半民という形で設立された南満州鉄道株式会社（満鉄）を介して鉄道附属地を実効支配した。

図7　長野宇平治（基本設計）《台湾総督府庁舎》（山本三生編『日本地理体系第11巻 台湾篇』改造社、1930年）

このように、植民地、租界、租借地、鉄道附属地と、支配形態は多岐に渡ったものの、海を渡った日本人建築家たちが現地で設計したほとんどの建築物は、西洋から学習したばかりの石と煉瓦の洋風建築だった。それが近代国家である証だ（と信じていた）からだ。たとえば、《台湾総督府庁舎》（一九一九、**図7**）の基本設計において建築家の長野宇平治《うへいじ》は、赤煉瓦に石材による白い横帯の意匠が特徴的な辰野金吾のいわゆる「辰野式」に影

図8　市田菊治朗（満鉄）《長春ヤマトホテル》（南満州鉄道株式会社編『満鉄沿線写真帖』満州日日新聞東京支社、1913年）

響を受けている。また、《朝鮮総督府庁舎》（一九二六）の設計が行われた一九一〇年代は、イギリスを中心にエドワーディアン・バロック様式が流行しており、庁舎の設計のためにイギリスを視察していた建築家・国枝博は、その様式を設計に取り入れている。

満鉄の直営ホテルとして大連、星ヶ浦、旅順、奉天、長春に建設された《ヤマトホテル》についても事情は同じである。《大連ヤマトホテル》（一九一四）はルネサンス様式を基調としており、《長春ヤマトホテル》（一九〇九、図8）はアール・ヌーヴォー様式を採用していた。この長春から接続する帝政ロシアの東清鉄道は、本社を置いたハルビン（哈爾濱）の駅舎や本社屋、鉄道学校、社宅、鉄道工場などにアール・ヌーヴォー様式を採り入れていた。《長春ヤマトホテル》にアール・ヌーヴォー様式が用いられたのは、長春が日露の接点であり、そのホテルが両国の交渉の場所となったからだ。

四、震災復興と日本のモダニズム建築

こうして西洋から学んだ洋風建築が、折り返して植民地建築として外地へ展開していくいっぽう、内地においては、一九二三年九月一日に関東大震災が起こる。それまで近代化の象徴として屹立していた石と煉瓦による洋風建築は、その多くが崩れ去った。あのウォートルスの《銀座煉瓦街》も、この震災で廃墟と化した。

ここで、日本における近代建築の質が変わる。それまでは、産業革命以前から続く石と煉瓦に装飾が施された西洋建築をモデルとして、日本の近代建築（＝洋風建築）は展開していた。しかし、図らずも巨大地震が組積造の脆弱性を露呈させたことで、建築設計において耐震性の向上が急務となる。そこで着目された建築材料が、先述の鉄筋コンクリートだったのである。ほとんどの組積造の倒壊の原因は横揺れによるものだったが、鉄筋コンクリートにはそうした水平荷重への耐性がある。それまで日本においては限られた建築にしか採用されてこなかった鉄筋コンクリートが、震災復興期の建築において、一気に主要材となっていく。

その普及を推進したのは、震災以前から建築耐震構造の専門家として鉄筋コンクリートの有用性を主張してきた東京帝

図9　《明石小学校》（復興小学校）（東京市役所編『東京市教育施設復興図集』勝田書店、1932年）

国大学の佐野利器《としかた》である。震災直後に内務大臣の後藤新平を総裁として帝都復興院が設立されたとき、佐野は復興計画の実質的な推進者である建築局長に抜擢された。台湾総督府民政長官や満鉄総裁を歴任し、外地で近代的な都市計画に携わってきた後藤と、耐震構造理論の専門家である佐野。彼らが主導して、地震後の火災によって焼失した隅田川以東の木造家屋が広がる下町は区画整理され、鉄筋コンクリート造建築の都市景観へと一新する。佐野は、役所、病院、学校（復興小学校、**図9**）といった公共建築から、集合住宅（同潤会アパート）や商店建築に至るまでコンクリート化を推進した。

いっぽう同時期には、日本における自覚的な建築運動の嚆矢とされる分離派建築会（一九二〇）が活動しはじめる。メンバーは、石本喜久治《きくじ》、瀧澤真弓、堀口捨己《すてみ》、森田慶一、矢田《やだ》茂、山田守《まもる》の六名。いずれも東京帝国大学建築学科出身である。指導教員でもある佐野利器の構造至上主義的で無機質な建築への批判から出発した彼らは、同時代西洋における鉄筋コンクリート造の近代主義《モダニズム》建築から影響を受けつつ、震災後の焦土に新しい造形を展開していった。たとえば、山田守の《東京中央電信局》（一九二五）は、ドイツ表現主義から影響を受けた放物線アーチのファサードが特徴的である。また、一九二二年から二三年にかけて渡欧し、ブルーノ・タウトの《ガラス・パビリオン》（一九一四）やエーリヒ・メンデルゾーンの《アインシュタイン塔》（一九二一）、ヴァルター・グロピウスの《シカゴ・トリビューン・タワー　コンペ案》（一九二二）などに触れた石本喜久治は、帰国後、表現主義からインターナショナル・スタイルへと作風を変化させ、《東京朝日新聞社》（一九二五）や《白木屋百貨店日本橋本店》（第一期：一九二七、第二期：一九三一、**図10**）を設計した。

震災復興期には分離派建築会だけではなく、創宇社（一九二三）、マヴォ（一九二四）、メテオール（一九二四）、日本インターナショナル建築会（一九二七）など、さまざまな建築家グループが活動した。彼らに共通しているのは、西洋のモダニズム建築運動と共振しつつ鉄筋コンクリートによる造形を試みたことだ。日本における近代建築は、ここにきて西洋のアヴァンギャルドたちとの同時性を獲得したのである。

五、モダニズム建築の終焉(?)

図10　石本喜久治《白木屋》(パース)(鈴木博之『〈日本の近代10〉都市へ』中央公論新社、1999年)

しかし、このように展開してきた日本の近代建築は、一九三〇年代以降、当時の国粋主義の台頭と同調するかのように、和風の意匠へ回帰しはじめる。「帝冠様式」の登場は、その象徴的な出来事だろう。帝冠様式とは、鉄筋コンクリート造の洋風建築の上に、神社など日本の伝統建築のような和風屋根を冠した折衷様式である。たとえば、帝都復興事業の(一応の)完了を記念した《復興記念館》(一九三一)や、川元良一の《軍人会館》(一九三四、現・九段会館)、渡辺仁の《東京帝室博物館》(一九三七、**図11**)などがそれに当たる。(ちなみに《復興記念館》の設計には佐野利器が関わっていた。)

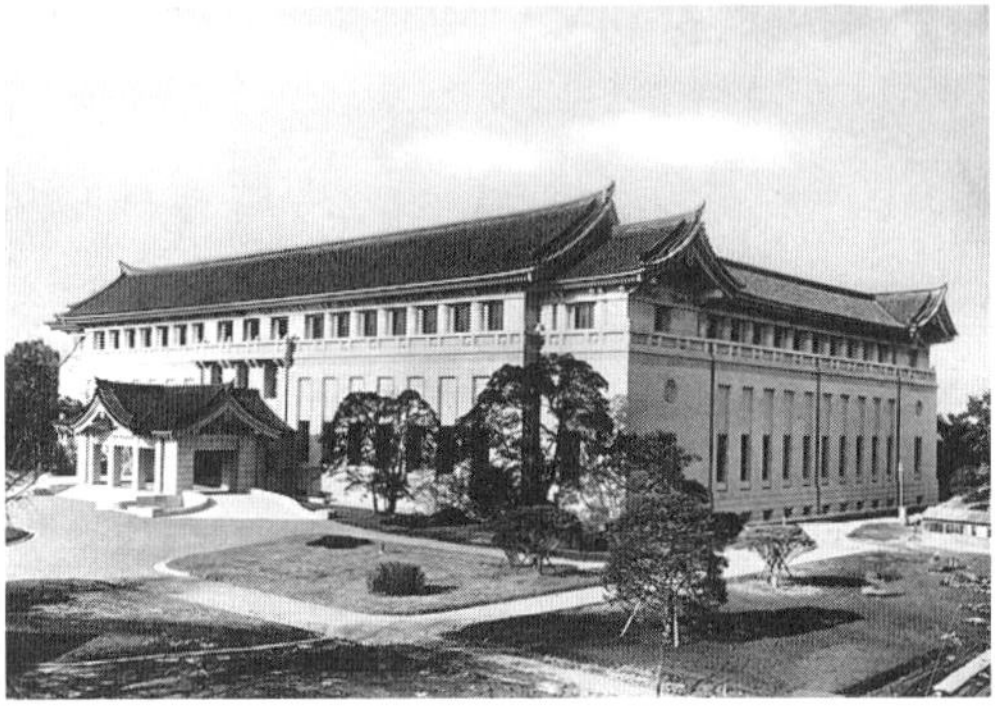

図11　渡辺仁《東京帝室博物館》(帝室博物館復興翼賛会編『東京帝室博物館復興事業の概要』帝室博物館復興翼賛会、1937年)

日本の国粋主義と帝冠様式との因果関係については諸説ある。だが少なくとも、帝冠様式の和風屋根をもって、それまでの世界的同時性が失われたと見るのは早計だということは言える。なぜなら当時、西洋諸国においても、建築のリヴァイヴァリズムが興隆していたからだ。

参考文献

石田潤一郎・中川理編『近代建築史』(昭和堂、一九九八年)
鈴木博之『〈日本の近代10〉都市へ』(中央公論新社、一九九九年)
西澤泰彦『日本植民地建築論』(名古屋大学出版会、二〇〇八年)
藤森照信『日本の近代建築』(岩波書店、一九九三年)
松村貞次郎『日本近代建築の歴史』(日本放送出版協会、一九七七年)
八束はじめ『思想としての日本近代建築』(岩波書店、二〇〇五年)

〈中国的支那〉と〈西洋的支那〉のはざまで
——武田泰淳「月光都市」にみる上海と建築

木田隆文

武田泰淳「月光都市」、「上海の螢」は、彼が実際に暮らした第二次大戦末期の上海の様子がつぶさに描き出された作品である。本稿はそれらを読み進めながら、日本支配下上海の建築と都市開発、そこにかかわった日本人たちの姿、そしてそれらに絡みつく文化統治政策の実態を、泰淳がいかにまなざしていたのかを検討する。

はじめに――「河向う」へのまなざし

上海租界――三つの空間

二〇世紀初頭の上海租界には三つの空間が存在していた。ひとつは一八四五年に最初の外国人居留区が開かれた旧イギリス租界（共同租界）。その中心地、黄浦江沿いのバンド（外灘）には、各国の領事館、銀行、商館の大ビルディングが建ち並び、そこから延びる南京路には、先施・永安といった百貨店が軒を連ね、上海そして東アジア全体の政治・経済・消費の中心としての役割を担っていた（図1）。

そしてその南部に隣接するフランス租界もまた、メインストリートである霞飛路《カヒロ》を中心に、欧米流の整然とした都市計画によって造られた居住区が広がり、そのなかに清潔な飲食店、ドッグレース場や回力場《ハイアライ》といった娯楽施設、本格的なバレエやコンサートの上演される劇場などが点在する一方、租界以前から存在する阿片窟、娼館、娯楽場などが同居する享楽的な様相も併せ持っていた。

しかし、それら尖端的な近代都市であった英・仏租界に対

きだ・たかふみ――奈良大学文学部教授。専門は日本近代文学。主な著書・論文に『アジア遊学205 戦時上海グレーゾーン』（勉誠出版、二〇一七年）、「武田泰淳『中秋節の頃（上）』の周辺――日本統治下上海における邦人文学界の状況」（『日本近代文学』二〇一一年一一月）、「上海漫画家クラブとその周辺――『大陸新報』掲載記事を手掛かりに」（『戦時上海のメディア――文化的ポリティクスの視座から』研文出版、二〇一六年）などがある。

し、日本租界とも呼ばれた虹口《ホンキュウ》は、経済的、文化的に見るべきものの乏しい区域であった。そもそも虹口は租界の中心とは蘇州河を隔てた対岸に位置する古い中国人街であり、楊樹浦《ヤンジッポ》などの工業地帯と隣接する「郊外」であった。しかもその中心街である北四川路や呉淞路《ウースンロ》も、日本人商店が密集し、上海に住む日本人が蝟集して暮らす、内地の下町と変わらぬ空間でもあった（**図2**）。

図1　上海バンド

図2　1932年ごろの虹口・呉淞路界隈（高綱博文・陳祖恩『日本僑民在上海』上海辞書出版社　2000年）

その虹口に暮す日本人居留民にとって、蘇州河の向こうに広がる英仏租界は、明治以後日本が目指し続けた「西洋」そのものであり、経済的にも文化的にも圧倒的な優位性を見せつける空間として映っていたことは想像に難くない。居留民たちはしばしば英仏租界を「河向う」と呼んだが、彼らがその言葉を口にするとき、そこには欧米への憧憬と劣等感、対抗意識といった複雑な感情が滲んでいたのである。

日本人の上海

だがそんな「河向う」も、ついに日本によって屈服させられる時が来る。

一九三七年の第二次上海事変によって日本軍は租界の実質的な支配権を獲得し、一九四三年には日本側に立つ汪兆銘《おうちょうめい》（汪精衛）政権が租界を回収する。そして一〇〇年にもわたる欧米による上海支配が幕を閉じた時、日本人にとって「河向う」に建ち並ぶバンドの大建築群も憧れの象徴ではなくなっていた。

〔…〕上海の文化とは一体如何なる文化なのであるか。吾々は上海の何処にも民族的造営を見ることはできない。文化形態を最も如実に表示してゐる造形文化殊に建築物についてみても、そこにはニューヨーク風の、ロンドン風の、或ひはパリ風の、と云つた様な西洋風な建物がそれぞれの街並を形造つてゐるばかりで、支那固有の伝統はすつかり埋没し去つてゐるかの様である。しかもこの輸入造営文化の水準の貧しさについては、全く謂ふべき言葉もない程である。バンドに櫛比する西洋建築群は一見世界の田舎者を驚かすに足る外観を持つてはゐるが、その尤もなるものでも現代建築学の最高水準に立つ日本の一流建築物と比較すれば、実に三流に位ひするに過ぎないようである。

「上海の文化的性格」と題するこの文章は、市政運営の諮問機関ともいうべき上海市政研究会が編集した『上海の文化』（華中鉄道株式会社総裁室弘報室、一九四四年）の総論にあたる。しかもその筆者は、上海で日本の文化工作を推進した、中日文化協会上海分会の理事・高橋良三であった。この日本側文化政策の基本態度を示したともいえる文章の中で、高橋はまず建築が一国の文化形態（＝文化政策）を示すものだと位置付け、その上で上海の西洋建築が、中国的な「民族的造営」や「支那固有の伝統」を「埋没」させてきたことを批判する。そのうえで、上海の象徴ともいうべきバンドの大建築群に対しても「現代建築学の最高水準に立つ日本の一流建築物」に比して「三流」だと評価した。この一文には、租界の新たな主人、そして東洋の盟主となった日本人の優越感が充ちていると同時に、敵国欧米が築き上げた上海文化への過剰な対抗意識を感じ取ることができよう。日本統治下において、バンドは打倒すべき欧米の植民地的支配の象徴そのものと理解されていたのである。

武田泰淳と上海

だが、このきわめて翼賛性の強い文章が発表された三か月後、高橋の職場に西洋建築に対する全く別の感性を見出す男が赴任してきた。それこそが、やがて敗戦前後の上海を舞台にした小説を多数発表する武田泰淳であった。

高橋の文章が示すように、日本統治下上海の日本人が抱く都市空間や建築物に対する印象は、日本の政治的プレゼンスと密接にかかわっている。まして高橋と同じ文化工作機関に所属した泰淳は、その影響圏のただなかに置かれていたといってよい。そのバイアスのなかで、日本統治下最末期の上海に暮らす泰淳、そして日本人たちは、上海の都市と建築をどのように眺め、向き合ったのであろうか。本稿はそれを、泰淳の小説作品を読み解きながら考えてみることにしたい。

一、〈西洋的支那〉としての上海

上海到着直後の泰淳

　武田泰淳は一九四四年六月、中日文化協会上海分会職員として渡航し、敗戦を挟む四六年三月の引揚まで同地に暮らした。その経験は実質的な文壇登場作である「審判」（『批評』一九四七年四月）「蝮のするゑ」（『進路』一九四七年八～一〇月）から最晩年の『上海の螢』（『海』一九七六年二～九月）にいたるまで多くの作品を生んだが、それら〈上海もの〉中で、「月光都市」（『人間美学』一九四八年一二月）は泰淳が唯一、上海居留中に執筆・発表した小説であり、渡航直後の一九四四年夏から秋の中秋節までの上海の様子がリアルに描きとられている点で注目すべきものである。しかもこの作品は、視点人物である杉が「痩せた体を下手な自転車にのせ、或は満員の電車に押し込んで、何かを探し求めるように毎日上海の何処かへ運」んでおり、はからずも彼のまなざしを通して同時期の上海の都市と建築を描き出す構造にもなっている。

　たとえばそれは、杉が自身の住環境をつぶさに眺める作品冒頭部にもよく表れていよう。

> 　博士の家は安和寺路にあった。旧交通大学に近く、外人の邸宅ばかり並ぶ閑静な一角であった。コロンビア・サークルと名づけられたその住宅区は、建物も街路も住民もほとんど支那らしい趣がなかった。〔中略〕ドイツ人の家の正門の煉瓦塀には半円の飾り窓が沢山並び、それには支那風を真似たのであろう、竹筒をした緑色の陶器がはめこんである。その竹形の陶器の緑色がごく濃いもので、艶々と光り、そのあたりの緑をそこへ吸収しているように見えた。そしてそんな瑣細な部分に支那風を見出すことが、全体をかえって欧洲風にあらわしているのであった。そのため杉は、家を出て南市や楊樹浦へ行く時には、これから西洋的支那をはなれて中国的支那へ行くわけだなと、自分に言いきかせるようなこともあった。

泰淳の住環境

　この引用部に登場する「博士」は、東亜同文書院教授で、中国近代経済史の泰斗であった小竹文夫がモデルとなっている。小竹は上海事変以前から居留する老上海としても知られ、作品と同様、泰淳の職場である中日文化協会上海分会の理事を務めていた。彼の「上海にいた作家たち」（『群像』一九五六年五月）には、上海赴任直後の泰淳が博士の家に寄宿していたことが記されているが、同時にこの住居が「フランス租界を出はずれた郊外区のアマースト路（注・Amherst Road 中国名・安和寺路）というところにあり、大体にしがない大学教授などの住むところでなく、中国人や外人の大実業家や要人の多い高級住宅街」に存在すると記されており、作中の

図3　外国弄堂の西洋建築。塀には中国的意匠（竹を模した瓦と蝙蝠の彫刻）が見られる。〔撮影・木田〕

「外人の邸宅ばかり並ぶ閑静な一角」という雰囲気とほぼ一致していたことを証言している。

コロンビア・サークルは、一九二五年にイギリス系の商会、普益地産公司が開発した高級住宅街で、今日でも外国弄堂と呼ばれるように、イタリア風をはじめとする二、三階建ての洋風建築が往時のまま残されている区域である。しかしそれほどまでに西洋的な空間でありながら、ここで杉が注視したのは「ドイツ人の家の正門の煉瓦塀」にある「支那風を真似た」竹の意匠であった（**図3**）。杉はその些細な中国的意匠の存在を通して、それこそが空間全体の「欧州風」を支えていること、そしてこうした特徴を有する「西洋的支那」というべき空間が上海にあることに思いを巡らせている。いいかえればそれは、中国文化との積極的な融和的態度こそが、上海という都市空間を作り上げた「欧州風」のやり方であったことが示されているといえよう。

〈西洋的支那〉への関心

そして「月光都市」には、他にも「西洋的支那」ともいうべきモチーフがさまざまに描かれている。たとえば杉は中国語に訳された漢訳聖書を眺め、「ローマ字であらわされた支那音と同様、漢字にあらためられた欧洲の信仰の形」が「中国人自身にはどのように汲みとられ、どのような音色で溶け

込んで行くの」かに興味を抱くが、それもキリスト教という西洋の精神文化と、漢字という中国の文字文化の融合の姿に関心を向けているといえる。また同様に徐光啓の墓の場面でも、その文化融合の過程に生じた問題が検討されている。

> 「徐光啓の墓はですね、塚がね、土饅頭が五つあるからよく見ていらっしゃい。これは何も徐光啓の墓にかぎらんのだけれど。つまり正夫人と三人の妾と、合計四人の方々の墓なんで、真中の少し高いのが徐光啓自身のものなんでね。」／そう博士が親切に教えてくれたとおり、塚には五つの凸所がある。それを目の前に眺めると杉はとまどったような、ちぐはぐな感慨に襲われてしまった。

知られたように、徐光啓は宣教師マテオ・リッチと親交を深め、カトリック（天主教）に入信、中国にキリスト教とともに、天文学・数学などの近代西洋科学を導入した人物である。その墓のある徐家滙《じょかわい》は、上海開港以後、イエズス会の手によって徐家滙天主堂、孤児院、学校、授産所などのキリスト教系施設が建設され、西洋文化が最初に根付いた一角であった。だがその「キリスト教区徐家滙の創始者」であり、中国における西洋文化の象徴たる徐光啓の墓に、杉は一夫多妻制を示す五つの土饅頭があることを発見し、「とまどったような、ちぐはぐな感慨」を抱くのである。この徐光啓の墓の形式は、彼のキリスト教信仰が一夫一婦多妾制を容認する儒教的発想と混淆したものであったことを示していよう。だが杉はその文化混淆の形に戸惑いつつも、同時に「感慨」をも抱いている点には注目しておきたい。それはキリスト教に代表される西洋的精神文化と中国の儒教的精神性が柔軟に一体化している事実と、それこそが「西洋的支那」という上海の文化的特質であることに気付いたことを示していると思われるからである。

本稿冒頭の引用資料のなかで、高橋良三は上海の西洋建築が「支那固有の伝統」を「埋没」させてきたと批判していた。それに対し泰淳は、上海の西洋建築から西洋・中国双方が互いの文化を摂取・融合してきた姿を見出し、その対等な文化的関係性こそが、「西洋的支那」ともいうべき上海の文化的特色を生んだことを物語った。この二つの文章がほぼ同時期に発表・構想され、しかも両者とも同じ日本側文化工作機関に勤務していたことを考えると、「月光都市」は日本の文化的優位性を声高に主張する統治下上海の文化政策に対して、きわめて批評的な感覚を発揮していたともいえるのである。

二、〈中国的支那〉としての上海

〈中国的支那〉への関心

ただし、泰淳は上海の「西洋的支那」の面だけを注視していたわけではない。先の「博士の家」の場面で「家を出て南市や楊樹浦へ行く時には、これから西洋的支那をはなれて中国的支那へ行く」という言葉があったように、上海のもう一方に、「中国的支那」というべき空間があることも認識している。

「中国的支那」とは、文字通り理解すれば中国人たちの生活空間を指す言葉であろう。実際、作中で「中国的支那」の例として挙げられている南市は、上海開港以前から中国人たちが築き上げた旧県城の周囲にある地域を指す。また楊樹浦は共同租界の東端にあたる地域で、在華紡などの工場が建ち並ぶ工業地帯であると同時に、華界（中華民国政府支配地域）とも重なっていることから、中国人労働者が多数暮していた地域であった。「中国的支那」をこのような地域だと理解するならば、「月光都市」が最も紙幅を割いて描く大世界《ダスカ》は、まさにその象徴として描かれているといえよう。

日本文学の描く〈大世界〉

大世界は一九一七年、薬種商であった黄楚九がフランス租界に開業した一大歓楽施設である。当初は木造煉瓦造りの二階建てに高台を据える構造であったが、事業拡大にともなって一九二四年に中国人建築家・周恵南の設計によって四階建の洋風建築として改築、その後、正面屋上に四層五五・三メートルの特徴的な尖塔を附け加えた。約一万四七〇〇平方メートルの敷地には、露天劇場を取り囲むようにL字型に建物が配され、その内部にはダンスホールや映画館、無数の演芸・遊戯場や茶館がバルコニーや通路で入り組むように連なっていたという（**図4**）。しかし一九三二年に犯罪的秘密結社である青幇《チンパン》の黄金栄に買収されたのちは、次第に阿片・賭博・売春など犯罪の巣窟となり、その雰囲気ゆえに、上海を舞台とした多くの文学作品やガイドブックが〈魔都上海〉を彩る格好の題材として取り上げるようになった。たとえば吉行エイスケ『新しき上海のプライヴェート』（先進社、一九三二年）は、大世界を「東洋一の享楽場」として、「東印度支那の王妃の衣具《ベット・クロース》の濃い魅惑をもった紅い夜の衣服《イブニング・フロック》をつけた支那女の」「ストリート・ガール」が、「鏡のなかであやしくわらひかける」といった性的享楽に満ちた空間として描き出しており、杉江房造編『上海案内（第十一版）』（日本堂書店、一九二七年）でも、四馬路《スマロ》の青蓮閣と双璧をなす悪所として「余りなる現実の世界の驚きと嘆きは此処に放たるる」とその印象を紹介している。

中国人庶民たちとの交歓

しかし「月光都市」で描かれる大世界には、そのような悪場所の臭いは感じられない。

徐家滙から街の中心まで洋車に乗り、〔中略〕、大世界の灰色のコンクリートの石段をあちこち上下しはじめた頃は、曇天の夕暮の光がしずかに、この露店とも屋内ともつかぬ大娯楽場の上へ降りていた。〔中略〕／北のはずれ、もう民家の屋根が迫っている屋上まで杉は登って行った。そこには済公牌楼と名づけられたまずしい廟があった。〔中略〕／「霊雲四方を照す」という、おごそかな、華麗な言葉は、酔った杉の眼にうつる、廊下や階段や、廟のあるバルコニーの精気のない風景には、あまりにそぐわなかった。／しかし一歩屋内に入り、祭りらしくざわめきたった観客の群れにまじると、たちまち「霊雲」は大世界の奥ふかく、密集充満していた。「幻境」とか「別に世界開く」とか「宛として天仙の如し」とか、黄色い芝居幕に、赤や黒で書かれた文字は、そのまま現実となって酔った杉を襲った。〔中略〕／隣の桃花歌舞団の前に来ると、〔中略〕「招領小孩《チャオリンシャオハイ》」の札を立てて迷子の親をさがし歩く係りの鈴が鳴りひびき、滑稽理髪店を演ずる喜劇役者の挙動に、重なりあって打ち興ずる民衆の口から吐き出される熱気は場内をみたし、階段の間の紙屑よけの金網には、数日間の埃と屑が或は白く、或は黒くへばりついているこのけたたましい空気のうちには、自然の月を拝し、その光に喜びそうな気配はなかった。

〔…〕

図4　大世界の外観と内部（外観・柏木節『上海みやげ話』上海美術工藝製版社　1936年／内部・黄善赉「上海大世界」上海画片出版社　1957年）

ここで描かれる大世界は、芝居や曲芸に熱中する中国人庶民たちの猥雑なまでの熱気と活力に溢れかえっている。いわば日本人作家が描いた非日常の空間ではなく、中国人庶民たちが息づく現実の上海であることが強調されているといえよう。しかも「月光都市」の大世界は、杉「の精神が、そこで試めされ」る場所であることが明記されている。杉が大世界に来たのは、先の徐光啓の墓の場面の直後である。その杉が「西洋的支那」の象徴ともいうべき徐光啓の墓を見た直後に、「中国的支那」である大世界に来ることには、西洋の影響を受けない純粋の中国（人）の姿を再確認し、その空間に接触することで、来滬直後に一度解体されてしまった自身の中国認識の再構築をはかろうとしていた彼の内面が描き出されているといえよう。

中国認識の再構築

よく知られたように、戦前、泰淳が竹内好らとともに結成した中国文学研究会は、旧帝国大学の漢学・支那学といった文献学的な中国研究に批判的立場をとり、現代中国文学の研究を通じて、現実の中国（人）との相互理解を目指していた。また泰淳自身も評論「土民の顔」（『中国文学月報』一九三八年一一月）など、中国の庶民に対する理解の必要性を訴える文章を同会機関誌『中国文学月報』『中国文学』に多数発表し続けていた。それを反映するように、作品冒頭でも「支那文化の研究を続けていた杉は上海に居留し〔中略〕、毎日様々な中国人に接触していると、今まで身につけていた「研究」が、流れる汗と共にあとかたもなく消えて行く感じだった。」と、内地で抱いた中国（人）への認識が解体される様子が描かれている。

杉が大世界で中国人庶民と交歓をはかる姿が描かれるのは、渡航以前の課題が「月光都市」にも通底していることを示していよう。作品においても、上海到着直後の杉はこれまで自分が抱いてきた中国認識と現実との落差に衝撃を受け、「今まで日本の文学者の見出し得なかった」上海の姿を捉えることを目標とする。また同様に、泰淳が自身の上海体験を描いた「上海の螢」でも、横光利一「上海」に対して、「新感覚派が必死に試みた冒険の記念碑として「上海」は残るだろう。だが、何かがくいちがっている。何かが足りない。彼の善意と情熱と才能にもかかわらず、あまりに文学的なものが多すぎる」という疑問が呈されている。それらを参考にするならば「月光都市」の創作的課題には日本文学が生産し続けた〈上海＝魔都〉像に対する批判があったのだろうし、大世界の描写はその一つの答えであったとも思われるのである。

中国人との隔絶

杉にとって、大世界は日本人としての構えを取り去り、中国人との精神的な共感を再確認するための空間であった。だからこそ大世界を後にした杉の目には、月光に照らされる上海の街がこれまでになく美しく見えるのだろう。そして「あれらの人々が、この同じ月光の下に暮しているという事実が重大神秘の如く、ひしひしと」胸に迫り、電車内で思わず見ず知らずの中国人（実は闇の父）の肩を抱いてしまうのである。

しかし、杉の中国人に対する共感は、作品の最後で打ち砕かれることになる。

杉と同じ事務所に勤務するキリスト教徒の少女・闇は、漢訳聖書を読む杉を見て同じ信仰を持つものとして共感を示してくる。だが杉は「対中国文化事業に関係しているため」か、常に「一人一人の中国人に対して同情心と同時に少し冷い観察力が知らず知らず働き、結局二重の眼で相手を見」てしまう自分を自覚しており、闇に素直に接することができないでいた。だが大世界での体験によって中国人に対する頑な態度が消えた杉は、偶然街中で再会した闇に次のような言葉をかける。

「しかし、中秋節には、君のところでも紙銭を焚いたり、月宮殿を祭ったりするんじゃないの」／杉は念のため彼女にたずねた。／「いいえ、キリスト教徒はそんなことはやりません」／彼女がやや高い声でそう答えるのを、父なる男は賛成するように首うなずかせて聞いていた。杉は何か強いショックで身体がすくみ、やがて顔がほてる気持がした。

「キリスト教徒」であるがゆえに中秋節を否定した闇の姿からは、彼女のキリスト教信仰が徐光啓とは違う純粋な形を保ったものであったことと同時に、百年にわたる欧米の租界支配が、キリスト教に代表される西洋文化を中国の庶民階層にまで深く血肉化していったことを物語っている。だがそれに対し、闇が中秋節の祀りを行うと思い込んでいる杉の姿からは、彼がいまだ先入観に満ちた中国（人）認識から抜け出せずにいることが露わになるのである。

文化統治政策への批判

闇は中国人でありながら純粋なキリスト教徒としての内面を持つ。それは「西洋的支那」ともいうべき上海の性質の暗喩でもあろう。「月光都市」はその闇を理解できなかった杉の姿を描くことで、中国（人）との相互理解の困難さとともに、一般的な〈中国〉像では理解できない〈上海〉独自の文化性があることが物語られているのである。しかもそればかりではなく、中国・そして上海に対する無理解をしめした杉が、ほかならぬ「対中国文化事業」に従事しているという設定をもっていることを思い返したとき、ここには泰淳自身も加担した日本の文化統治政策の無意味さが指摘されているようにも思える。杉は上海の「西洋的支那」「中国的支那」、そのいずれの空間にもついに溶け込むことができなかった。「月光都市」はその杉の姿を通じて、上海の独自性を顧みることなく進行する日本の文化統治政策の無効性を訴えようとしたと思われるのである。

三、〈日本的支那〉の不在

描かれぬ〈日本〉

しかも「月光都市」は、この杉の疎外感と日本文化の孤立性を都市表象のレベルでも表現している。この作品は上海を「西洋的支那」と「中国的支那」に二分していたが、この地理感覚と当時の上海のそれを比較してみたとき、日本統治下の上海にあってしかるべき〈日本的支那〉というべき空間が慎重に排除されていたことに気が付く。

「月光都市」が執筆された大戦末期の上海には約七万人もの日本人居留民たちが暮らしていたが、本稿冒頭でもふれたように、そのほとんどは虹口と呼ばれる地域に住んでいた。虹口は共同租界の蘇州河以北、北四川路を中心とする区域である。もとは中国人の居住地域であったが、地価の安さも手伝って次第に日本人が流入し、さらに第一次上海事変以後には日本軍が共同租界北部から東部地域を警備するようになると、治安に対する安心感からさらに多くの日本人が集まり、中国人たちを駆逐する形で日本人街が形成されはじめた。そして日本の租界統治の完成を見る第二次上海事変以後には、彼らを統率する日本居留民団や、学校や警察といった公共施設、商店が次々と設置された。特に虹口の目抜き通りである呉淞路に軒を連ねた日本人商店は六〇〇軒を数え、その様子はほとんど「日本租界」ともいうべき様相を呈していたという。

しかしそれほどまでに日本と深いつながりを持つ虹口に、日本人であるはずの杉は足を向けることがない。試みに杉の足跡を地図で示してみると、虹口はあたかもその存在を無視されたかのように空白地点とさえなっているのである（**図5**）。

統治政策への抵抗

泰淳が虹口を描かない傾向は、敗戦以前の上海を舞台とした泰淳作品に共通することでもある。たとえば「秋の銅像」（『文化人の科学』一九四六年九月）は仏租界の中心部に立つプーシュキン像を中心に展開する話であるが、杉と友人のＹ（石上玄一郎）が日参するのは、仏租界のなかでも亡命ロシア人たちが群れ集う環竜路の安酒場であった。また「上海

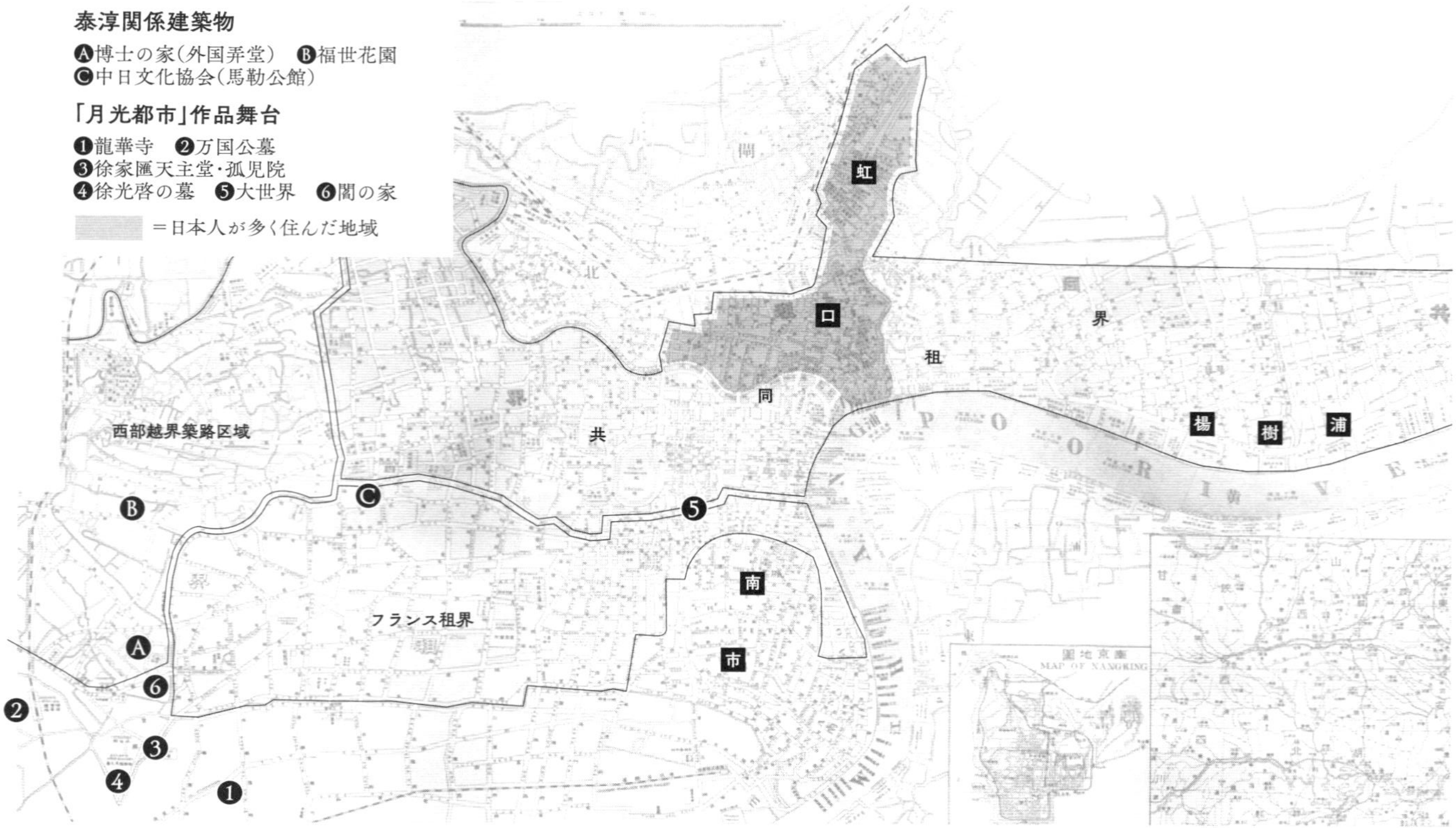

図5　泰淳関連建築物および「月光都市」関係地名

の螢」においても、「武田先生」の日常は、ほぼフランス租界とその周辺におさまっている。

この要因の一つは、敗戦前の泰淳の生活圏が虹口になかったことに起因している。泰淳が最初に寄宿した「博士の家」と二番目に住んだ福世花園一九号は、いずれも仏租界の西はずれにあたる西部越界築路区域にあった。また職場である中日文化協会上海分会が置かれた馬勒公館（旧エリック・モーラー邸　**図6**）もフランス租界の亜爾培路《アルベール》沿いにあった。しかし泰淳があえて虹口をはじめとする日本人コミュニティを描かなかったと考えるならば、そこには日本の上海統治に対する一定の批判的まなざしがあったとも措定できるのではないだろうか。「月光都市」が描かれた一九四四年の上海は、すでに日本軍の実質的な支配下にあり、日本陸戦隊をはじめとする軍事・政治機構が集中した虹口は、まさに日本の統治政策の中枢そのものであった。「月光都市」が上海における中国と西洋の融合の歴史を丹念に描きだす一方で、あるはずの〈日本〉を排除したことは、日本の統治政策に対する創作上の抵抗だと思われるのである。

図6　馬勒公館（現・衡山馬勒別墅飯店）。泰淳の勤務した中日文化協会上海分会が設置された。〔撮影・木田〕

支配者としての生活

だがここで忘れてはならないことがある。それは、いくら創作において日本の統治空間を消去しようとも、泰淳の現実の居住環境そのものは日本の統治政策によってもたらされたものだったことである。西川光『十二月八日の上海』（泰光堂、一九四三年）には、開戦の同日、午前一一時をもって共同租界内の「重慶系の反日銀行、ガス会社、電話会社、水道、米英系の銀行、商社、デパートからホテルに至るまで」が一斉に接収された様子が描かれているが、同様に泰淳が上海で最初に寄宿した小竹文夫の邸宅も、小竹の回想「上海にいた作家たち」（『群像』一九五六年五月）で「太平洋戦争がおこって主人のアメリカ人がキャンプ（注・収容所）に行った」ために彼の住居となったことが証言されている。また同様に二軒目の居宅である福世花園も、日本軍がイギリス人の邸宅を接収し、東亜同文書院に管理を委託したため、同校教授の小竹の口利きで泰淳に住む権利があたえられたもので、さらに彼らの職場である中日文化協会上海分会が置かれた馬勒公館も、スウェーデンの船成金が築いた豪邸であったが、これも日本軍の接収によってもたらされたものであった。いわば上海における泰淳の生活空間は、欧米が築き上げてきた空間を横領することで成立していたのである。

泰淳は「月光都市」のなかで、虹口という日本的空間と距離を置いて暮す自身を描き、それによって日本の統治政策と距離をとる態度を表していた。だが彼が身を置くことを許された環境は、統治者としての特権性によって獲得されたものであった。泰淳の作品に描かれた建築物は、さまざまな形で日本の上海統治の姿を物語っているのである。

四、改造される家屋／侵食される文化

虹口の日本人家屋

むろん、敗戦前の泰淳が日本人居留民社会とほとんど接触をもたないで暮らしていたとはいえ、彼の作品の中に虹口が描かれなかったわけではない。たとえば「上海の螢」には、上陸直後の「武田先生」が、虹口を通過してフランス租界へ向かう場面がわずかに描かれ、そこでは「支那家屋とも日本家屋ともつかない家が建ち並んでいた。それは、たしかに煉瓦積みの中国の民家なのだ。だが日本人ばかりが出入りしていた。その一軒に二人が入ると〔中略〕日本風につくりかえた室内だった」と説明されている。「月光都市」は西洋建築の細部を描くことで中国と西洋の文化的融合の過程を描き出していたが、「上海の螢」でも中国人を駆逐して作られた日本人街という虹口の歴史性が、外観が中国式でありながら、内部だけ日本式に改造されたという家屋（図7）の描写によって表象されているのである。

こうした例からは、泰淳の創作方法の一つに、建築描写を通じてその都市の空間的特徴を読み／描き出す試みがあったことがうかがえるだろう。ただしこの改造家屋への注目は泰淳独自というわけではなく、日本居留民の生活を伝える資料にはしばしば散見されるものでもあった。たとえば内山完造他編『大上海』（大上海社、一九一五年八月）には「畳を敷くべく柱を削り床を上げ〔中略〕折角装置し体裁を整へる新築家屋の窓硝子を格子に仕替へ煉瓦及板仕切りを取離して日本風の建具と取替へ狭き場所なるに日本風厠を建造する等可成日本風に擬して誇りたき癖」があったことを証言しており、同様に上海で少女時代を暮した林京子も『ミッシエルの口紅』（中央公論社、一九八〇年）で、この改造家屋が虹口の日本人

住居の典型であったことを以下の引用部では丹念に描き出している。

林京子のまなざし

〔イギリス人の〕差配が日本人の借家人を嫌うには、理由があった。大家の借家は、赤煉瓦の洋風の建物だった。〔中略〕いつか母が、日本人になぜ家を貸したがらないのか、と差配に聞いたことがある。母の質問に対して差配は、英語と上海語を使って、あなたたちは家の住み方を知らない、街の調和を勝手に崩してしまう。と答えた。日本人に家を貸すと、すぐに大工を連れてくる。そして洋間の床に、さらに床を上げ、胡粉の壁や花柄の壁紙に不釣合いな白木の柱をたてて畳を敷く。欄間を取りつける。風が吹き込むからといって、マントルピースにベニヤ板を打ちつける。板を張らなければ、物を置く。わざわざ高くしてある天井は低くなるし、磨きあげた床は畳の湿気を吸って艶を失ってしまう。なによりあなたたちは、窓にカーテンを掛けない。カーテンのない窓はコルセットをしめていない女のようなもので、外から眺めていて恥かしくなる、と差配は不満を並べたてた。老太婆の借家には、比較的裕福な中国人たちが住んでいるせいもあって、差配が要求すれば、彼らは意に叶った住みかたをしてくれる。床と椅子と、板のベッドの日常生活も、日本人の生活よりイギリス人に近かった。差配は、日本人は我を張りすぎる、ここはあなたたちの国じゃないと言った。あなたの国でもないだろうと母が言うと、差配は頷いて、だがここは私たちの文化の街だ、いいものに従うのがあたりまえだと言った。

図7　日本人居留民の住宅。暖炉のある居間の床を上げ、畳を入れている様子がうかがえる。（高綱博文・陳祖恩『日本僑民在上海』上海辞書出版社　2000年）

ここに描かれるイギリス人差配は、上海をイギリスの〈領土〉ではなく、あくまで自国の文化的なものが根付いた場所として認識している。そしてそこに暮す中国人もまた、イギリス人の「意に叶った住みかた」をする。上海の西洋人・中国人双方による文化の融和を描いた林京子もまた、泰淳と同様に上海を文化融合空間として理解していたのである。しかし林京子はそれにとどまらず、そこに「文化の街」を一方的に日本化する日本人居留民の姿を対比させている。それは上海に暮しながら上海文化の特性を理解しない日本人の閉鎖性、そして日本の上海統治政策への批判となっているだろう。「日本人は我を張りすぎる、ここはあなたたちの国じゃない」という差配の言葉は、日本の強引な上海支配の方法に対する冷ややかな抵抗の言葉として響くのである。

五、実験的植民地としての上海

日本人による上海都市計画

ところで本稿冒頭の引用で、高橋良三は「現代建築学の最高水準に立つ日本の一流建築物」と比較すれば、上海の西洋建築は三流でしかないと述べていた。もちろんこの高橋の言葉は、居留民たちの改造住宅を念頭に置いたものではなかっただろう。だが日本統治下の上海で企画された日本の都市計画、そして建築物は、高橋の言葉とはうらはらに、西洋を追随するものでしかなかった。

日本統治下上海における建築については、村松伸『上海・都市と建築一八四二―一九四九』(PARCO出版局、一九九一年)、田中重光『近代・中国の都市と建築』(相模書房、二〇〇五年)などが詳しい。それによれば、一九三七年の第二次上海事変直後、上海郊外の五角場に新都市を建設することを企画した上海駐留陸海軍は、内務省に土木建築技術者の派遣を要請した。それにより日本の都市計画の創始者である石川栄耀や都市計画学の吉村辰夫などが上海に渡り、「大上海都市計画」が立案された。また同じころ上海に居留する日本人の数が激増し、翌三八年には一〇万人を突破、その結果住宅が払底し、居留民向けの住宅建設が急務となっていた。そうした背景のなか、新進気鋭の建築家として知られた前川國男は、華興商業銀行社宅設計の依頼を受けたのを機に上海に事務所分室を開設、「上海住宅計画」を立案した。

「上海住宅計画」は新都市の中心である五条ケ辻に五棟の高層建築を建設し、そこから虹口に向かって延びる松井通沿いに一五〇〇戸の住宅地を開発する計画であった。結果的にこの計画は戦時下の資材不足により、わずか三棟の集合住宅が建設されたにすぎなかったが、その計画の全体像は「上海住宅計画透視図」（図8）を見てもわかるように、きわめて機能主義的な景観を呈していることがわかる。ちなみに前川はル・コルビュジエのもとでインターナショナルスタイルを学んでおり、ここにはその影響が強く表れている。

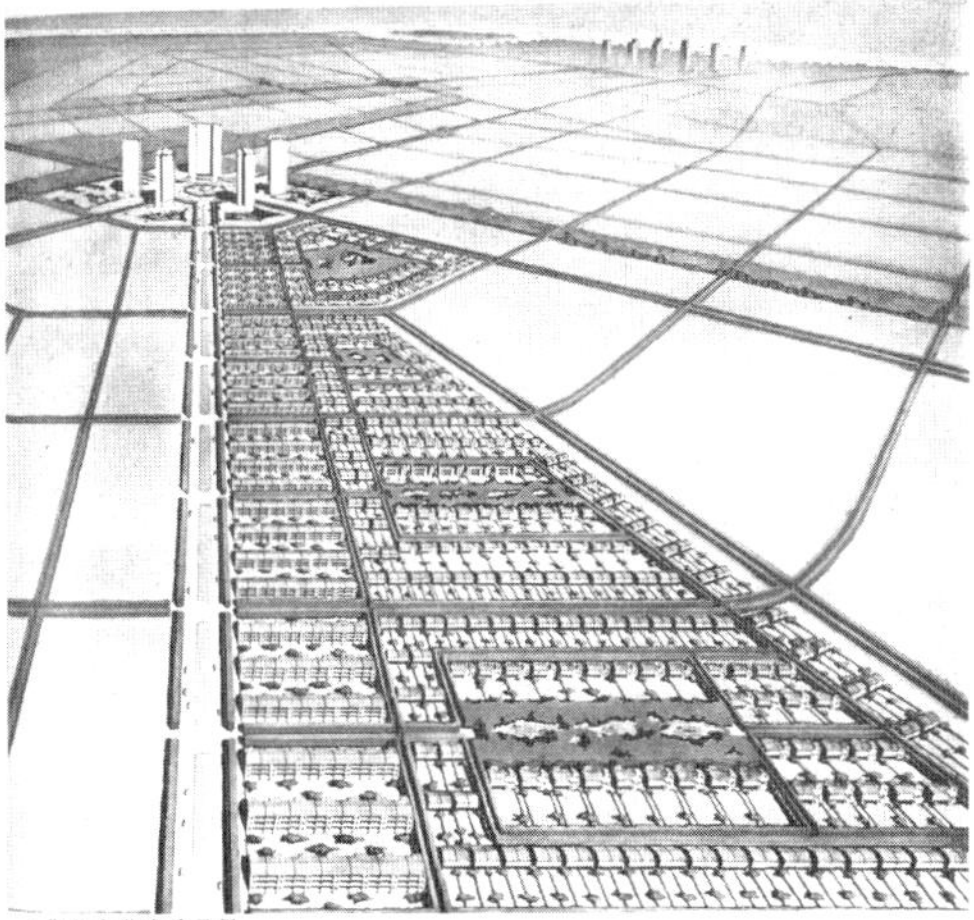

図8　上海住宅計画透視図（前川國男「上海」『現代建築』1939年9月）

欧米建築界への対抗

そしてその前川は、その名も「上海」と題する文章で、同地で展開すべき建築の理想を次のように語っている。

> 黄浦江を上下する船の大部分がユニオンジャックを翻えした英国船である様に美しい逞しい日本の船が織る様に揚子江を上下する日は何時であるか。租界のスカイラインを画って建ち並ぶ建築物が西欧人の手に成ったそれである様に日本人の雄図を表象した上海新都市のスカイラインの完成するのは何時であろうか〔中略〕／新秩序と新しい生活感情、更にそこに渾然と盛り上る建築、も早やそれは西欧建築の模倣でも将又日本建築の大陸的再現でもない。そうした建築と都市とが上海に課された重大な宿題なのだ。
>
> （『現代建築』一九三九年九月）

「西欧建築の模倣でも将又日本建築の大陸的再現でもない」という言葉には、その建築を実現する上海が中国であるという視点が完全に欠落している。そこには中国の風土や文化性に対する考慮も、この地で暮そうとする日本人の生活習慣に対する配慮もない。そのかわりに強く感じられるのは、建築技術をめぐる欧米へのナショナリスティックな対抗意識である。そこに「月光都市」で泰淳が示したような〈西洋的支那〉という上海文化の独自性に対する配慮もなく、ましてや日本と中国の融合を目指す〈日本的支那〉といった発想が入り込む余地はなかっただろう。前川にとっての上海とは、建築家としての欲望と西洋建築への対抗を実現するための実験的植民地でしかなかったのである。しかも先の上海住宅計画が西洋発のインターナショナルスタイルの再現そのものであったことを考えるならば、建築による欧米への対抗はすでに破綻してもいる。上海における日本建築の試みは、結局何ら独自性を発揮することなく潰えたのであった。

おわりに

上海という異国の地にあって、なお日本式の居住空間を作ろうとする居留民。上海の風土や文化性、さらにはそこに暮す日本人の生活習慣とも切り離された住空間を生み出そうとした前川。そして接収住宅に暮しながら日本の統治政策に違和感を抱いた泰淳――統治下上海における日本と建築の関わり合いを眺めた時、そこに浮上したのは、国際都市上海が築き上げた上海の文化性に対し、さまざまに屈曲する日本人たちの姿であった。

そんな日本の文化的態度に対し、泰淳の遺作となった「上海の螢」末尾の言葉はいかに響くのであろうか。

米英両国は中華民国の同盟国だ。／「彼らは永い時間をかけ、多額の資本を投じ、フランス人と協力して、租界を美しい街に造り変えようとしたんです。上海の真価を知っているのは彼らであって、日本人じゃない。彼らは、なるほど上海市民の感情を無視して、彼らと中国人をはっきり差別したよ。だが、日本人は差別どころか、何事も成し得なかったろ」と、博士は憂鬱限りないように言う。私は、彼の如く、自分の意見を論理的にたどることができない。ただ、東方文化協会のT氏の的確な言葉を思い出す。T氏は静かに笑いながら私に告げた。／「日本は、やらずぶったくりだよ。くれたのは日本精神だけさ、米英人はギブアンドテイクだ」

「やらずぶったくり」の日本と、「ギブアンドテイク」の欧米、そのありようは、それぞれが上海で生み出した建築の姿ともどこか似かよっている。

上海に残された日本人居留民たちの生活の痕跡は、膨張し続ける上海の都市開発によって急速にその姿を消している。だがその一方で、バンドをはじめとする欧米の建築物と都市空間は、新たな上海の歴史と発展を担うランドマークとして保存・再利用されている。

与えなければ残らない。それは至極当然のことである。日本による上海統治の意味、それは現在進行形で進んでいる上海の都市開発にも影を落としているのである。

附記　引用文中の傍線は木田による。本稿は科学研究費（基盤C）「汪兆銘政権勢力下における日本語文学状況の基礎的・発展的研究」（研究代表者・木田隆文）の成果の一部である。

『亞』と大連——安西冬衛の紙上建築

高木 彬

一九二〇年代、中国の大連で発行された詩誌『亞』。そこに掲載された安西冬衛の短詩における建築表象は、大連に実在する建築物を個別的に参照しながら、その都市空間の固有性を浮かび上がらせるものだった。本稿では、従来指摘されてきた同時代のアヴァンギャルド芸術との共振とは別の視角から、安西による紙上建築の方法に迫る。

はじめに

詩誌『亞』は、一九二四年一一月から一九二七年一二月まで、中国遼東半島南端の都市・大連で発行された。大連在住の安西冬衛を発起人として、北川冬彦、城所英一、富田充を合わせた四名が同人となって創刊された(一九二四年一一月)。北川、城所、富田は、第二号(一九二四年一二月)で脱退。彼らは東京で『面』を創刊(一九二五年二月)する。代わりに第三号(一九二五年一月)から大連在住の瀧口武士が加入した。その後、安西と瀧口の二人体制が続き、第二四号(一九二六年一〇月)からは尾形亀之助、第三三号(一九二七年七月)からは三好達治と北川が同人に(再)加入。一九二七年一二月の第三五号をもって『亞』は終刊した。

小泉京美によれば、自由律短歌・自由律俳句を源流とする短詩の形式は、「『亞』において最大の結実をみた」(「短詩運動」『コレクション・都市モダニズム詩誌 第一巻 短詩運動』ゆまに書房、二〇〇九年)という。同時代の民衆詩派の散文詩に対抗しうる前衛としての強度は外地大連で獲得されたのだ。

たかぎ・あきら——龍谷大学文学部講師。専門は日本近現代文学、建築表象。主な論文に「目的なき機械の射程——稲垣足穂「うすい街」と未来派建築」(『文学・語学』二〇一三年三月)、「ビルディングと新感覚派——震災復興期の建築空間を読む」(『横光利一研究』二〇一四年三月)などがある。

また、そうして「結実」した短詩は内地へ運ばれて、関東大震災後のモダニズム詩にインパクトを与えたとされる（小泉京美「『亜』の風景――安西冬衛と滝口武士の短詩」『日本文学』二〇一〇年二月）。このように、「てふてふが一匹間宮海峡を渡つて行つた。軍艦北門の砲塔にて」という安西の短詩「春」（二九号、一九二六年五月）の「てふてふ」のように、『亞』の短詩は「海峡」を往復した。

ではなぜ『亞』の短詩はこうした影響力を持ちえたのか。それは、大連という「「外地」の都市の非現実的な様態」を「描きとることが、新しい方法の模索を促し、短詩という形式を押し上げた」からだ。そう小泉は説明する。その「形式」とは、同時代のフランスのアヴァンギャルド詩・絵画と同じ、「意味をもたない言葉のモンタージュ」（小泉「短詩運動」）である。小泉の説にしたがえば、『亞』の短詩は、ひとまず以上の内容（＝大連の「様態」）と形式（＝「モンタージュ」）に要約することができる。

ところで、一見するとこの両者は矛盾している。大連の「様態」を内容として「描きとる」ためには、実際の都市を指示対象とせねばならない。一方で「意味をもたない言葉のモンタージュ」を形式とするためには、小泉自らが言うように、「そこに名指されている言葉が現実の風景に対応しないという断絶」を要する。

大連から「断絶」しつつ、大連を描く。この矛盾を小泉は、大連自体を「非現実的な」都市だと措定することでクリアしている。指示対象の大連自体が「異文化の混在する植民地都市の風景の無秩序さ」を持つ。だからこそ「意味をもたない言葉のモンタージュ」という形式が要請された。言い換えれば、それは、現実の都市と「断絶」した「言葉のモンタージュ」に、「非現実的な」都市・大連の「様態」を見て取ることである。だから、詩の言葉の一つ一つは「ことごとく匿名的でありながら、しかしやはり大連の都市景観を反映していると感じさせる」（小泉「『亜』の風景」）のだ。

だが一方で、こうした論理が妥当であるとすれば、その論理の対象を「大連」に限定する必然性もまた、稀薄だとも言える。射程はもっと広いはずだ。「異文化の混在する」「無秩序」な都市としては、当時の上海、神戸、東京などがすぐに思い浮かぶし、それらの都市の「非現実的な様態」を「言葉のモンタージュ」で再構成した言語実験も、やはり多くある（たとえば、萩原恭次郎の『死刑宣告』（長隆舎書店、一九二五年）など）。都市（内容）とモンタージュ（形式）の連関は、ダダ以降の前衛詩の公約数でしかない。

もちろん、大連を描きとろうとする際にモンタージュ形式が要請されたという小泉の理路に異論はない。問題は、そうしたモンタージュによる匿名的な都市表象が、なぜ（ほかでもない）「大連の都市景観を反映していると感じさせる」のか、にある。これについて考察を進めるためには、それが「モンタージュ」であることをいったん括弧に入れた上で、テクストの個々のモチーフを再検証することが必要だろう。それは、大連を「非現実的な」都市として概括することを超えて、モチーフとして採られた個々の建築物に焦点を当てることである。都市から建築へ。テクスト分析の解像度を上げることで、『亞』の短詩と大連との必然的関係、紙上の大連を建設する固有の技術が明らかになるだろう。

一、安西冬衛のメディア戦略

　こうした本論の筋立ての妥当性を示すために、まずは、自作をめぐる作家の言説から確認しておこう。『亞』に発表した詩論「稚拙感と詩の原始復帰に就いて」（三号、一九二五年一月）で安西は、「あらゆる芸術は、すべて単純から複雑へ、軈《やが》て復《また》、元の単純に還るべきものである」と述べ、「単純」さを特徴とする短詩型が生まれた歴史的必然性を強調している。次いで短詩を、同時代フランスのアヴァンギャルド詩や絵画、具体的には「ジユウル・ルナアルの稚拙な詩」や「ラウール・デユフキの「海」」（図1）と同列に並べている。そして「仏蘭士に於ては、既に、かくの如く詩と絵画とが相接近して原始復帰の傾向をとつてゐる」として、短詩の「単純」さを、「原始復帰」や「稚拙感」といったタームへと変換している。このようにして安西は、『亞』の短詩を同時代のアヴァンギャルド芸術と接続し、その並びへ引き上げてみせた。

　この安西の詩論について小泉京美は、「〔デュフィの〕「海」は非現実的な遠近感覚や、個々のモチーフの気ままな配置が、まさに「稚拙」な印象を与える作品である」と述べている。安西の論理を「まさに」と踏襲している。加えて、安西と同様に、『亞』の短詩をデュフィの絵画と接続している。たとえば安西の「坂」（七号、一九二五年五月）は、「デュフィの「海」のように「魯西亜領事館」も「有帆戦艦《フリガツタ》」も「海」の上にその遠近を無視して載せられ」ているという。また「陸橋のある道」（一〇号、一九二五年八月）も、「デュフィの自由な遠近感覚や素材の配置」の反映であるらしい。小泉によれば「デュフィの自由な遠近感覚や素材の配置は、個々のモチーフを既存の遠近法を無視してモンタージュすることで立体的なイメージを喚起させようとした『亞』の短詩とつながっている」（小泉「短詩運動」）のである。このように小泉は、

図1　ラウル・デュフィ《地中海（海）La Méditerranée》1923（アルフレッド・ワーナー『デュフィ』小倉忠夫訳、美術出版社、1972年）

あくまでも安西の詩論の枠組みを踏襲しつつ、それを実作品へと敷衍していることがわかる。

しかし一方で、そもそもこの安西の詩論は、『亞』に掲載された実作品とはやや乖離した位相で提示された、いわば戦略的言説だったとも言える。たとえば、「元の単純に還るべき」という「稚拙感」や「原始復帰」のコンセプトは、かならずしも実態に即しているわけではない。倉田紘文「滝口武士論――詩誌『亞』の時代」（『別府大学紀要』一九八二年一月）の整理によれば、『亞』全三五刊の安西の詩のうち、一行詩が一六作、二行詩が一三作、三行詩が七作、四行詩がゼロなのに対し、中長篇の散文詩は三八作である。「複雑」として排除したはずの中長篇の散文詩型が、むしろ過半を占めていることがわかる。

しかもこの安西のコンセプトは、「『亜』の短詩」を担う他の同人たちに共有されていたわけでもない。たとえば同人の尾形亀之助は、「私の詩は短い。しかし短いのが自慢なのではない。自分としてはもう少し長い詩が書きたい」（「私と詩」、二八号、一九二七年二月）と述べていた。自作が短詩として括られることへの違和が窺える。それは、やがて短詩型からの離反の言明となるだろう。曰く、「かへりみるに短詩はかなり多くの若い人々の出発の第一歩を誤まらせた」（「仏蘭西の士官は街角をまがつて行つた」、三五号、一九二七年一二月）と。

また『亞』の創刊同人、城所英一にも、安西の詩論との距離が看取できる。「名称即便宜的分類」（三号、一九二五年一月）で城所はこう述べる。「城砦を築き、徒な排他的呶々《どど》を以て自個の傾向を唱揚するが如き、大いに賛成し難い」と。たしかに、「排他的呶々」を飛ばす集団として城所がここで明示的に批判するのは「民衆詩」派である。しかし、彼は散文詩を否定しているわけでもない。「散文精神なるものが、しかく鮮明に詩的精神と別箇のものだといふ断定はなし得ない」と述べている。批判は、民衆詩派の散文詩それ自体に向けられているわけではない。「排他的」言説によって「自個の傾向を唱揚する」行為そのものが「くだらない分類意識」の所産として切り捨てられているのである。「排他的」に派閥を形成するために「自個の傾向」に「名称」をつけることは「即」ち「便宜的分類」に過ぎない――「名称即便宜的分類」というこの詩論のタイトルは、そう敷衍できる。

　城所の批判が、詩の形式にたいしてではなく、それを外在的な「名称」によって「唱揚」する行為に向けられていたことに注目してみよう。すると、自らも散文詩を書くにもかかわらず、その「複雑」さを棚に上げて「単純」「稚拙」を標榜し、それを以て『亞』の短詩のプライオリティを主張し、「自個の傾向を唱揚」している身近な人物が浮かび上がる。すなわち、安西冬衛だ。城所の批判は、民衆詩派と同じく安西にも向けられていたのではないか。たとえば、城所の「名称即便宜的分類」は、同じ号の『亞』の誌面において、安西の「稚拙感と詩の原始復帰に就いて」の次頁に掲載されていた。それは、「稚拙感」や「原始復帰」といった「名称」の「唱揚」への対抗的な配置だったのではないか。しかも城所は、この第三号を最後に同人から脱退し、その後再び寄稿することはなかった。「名称即便宜的分類」は、いわば安西への絶縁状だったのかもしれない。

　しかし、たとえそうであったとしても、少なくとも安西にとっては、その「便宜的分類」こそ、『亞』というエコールの存立機制にほかならなかったはずである。後に安西は、「稚拙感」を「錯倒観念《パラドックス》」だったと明かしている（「稚拙感に就いての雑稾」、八号、一九二五年六月）。編集に携わっていた安西は、もちろん『亞』に中長篇の散文詩が多く含まれていることなどわかっていたはずである。にもかかわらず、実態と必ずしも合致しない「単純」「稚拙」を標榜していたとすれば、そこには意図があったと考えるのが自然だろう。あるいは、「ルナアル」や「デユフヰ」が西洋の前衛であることは、もちろん知っていたはずだ。にもかかわらず、彼らの作品と『亞』の短詩を接続して、「東洋」への「原始復帰」として定位している。すなわち「稚拙感」概念は、初めから実作品との整合を目的としてはいない。原理的に、実作とは異なる審級に属する、自覚的かつ戦略的な言説だったと言えるのではないか。そこでは城所の批判は織り込み済み。安西の眼目は、既成詩壇との対抗姿勢を演出し、『亞』の短詩を同時代のアヴァンギャルド詩や絵画と親和的な、ジャンル横断的なものとして定位することにあった。それは実作の事後的な解説ではない。実作に先行する解釈枠の設定である。すなわち、同時代のアヴァンギャルド諸派が〝宣言文〟という文体によって実行した、あの戦略にほかならない。既成の価値観の否定。運動体としての新奇性の宣揚。各種メディアによるアヴァンギャルド・イメージの扶植。そこに安西の詩論「稚拙感と詩の原始復帰に就いて」の底意があったのだろう。繰り返す。安西の詩論は『亞』の実作と整合しない。むしろ先行的に作品を前衛としてフレーミングする、戦略的言説だった。

この戦略は、同時代においては一定の成果を挙げたようである。安西の中篇詩「古き騎兵の幻想曲」（三号、一九二五年一月）にたいして、「安西さんの詩を拝見しますと、私はいつもマリイ・ロオランサンの絵を思い浮かべます」と水原元子は述べている（「マリイ・ロオランサンの絵と安西さんの詩」、四号、一九二五年二月）。その評言が『亞』に掲載されたのは、安西の「稚拙感と詩の原始復帰に就いて」発表の翌月だった。亞社主催の「第二回 詩の展覧会」（三越呉服店大連出張所、一九二五年八月六〜八日）に出品された安西の「廈門」（一一号、一九二五年九月）について、「もうかうなると絵だ」と述べた武井濂の展覧会評（一一号、一九二五年九月）にも、その直接的な影響を看取できるだろう。（水原や武井の評論が、当の『亞』に掲載されていたことも忘れてはならない。）また、近年の先行研究にも、先に挙げた小泉論のほかに、『亞』の短詩をアヴァンギャルド絵画の「「稚拙」な」タブローとして評価するものがある。

本稿では、アヴァンギャルドとしてのポーズをとるために作家が設定した枠組みそのものを、いったん括弧に入れたい。安西のテクストを「稚拙」な「モンタージュ」へと還元する、その直前で踏みとどまりながら個々のモチーフを精査することで、紙上の大連を再構成したい。そこから、『亞』と大連との固有の関係性が浮き彫りになるだろう。

二、「モンタージュ」の解体

坂

海を載せてゐる魯西亜領事館
その風見の有帆戦艦《フリガツタ》よ
坂は日日《ひび》
不思議な譚《メルヘン》の頁を
私の行手にくりひろげる。

安西の「坂」（七号、一九二五年五月）は、近景の「魯西亜領事館」と、遠景の「海」や「有帆戦艦《フリガツタ》」を、「坂」の上から俯瞰している。小泉の言うように、「「魯西亜領事館」はその先に「海」があるとは描かれ」ない。「「海を載せてゐる」と表現され」ている。遠景の「海」が近景の「魯西亜領事館」の上に配置される。海上の「有帆戦艦《フリガッタ》」も、「魯西亜領事館」の屋根に「風見」のように冠される。「デュフィの「海」のように「魯西亜領事館」も「有帆戦艦《フリガッタ》」も「海」の上にその遠近を無視して載せられ」ているのだ。それゆえこの詩は「意味をもたない言葉のモンタージュ」（小泉「短詩運動」）なのである。映画にせよ写真にせよ、一般に「モンタージュ」という用語が、モチーフ同士の脱文脈的な結合のことを指すとすれば、「魯西亜領事館」の上に「海」や「有帆戦艦《フリガッタ》」が配置された画面は、たしかに「モンタージュ」だと言えるかもしれない。

ただし、ここにあらわれる「有帆戦艦《フリガッタ》」「魯西亜領事館」といった個々のモチーフに注目してみよう。次節で詳述するが、それらは明らかに大連という都市の空間的／時間的コンテクストを指示している。大連の実景から採られている。しかも、文脈を異にするモチーフの接続によって既成の価値や意味体系を脱臼・破壊するダダやシュルレアリスムのフォトモンタージュとは違い、これらのモチーフは、大連という都市の遠近法の内部に収まっている。たとえば、「海を載せてゐる魯西亜領事館」という上下の位置関係の転倒は、「モンタージュ」というよりは、むしろ見たまま（見かけ）の写生に近い。遠景は上に、近景は下に見えるという、いわゆる遠近法における〝遠上近下〟の原理に沿っているからだ。このように、モチーフの選択と配置の観点からは、この二行を「意味をもたない言葉のモンタージュ」だとは言い切れない。

むしろここに見るべきは、視点人物（語り手）とモチーフ（対象物）との距離の遠さではないか。これも次節で詳しく述べるが、「海」「有帆戦艦《フリガッタ》」「魯西亜領事館」は、遠近法の軸線上から外れないように配置されている。小泉の言うように、「載せてゐる」という語によってモチーフ同士の遠近感が平板化されているにしても、やはりそれも〝圧縮効果〟という名で知られる視覚原理によるものなのではないか。写真撮影技術においては、そうした効果は、広角レンズや望遠レンズによるパンフォーカス（Deep Focus）として利用されている。カメラのレンズ（視点人物）と被写体群（モチーフ）との距離が遠くなるほど、被写界深度（Depth of Field）は深まる。つまり、被写体間の奥行きが、見かけ上、圧縮される。ゆえに遠景と近景の両方に同時にピントが当たっているように見える（＝遠近感が平板化される）技術である。

このように、「海」と「魯西亜領事館」の同一平面上への並置は、それらモチーフからの視点人物の遠さを逆照射していると言える。中川成美は、先に挙げた安西の「てふてふ」

の詩（「春」、一九号、一九二六年五月）の視覚性について、「俯瞰的な眺望のなかでの自己の中心的な感覚（遠近法での一局的で独占的な視線の感覚）は孤立した存在への覚醒を要求する」（「安西冬衛論――二〇世紀の言語的転回と『春』」、澤正宏・和田博文編『都市モダニズムの奔流　「詩と詩論」のレスプリヌーボー』翰林書房、一九九六年）と指摘している。安西の短詩においては、遠近法的な視線の一局性によって、主体は「孤立した存在」として縁取られる。見かけ上で奥行きが圧縮され、遠近感が不鮮明になった「海」と「魯西亜領事館」とを、単独の主体が遠望するという構図。「坂」の前半二行は、遠近法の視覚原理に準拠しながら、モチーフ群と主体との遠距離を暗示しているのである。

たしかに、安西の「坂」は、彼自身の言説の枠組みから捉えれば、「自由な遠近感覚や素材の配置」や「意味をもたない言葉のモンタージュ」に見える。しかし、その枠組みを措けば、そこには大連の実景が視覚原理に基づいて写生されていたことがわかる。モチーフどうしの上下逆転と奥行きの平板化が、都市的なパースペクティブのもとに俯瞰する遠方の主体を逆照射していたのである。

三、伏見台・ソ連領事館・フリゲート艦

では、主体はどこから俯瞰しているのか。小泉によると、この短詩「坂」の視線の起点は安西冬衛が住んでいた桜花台にあるらしい（「『亜』の風景」）。「桜花台は大広場［大連市街の中心に位置する広場。現・中山広場］の南の高台に位置している」ため、そこからは「大広場の近くにあった「魯西亜領事館」や、その先にある大連埠頭の全景を見渡せたかもしれない」（「短詩運動」）という。

桜花台（現・智仁街）は、日露戦争直後に、日本人将校用の住宅地として造成された。後にその住宅は、南満州鉄道株式会社（満鉄）の社宅へと転用された。一九二一年に満鉄に入社した安西は、そこを社宅として支給される。だが同年、膝関節炎を患い右足を切除する。彼は詩作に専念するようになった。高台の自宅から詩興を膨らませる隻脚の詩人。こうした作家イメージを誘う桜花台は、「坂」執筆の場所として見やすい。モチーフの地理的な位置関係と照合しても齟齬がない。「魯西亜領事館」のモデルとなった、中心街の大広場付近の《ソ連領事館》（一九二五、**図3**）。そして北涯の「海」。それらは、市街南部の桜花台からの視野に収まる。

だが、注意しなければならない。桜花台と《ソ連領事館》

とのあいだには、当時、巨大な遮蔽物があったのである。それは《大連市役所》(一九一九、図4)。《ソ連領事館》の南、東公園町通を挟んだ敷地に隣接して、その建築物は聳えていた。桜花台から見れば《ソ連領事館》は、《大連市役所》のすぐ裏手にある。建築規模も《大連市役所》の方がはるかに大きい。延べ床面積は九八七〇平方メートル。《ソ連領事館》と同じく地上部分は三階建てだが、《大連市役所》は各層の階高も高く、しかも地階が半分地上に出ている。実質的には四階建てに近い。しかも最上階には、京都・祇園祭の山車を擬した高塔が聳えていた。一九二〇年当時、大連市中で最高層の建築物だったという(西澤泰彦『大連都市物語』河出書房新社、一九九九年)。その《大連市役所》の裏手にあったことを考慮すれば、《ソ連領事館》の姿は、桜花台からは隠れてほとんど見えなかったのではないか。

「坂」は、自宅のある桜花台ではなく、むしろ大連のもう一つの高台、隻脚の安西が人力車を走らせて向かった、市街西部にある伏見台で着想されたのではないか。安西自身もこう述懐している。「電気遊園の樹墻に沿うて伏見台へ登つて

図2　満鉄社宅(南山麓)(『旅大旧影』山東画報出版社、2008年)

図3　ソ連領事館(『満州日日新聞』1938年4月12日)

図4　大連市役所（『満州写真帖』南満州鉄道株式会社、1929年）

ゆく道は、雑誌「亞」時代の私が初期の作品に好んで用いたモノグラフヰで、阪を登りつめると景観が忽ち一変し、眼下を塞ぐ街衢を穿つて深く屈曲した大連湾がリボンの如く展開する」（『韃靼海峡と蝶』文化人書房、一九四七年）。また清岡卓行は言う。「安西冬衛が好んだ散歩の坂道」は、「私が通った中学校の塀に沿っている」（「「亜」の全冊」『ちくま』一九七四年一月）と。大連生まれの清岡が通学したのは大連第一中学校（現・大連理工大学）。南側の博文町通（現・錦華街）と北側の千歳町通（現・歓勝街）に挟まれていた。安西の短詩「春」について清岡は、この詩を「着想したと推定される坂の上の地点」は、「この校舎の裏側、ということは北側になる」と述べている（「大連の海辺で」『大連小景集』一九八三年）。南からだと《ソ連領事館》が《大連市役所》に隠れてしまうこと、および作家や同時代の言説から判断すれば、「坂」の制作の場所は、大連西郊の伏見台の千歳町界隈だったと判断できる。

　では、伏見台から「魯西亜領事館」と「海」とを俯瞰する視線は、大連という都市においてどのような意味を持っていたのか。それを考えるために、ここで『大連市史』（大連市役所、一九三六年）を参照しながら大連の成立を一瞥しよう。

　一八九八年、遼東半島南端は帝政ロシアの租借地となった。不凍港を擁する商都、東アジア経営の拠点とするためだ。首都モスクワから遠く隔たったその土地を、ロシア語で〝遠方〟を意味する〝ダーリニー〟（ダルニー）と名づけた。最初に着手したのは、北岸の埠頭と、隣接する行政関連施設の建設、およびダーリニー全域の街路計画だった。北部を「行政市街」、中心部を「欧羅巴市街」、西部を「中国人街」としてゾーニングした。それらを繋ぐ街路を画定し、敷設を開始した。

　だが、まもなくダーリニーは日本軍の手に渡る。「明治三

図5　大連市街図（『満鮮略図並満洲主要市街地図』南満州鉄道株式会社総務部調査課、1921年）

十七年五月、我が軍占領当時に於けるダリニー港は、全く半成の状況にあつて、築港工事のみがその第一期工事が略ぼ完成したる外は、陸上の諸設備に至つては殆んど見るに足るものなく、僅少なる地域を除きては、総べて荒廃せる情形であつた」。だが日本軍は、そこを一から日本独自の都市として整備するのではなく、「平成」のダーリニーをそのまま継承した。北部の「行政市街」における関連施設は「改修維持」を行なって統治上の拠点へと転用。そこを「露西亜町」と呼んだ。街路計画についても、「市街計画方針としては大体に於て露治時代の計画を踏襲するを有利と認め」て、そのまま利用した。〝大連〟がダーリニーの音写だという事実は、以上の都市建設過程を象徴している。

大連がダーリニーから「踏襲」した都市計画においては、一〇本の街路が市街中心の広場（**図6**）から放射状に延びていた。『大連市史』には、「大連市の中心点は（…）直径七百尺〔約二一三メートル〕を有する「ニコラエフスカヤ」広場（現大広場）にして該広場より各方向に向つて放光形をなせる十筋の大通を設け、広場の周囲には外観壮麗にして市街の装飾となるべき

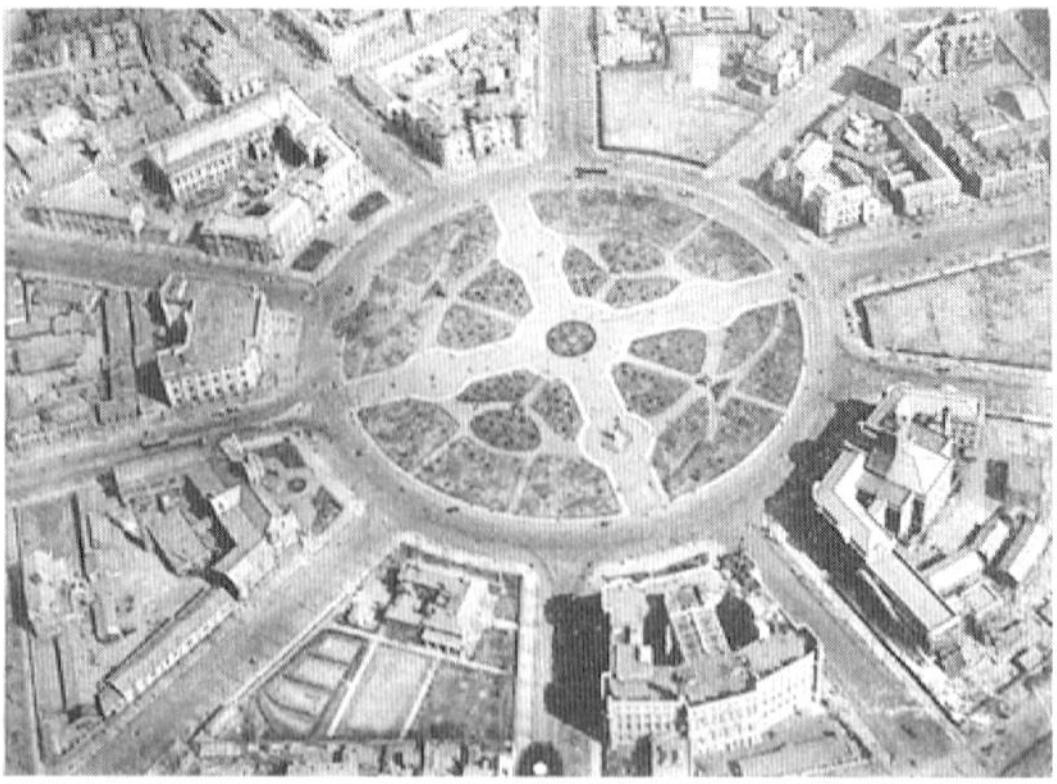
図6　大広場（『満州写真帖』南満州鉄道株式会社 1929年）

主たる官衙、寺院、及公共の建物を建築すべき予定なり」とある。そもそも帝政ロシアは、ジョルジュ＝ウジェーヌ・オスマンによる一九世紀のパリ改造をモデルに街路を計画していた。それが日本の手に渡ったのである。パリからダーリニーへ、ダーリニーから大連へ、「放光形」の街路は重訳されたのだ。大連で多くの建築設計を手がけた大連軍政署の前田松韻《まつおと》は、マンハッタン・グリッドのような「スクェヤのシステム」に対して、大連の街路を「スターシステム」と呼んだ（「大連市に施行せし建築仮取締規則の効果」『建築雑誌』一九〇八年二月）。ニコラエフスカヤ広場から改称された大広場。そこはいわば〝大連のエトワール広場〟だったのである。

　さて、《ソ連領事館》（「魯西亜領事館」）の敷地は、その大広場に隣接していた。大広場から山県通を一区画ぶん東に入った東公園町に位置していた。《ソ連領事館》は、もともと大連の湾岸部の龍田町にあった。東公園町は、その後、一九一七年のロシア革命を経た後の移転先である。ここに、日本軍の統治によって一度は大連の北涯に追いやられた帝政ロシアが、ソビエト連邦となって「放光形」の大広場へと帰還するというストーリーを読み込むことは、ナイーブすぎるだろうか。だが、移転竣工は一九二五年九月であり、「坂」が発表されたのはその直前の五月である。少なくとも「魯西亜領事館」という詩句は当時の読者に、建設中の《ソ連領事館》とともに、かつてダーリニーを築いた「魯西亜」の旧影を想起させずにはおかなかっただろう。

　新築の《ソ連領事館》のエントランスは、山県通（現・人民路、**図7**）に面していた。山県通は大広場を過ぎれば西通（現・中山路）と名称を変える。陸軍元帥（山県有朋）と中将（西寛二郎）の名である。もともと、この街路が計画され、砕石で舗装されたのは、ロシア統治時代だった。帝政ロシアはこの街路を、ダーリニーの最重要の都市軸として設計し「モスコフスキー大街」と呼んだ。その名は、首都モスクワから採られた。幅員は約三三・五メートル。計画された街路のなかでは最も広い。それはダーリニー（大連）を東西に貫通した。西部の「中国人街」から「欧羅巴市街」のニコラエフスカヤ広場（大広場）を経て、東端の埠頭までを一直線に貫いた。そして、そのまま視線を延長した極東に、かつて帝政ロシアは照準を定めていたのである。

図7　山県通（『満州写真帖』東京堂 1926年）

　一方、山県通・西通（「モスコフスキー大街」）の西端は《電気遊園》（現・大連中心裕景）に当たる。そこで街路は南北に分岐する。そのY字路以西の「中国人街」が伏見台だった。安西の詩作の場所である千歳町は、かつての「モスコフスキー大街」の延長線上に位置する。すなわちその高台からは、帝政ロシアが敷設したダーリニーの都市軸が見通せたのだ。

　その軸線上のニコラエフスカヤ広場（大広場）にあったのが、《ソ連領事館》である。「坂」が発表された一九二五年五月の時点で、《ソ連領事館》の西隣り、大広場に接する区画は更地だった。後の《東洋拓殖大連ビル》（一九三六）はまだない。すなわち伏見台千歳町からの視線は、大連最大の目抜き通りを抜けて、一直線に《ソ連領事館》に届いたのである。《大連市役所》に遮蔽されることもない（**図8**）。ダーリニー建設の夢が潰えてちょうど二〇年後の一九二五年五月。帝政ロシアが最重要と位置づけた都市の軸線、その中核地点に、今度はソビエトとなった彼らが帰還しつつある。そう見れば、眼下の「モスコフスキー大街」を抜けた遠近法の消失点に不凍港（「海」）があること、「魯西亜領事館」の「風見」がロシア海軍のフリゲート艦（「有帆戦艦《フリガッタ》」）に見えることは、むしろ有意味な連環をなしてくる。

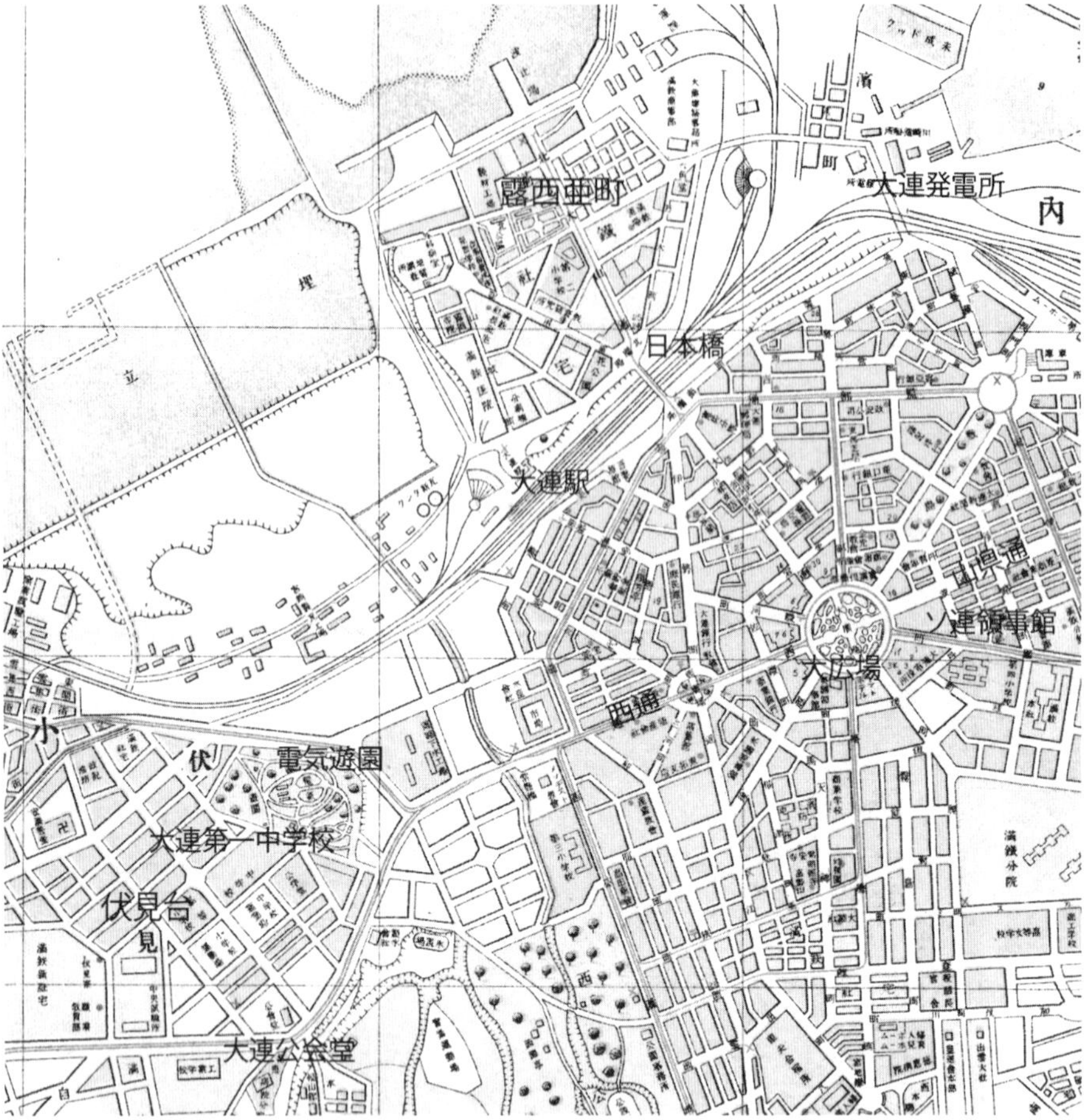

図8　大連市街中心部（『満鮮略図並満洲主要市街地図』南満州鉄道株式会社総務部調査課 1921（一部加工））

「海を載せている魯西亜領事館／その風見の有帆戦艦《フリガッタ》よ」。この二行に「モスコフスキー大街」の名は現れない。だが、「魯西亜領事館」「有帆戦艦《フリガッタ》」「海」といった個々のモチーフは、大連の基層にある帝政ロシアの軸線の上で、必然的に選択されたのではないか。同じ「領事館」ならば、《英国領事館》（一九一四）も大広場に面し、建築物としてもより大規模だった。だが、この「坂」に英国はそぐわなかった。あるいは、たんに「領事館」という一般名詞でも不十分だった。ここは、「魯西亜領事館」でなければならなかったのである。

　このように安西の「坂」は、「都市を形成している現実の相」から乖離した「意味をもたない言葉のモンタージュ」とは、必ずしも言えない。「海」と「魯西亜領事館」は、あるいは「風見」と「有帆戦艦《フリガッタ》」は、伏見台から俯瞰された「モスコフスキー大街」の空間的・時間的遠近法に串刺しにされていたからだ。「大連というトポスがもっていた様々な意味」を「削りと」っていたのはテクストそれ自体ではない。その外から作家が設定した解釈枠、およびその枠組みから論じる言説だったのである。むしろ「坂」は、大連のさまざまな建築・構造物を織り込むことで、紙上に大連を再構築していた。これは他のテクストにも言える。

四、伏見台・日本橋・大連発電所

陸橋のある道

蒸暑い蝙蝠傘《こーもり》を纏つた老婦人・その風変りな裳裾《スカート》から拡がつた歪な街

人力車

あすこは煤煙《けむ》をたやしたことがない。

この安西の「陸橋のある道」（一〇号、一九二五年八月）も、先行研究においては無意味・無関係なモチーフによる「モンタージュ」として評価されている。「老婦人」の「風変りな裳裾《スカート》」と「歪な街」との間にある「不思議な遠近感覚」。「歪な街」の中に「見えるわけでも、「老婦人」が乗ろうとしているのでもな」く、「突如新しい行にモンタージュされ」た「人力車」。このテクストは、「言葉から可能な限り具体的意味を排除し、言葉のもつイメージの配置だけで、詩を構成」（小泉「短詩運動」）しているのだという。

いっぽうで大橋毅彦は、この「陸橋のある道」に、「対象を静的な調和《ハーモニー》や伝統的な手法の枠組みから動的に解放することを目指す立体主義の画家が描いていった、ある種の絵画イメージ」を見出している（「安西冬衛——言葉のメリイゴオラウンド」、和田博文編『日本のアヴァンギャルド』世界思想社、二〇〇五年）。たしかに大橋も、「安西の関心」に寄り添いつつ「稚拙感」概念を「時代の必然」と見なし、「現実態」を「きれいに取り払」う安西の手法を評価している。しかし、ここで参照されている「立体主義」（キュビスム）の主眼は、パブロ・ピカソやジョルジュ・ブラックらがそうしたように、複数の視点から捉えたモチーフをタブロー上で再構成すること、すなわち物体がもつ立体感を平面上に再現することにあった。その点で、後のダダやシュルレアリスムの「モンタージュ」とはやや位相が異なる。大橋は、「素材は安西冬衛の住む大連の景観中にもあった」としてテクストに埋め込まれたモチーフのモデルを特定した上で、それが紙面上で再構成される過程にも注目している。

　大橋によれば、このテクストにおける「『跨線橋』『陸橋』のモデル」は、「大連の中心街と通称『露西亜町』『北部の行政市街』を結ぶ位置に架かっていた『日本橋』」なのだという。当時、《日本橋》（現・勝利橋、**図9**）は、大連の中心街に架かる唯一の陸橋・跨線橋だったから間違いない。もちろん、このテクストの「陸橋」は、あの「魯西亜領事館」のような固有名詞ではない。しかしそれは、大連においては唯一の陸橋であるため、事実上の固有名詞として機能する。

図9　日本橋（『満州写真大観 縮版』満州日日新聞社 1922年）

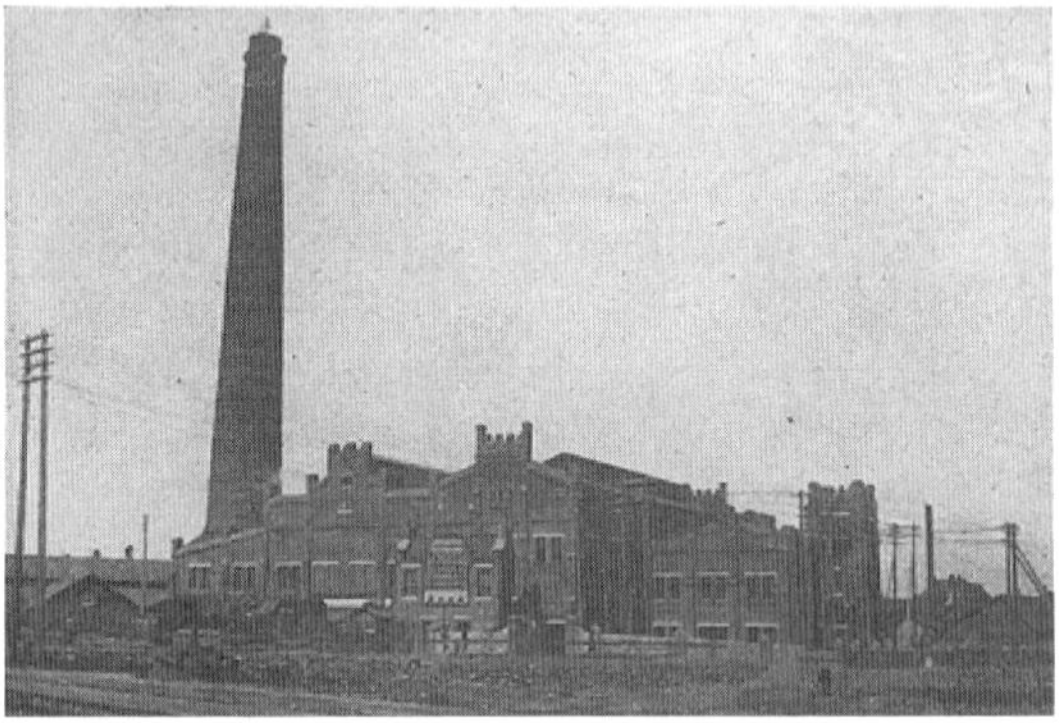

図10　大連発電所（『沿線写真帖』満州日日新聞社 1912年）

　同じことは、最終行に配された「あすこ」の「煤煙《けむ》」にも指摘できる。「陸橋のある道」が発表された一九二五年当時、「煤煙《けむ》をたやしたことがな」かったのは《大連発電所》（**図10**）である。ダーリニー時代に建設され、日本へ租借権が移った後も稼働し続けたこの火力発電所は、高さ約六四メートルの煙突を有していた。それは当時、「東洋一」の高さと謳われた。大連市街のどこからでも見えた。大連の港湾部（浜町）に立っていたため、「ダーリニー港に入る船舶から最初に見える建造物」でもあった。「満鉄線の起点」となる駅と連結された、「大連と満州の玄関」たる大連港。そこを目指して海を渡ってきた者は、最初に目にする大陸の目印として、洋上からその煙突を指差しただろう。陸上／海上を問わず、「あすこ」の「煤煙《けむ》」と言えば、誰もがそこに目を向けた。

　したがって、それが「あすこ」と呼ばれたのは、実景を匿名化するためではない。逆である。それが、あえて固有名詞で名指すまでもない、特権的なランドマークだったからだ。

（エリス俊子は安西の「早春」（一九号、一九二六年五月）に記された「アスコ」という指示代名詞について、「「メリーゴーラウンド」と言わずに「アスコ」と言っているのは、これがあえて名指すまでもない、彼らの特権的な場所であることを示唆している」と述べている（「畳まれる風景と滞る眼差し——『亞』を支える空白の力学について」『立命館言語文化研究』二〇一一年三月）。）「現実態」を「きれいに取り払」ったという大橋の指摘とは裏腹に、むしろこの「陸橋のある道」には、あえて固有名詞で名指すまでもないほどにピン・ポイントで大連の実景を指示するモチーフが埋め込まれていたのである。

さて、その「煤煙《けむ》」は、類似した名のカット「陸橋のある風景」（一〇号、一九二五年八月、**図11**）にも描かれた。初出号は短詩「陸橋のある道」と同じ。その後、三五号に至るまで『亞』に断続的に掲載されたが、「陸橋のある風景」というタイトルが付けられたのは、その第一〇号のみである。おそらく、短詩「陸橋のある道」に対応させて描かれたのだろう。このカットでは、《大連発電所》の「煤煙《けむ》」は左上に見える。その下には、砂時計が二つ並んだような形。これがタイトルの「陸橋」だろう。《大連発電所》と同じくこの《日本橋》も、ロシア統治時代に建造された。関東都督府が木造橋から鉄筋コンクリート橋に架け替えたのは一九〇八年。このカットに描き込まれた砂時計風の形は、大連軍政署の前田によるバロック様式の欄干の意匠を思わせる。

前景に《日本橋》、後景に《大連発電所》。この構図が可能となる視線の基点はどこか。地図上で両点を通る直線を南西に延長すれば、やはり「坂」制作の場所と同じ伏見台に至る。この位置からならば、建築物に遮られることなく、《日本橋》の欄干を見ることができる。伏見台の脇から《日本橋》まで、鉄道の線路によって視線が抜けるからだ。カットにも（やや分かりにくいが）それは反映されている。左下の二組の斜線がその線路、すなわち、大連埠頭へ向かう満鉄の引込線だろう。大連に本社を置き、安西が勤務した満鉄。そのレールは、東清鉄道時代に帝政ロシアが敷いたものだった。その上に鉄道跨線橋の《日本橋》が架かっているのである。

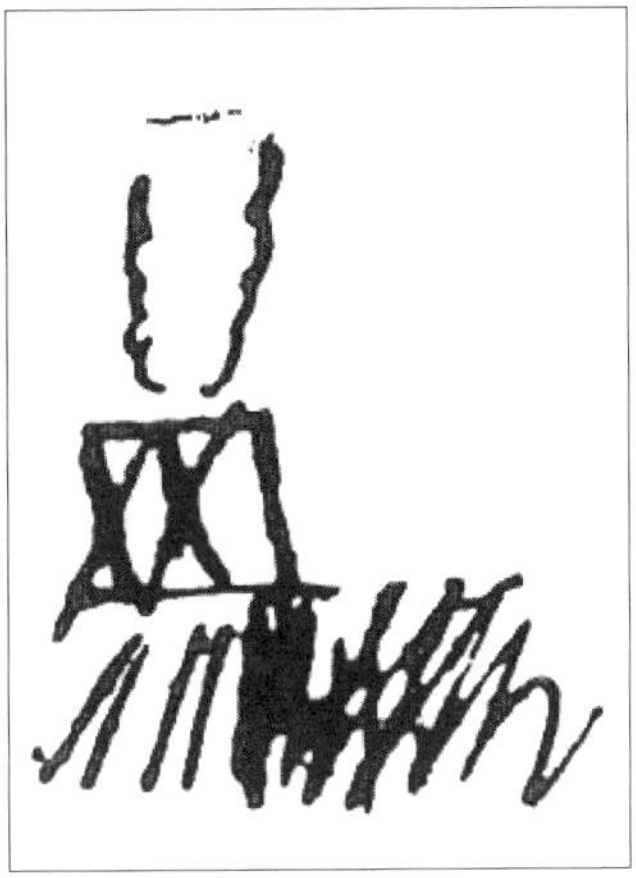

図11　「陸橋のある風景」（『亞』第10号、1925年）

このように、「坂」が「モスコフスキー大街」という軸線上に「魯西亜領事館」と「有帆戦艦《フリガッタ》」を配置したのと同じく、「陸橋のある道」も、都市軸の上にモチーフを配していた。「老婦人」の姿を確認できるほど近景の「陸橋」と、その向こう（「あすこ」）の「煤煙《けむ》」。安西が詩作する伏見台から、《日本橋》の欄干を抜けて、《大連発電所》へと延びるパースペクティブ。それを満鉄のレールが導いていたのである。もちろん、そのレールは、「モスコフスキー大街」と同じく、テクストの表面には現れない。あくまでもモチーフとなる建築物・構造物の配置が、その存在を暗示しているに過ぎない。しかし、これらの街路や鉄路が書かれなかったというのは正確ではない。書かれた後に消されたのだ。——モチーフを描画した後に消される、透視図の〝捨て線〟のように。

　両作が発表された一九二五年当時、中心市街には日本人による建築物がひしめいていた。大広場には「外観壮麗にして市街の装飾となるべき主たる官衙、寺院、及公共の建物」が建設されつつあった。先述の《大連市役所》をはじめとして、《大連ヤマトホテル》（一九〇九）、《横浜正金銀行大連支店》（一九〇九）などが、「放光形」の大広場を荘厳していた。しかし安西のテクストは、そうした建築物を描くことはほとんどなかった。むしろ《日本橋》や《大連発電所》といった、ロシア統治期の建造物を選択していた。あるいは新築であっても、《ソ連領事館》を選んでいた。これらモチーフは、「モスコフスキー大街」や満鉄の線路といった都市軸の歴史性を浮上させる部品として選択されていたのだろう。「坂」や「陸橋のある道」は短詩である。それは短いが、大連の都市空間における長大な遠近法を包蔵していた。大連の古層にある「遠方《ダーリニー》」を、潜在させたままで顕示していたのである。

　ただ安西の短詩は同時に、そうした空間と時間の遠近法を、瞬間ごとに細分化していく。以上のように巨視的に景観を提示しつつ、その内部の情景を微視的に描写していく。最後にその様相を追跡しておきたい。

五、褪紅色のプロセス

自分は停車場を今年［一九二五年］頻に書いた。「陸橋と不幸《［ふしあはせ］》な少女」［四号］、「雨によごれた停車場」［四号］、「曇日と停車場［副題：ブルドツグを持てる夫人を配せる］」［一二号］、「曇日と停車場」［一二号］、「曇日と停車場［副題：跨線橋と嘘をついたお嬢さん］」［一三号］。そしてそれらのBackgroundをなせるものは、常に一貫して「暖きたんぽぽいろせる一つの思想」であつた。少女・お嬢さん・夫人——と彼女（Feme《ママ》の意）の衣裳はさまざまに替へられたけれど、恒に彼女は一貫してゴオグの「跨線橋」を渡つてくる、きまつて黒い洋装をした不幸《ふしあはせ》な少女であつた。

この安西の自註（「冬」、一四号、一九二五年一二月）によれば、これらのテクストは、「Background」を共有する一連のシリーズとして意図的に書き継がれた。ではその「Background」とは何か。「暖きたんぽぽいろせる一つの思想」だと安西は言う。だがその「思想」の内実は具体的には明かされない。明かされていない作家の「思想」など、どのように分析してみたところで、すべて憶測にとどまるだろう。したがって、ここでは、作家の「Background」からではなく、テクストから分析を開始する。複数のテクストを突き合わせて、その共通点を手がかりに、連作のメカニズムを明らかにしたい。少々長くなるが、まずは右の引用に挙げられたテクストの本文を抜粋してみよう。

「私はあすこ［「陸橋」］を渡るとき、（…）きまつて黒い洋装の少女に出遭ひます。けれども不思議にそのお嬢さんは、いつも馬車にばかり乗つてゐるのです。ああ、それからさきの褪紅色のプロセスは―纏めたくありません」（「陸橋と不幸《ふしあはせ》な少女」）。「大時計を見上げてゐる男の濡れた蝙蝠傘を嗅ざかしてゆく何処からか紛れ込んだ風呂敷のやうな犬／火の消えたマントル・ピースに凭れて青褪めた顔をしてゐる雨具を羽織つた洋装の少女」（「雨によごれた停車場」）。「一等急行券（―奉天間）／陸橋・歩廊・展望車（…）展望室　夫人とブル／やっとおろしてもらふ、早速絨緞の上を馳廻る。（…）十分の後、急行列車は曇日の中に畳まれていった」（「曇日と停車場　ブルドツグを持てる夫人を配せる」）。「跨線橋は暗灰色の舌を吐いてゐた・よく嘘をつく御嬢さんのやうに」（「曇日と停車場」）。「前晩もう一ぺん電話で念を押しておく。／／「いってらっしゃい。そんな結構なことありやあしないわ、第一あなたの健康のためにも。八時ね、朝の―」／／そのくせ決してやってきやあしない。見送に。毫も。／とうとう情けない一分鈴が完全に鳴ってしまふ。冷酷な歩廊《プラットホーム》。／業腹。憤慨。それから非常な落膽。発車。／最後に辛じて曇天の下に妙に反れ曲ってゐる跨線橋の灰色を発見する。／（まるで嘘をつくときのあいつの鼻、そっくりぢやあないか）」（「曇日と停車場　跨線橋と嘘をついたお嬢さん」）。

まず、すぐに指摘できることは、全てのタイトルに、「陸橋」「跨線橋」あるいは「停車場」が含まれていることである。既述のように、「陸橋」「跨線橋」とは《日本橋》のこと。満鉄の「停車場」である《大連駅》（一九〇七、図12）は、そのすぐ西隣りにあった。一九二五年時点でこの《大連駅》

図12　大連駅（『沿線写真帖』満州日日新聞社 1912年）

は、満鉄が創業時に建設した木造の仮駅舎である。一九三七年にさらに西（現在の位置）に新駅舎が建築されるまで、《大連駅》は《日本橋》にほど近かった（西澤泰彦『日本植民地建築論』名古屋大学出版会、二〇〇八年）。この連作の舞台は、中心市街と「露西亜町」との境にある、《日本橋》と《大連駅》を中心とした一帯にあると言える。

　次に本文に目を向けよう。「少女」「お嬢さん」「夫人」などと呼ばれる人物が頻出する。彼女（たち）はいつでも、「跨線橋」や「停車場」（列車内）に現れる。あるときは「馬車」で「陸橋」（「跨線橋」）を渡り、あるときは「雨によごれた停車場」で佇み、あるときは「停車場」から「急行列車」に乗り、あるときは「跨線橋」そのものと二重写しになる。彼女（たち）の呼称はまちまちだが、いずれも内面の読み取れない点景として、「跨線橋」や「停車場」に配されている。その意味で、「少女・お嬢さん・夫人――と彼女（Femeの意）の衣裳はさまざまに替へられたけれど、恒に彼女は一貫してゴオグの「跨線橋」を渡つてくる、きまつて黒い洋装をした不幸《ふしあはせ》な少女であつた」という安西の説明は、実作に沿っている。たしかに彼女たちは、衣裳を替えつづける、複数にして単数の「彼女」（Femme）なのだ。それは人々が行き交う駅や橋の雑踏そのものの集合的な像でもあろうか。エリス俊子が言うように、こうした「少女のイメージ」の連鎖が「一定の方向性をもった意味空間を作り上げていった」（「畳まれる風景と滞る眼差し」）のだ。

　個々のテクストは、スナップショットのように風景を切り取っている。場面展開がほとんどない、断片的なシーンばかりである。そしてそれらが、共通の空間（「跨線橋」「停車場」）と人物（「彼女」）とによって、緩やかに連接する。少しずつ異なるシーンが、反復的に継ぎ合わされていく。ストップモーション映像のように。かくて「褪紅色のプロセス」（「陸橋と不幸《ふしあはせ》な少女」）は進行し始める。それは、安西が挙げた上記の五編を越えて、『亞』の誌上で、それとは知らずに連載されていくのである。

　そもそも「陸橋のある道」からして、この連作の一部だったのだ。「蒸暑い蝙蝠傘《こーもり》を纏つた老婦人・その風変りな裳裾《スカート》から拡がつた歪な街／人力車／／あすこは煤煙《けむ》をたやしたことがない」。ここに埋め込まれた「陸橋」「蝙蝠傘《こーもり》」「老婦人」「人力車」は、自由に選択された「モンタージュ」の素材というよりは、いずれも連作の結節点となる主要なモチーフである。黒い「蝙蝠傘《こーもり》」と洋服の「裳裾《スカート》」を「纏つた老婦人」とは、「黒い洋装をした」「少女」＝「彼女」（Femme）のヴァリアントだろう。「彼女」は「恒に」「一貫して」「陸橋」を「渡つてくる」のである。そして「人力車」には、それを伏見台から眺める隻脚の「私」（安西）が乗っている。

　しかしやがて、徐々に舞台が移動し始める。たとえば、あるとき「私」は「黒い茉莉花の造り花」がある「部屋」で「お嬢さん」の消息を聞く。「けふ、仏蘭士語のお稽古のかへりに園池さんをおみかけしました。ええ、いつもの冬木の公館のところで／でも、幌の中でしたから御挨拶もいたしませんでした」（「支那装せるマドモアゼル・冬」、六号、一九二五年四月）。また、「私」の乗る「俥が冬木の公館の寛やかな坂にさしかかつたとき、矢庭にすれ違つた一台の馬車の幌深く、膝を蔵《かく》した見覚えのある褪紅色の膝掛が、咄嗟に私の前に映つてすぐ消えた」（「ある不幸《ふしあはせ》な一日のArrangement」、八号、一九二五年六月）。

　このように、はじめは《大連駅》や《日本橋》周辺にいた「お嬢さん」は、「馬車」で「冬木の公館」へと移動していく。この「公館」とは《大連公会堂》（図13）のことだろう。伏見台（「寛やかな坂」）の西通沿いに建つ。西通は、常緑樹のアカシヤ（「冬木」）の並木路、「モスコフスキー大街」の一部である。《大連公会堂》の角を北へ曲がれば千歳町の大連第一中学校へと坂道が続く。この中国式屋根を架けた目立つ建築物は、《日本橋》から西通へと走ってきた「馬車」が、千歳町へと右折する「いつもの」目印として、最適だっただろう。建設を主導したのは紀鳳台《きほうだい》。ロシア統治時代、ダーリニー建設に携わる苦力の元締めとして影響力を有した。《大連公会堂》は、もとは苦力への娯楽提供施設《ロシア劇場》（一九〇〇）として建設された。日露戦時下には《兵站病院隔離室》（一九〇四）として利用され、戦後、《大連公会堂》（一九〇五）となった。やはり安西のテクストがモチーフとする

図13　大連公会堂（『沿線写真帖』満州日日新聞社 1912年）

のは、ダーリニー時代からの建築物なのである。

　また連作は、「彼女」の「馬車」や「私」の「俥」（「人力車」）が《日本橋》から移動するのに足並みを揃えるかのように、《大連駅》から「列車」を出発させる。郊外の保養地と思しき「月の出のステイションにやってきた」「私」は、「松林の中の雪白な割烹店」で「食事を摂る」（「春」、一七号）。「Menu」には「少女　茉莉」とある（「肋《ロク》大佐の朱色な晩餐会「帽」、一八号）。そこで「鴨を注文《あつらへ》て—現はれる間《ま》、私はこの娘が明治二十何年かに、もう洋装をしてゐた噂をする」（「松林の中に割烹店のある市」、一七号）。帰路、「七時の急行は、秦皇島の避暑地へ保養にいってゐた、肋《ロク》子とリップ（「犬」）をのせてやがてつくだらう。そして又、われわれの褪紅色の生活が始まるのだ」（「犬」、二一号）。

　このように彼らは、《日本橋》から《大連公会堂》へと「モスコフスキー大街」を往来し、《大連駅》から「避暑地」へと満鉄の線路を行き来する。「坂」と「陸橋のある道」の行間に横たわっていた二本の都市軸を、断片的なシーンの継ぎ接ぎによって実地で辿り直しているのである。また言い換えれば、それは、それら軸線を断片的風景のモザイクへと分解することでもあろう。「モスコフスキー大街」や満鉄の線路を、幾何学的な都市軸として鳥瞰するだけではなく、その一部に拡大鏡を当て、空間の細部を虫瞰すること。そこには、連作の筋にかならずしも整合しないディテールも含まれる。しかし、そうした固有の微差を孕みながら断片的空間がぎこちなく連接していくところに、ひとつらなりのなめらかな物語とは異なる、安西の連作の可能性があったとも言える。

六、連作の物語化

しかし、『亞』も終盤に近づくにつれて、そうした都市軸は、懐かしい通い路として過去形で語られるようになる。「早春」（一九号、一九二六年五月、**図14**）は、伏見台の《電気遊園》（**図15**）を、円と「Merry-go-Round」の文字で象徴している。そこから右下がりに蛇行する斜線。その端に立つ「蝙蝠傘」。先述の「陸橋のある道」に照らせば、「蝙蝠傘」は「老婦人《おばあさん》」の換喩と見なせる。下段の「アスコ　マワツテタ」という声は、その「傘」の中から聞こえてくるのだろうか。「蝙蝠傘のあるタブロー」（六号、一九二五年四月）でも

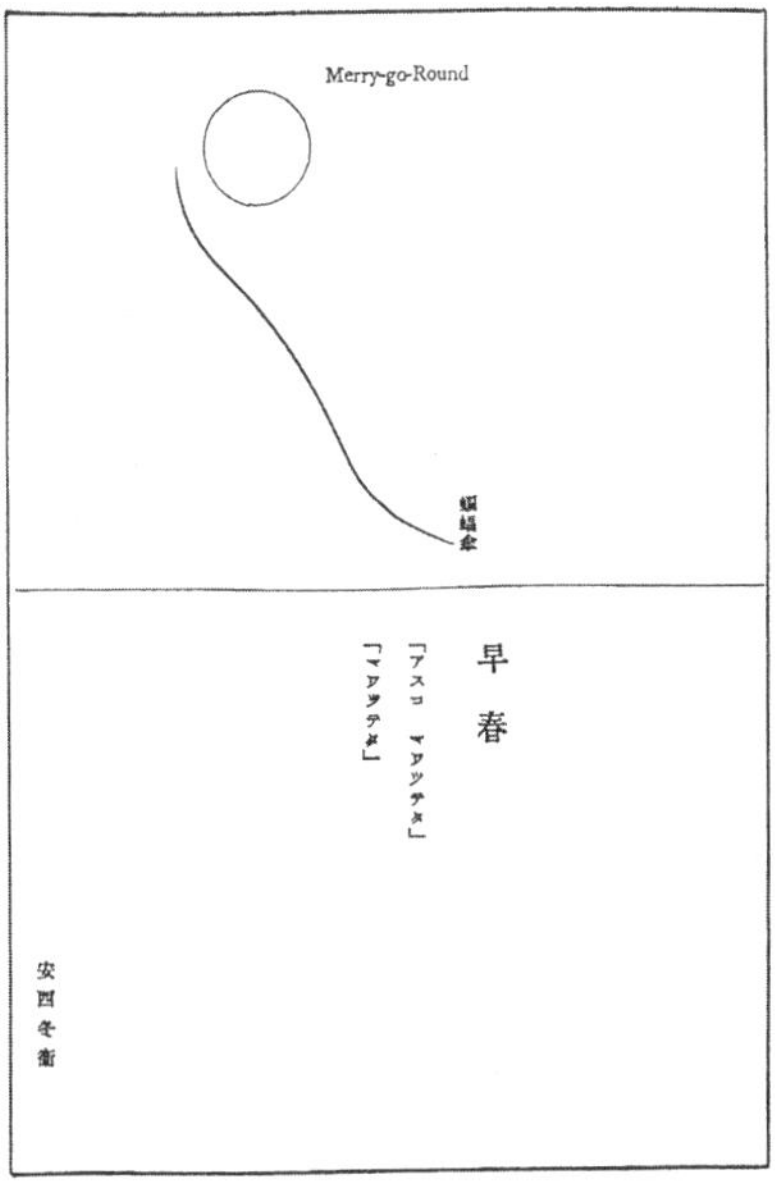

図14　安西冬衛「早春」（『亞』第19号、1926年5月）

「私」は、「街衢《とほり》」の「蝙蝠傘」を「老婦人《おばあさん》」とみなし、彼女を探す。「街衢《とほり》」とはどこか。「電車」が「老婦人を乗せて行つて了ふ」のを、「私」はその「街衢《とほり》」から見たという。遮蔽物なく《大連駅》のプラットフォームを見下ろせたのは、《日本橋》上の「街衢《とほり》」だけだ。つまり、「私」が「老婦人《おばあさん》」を探していたのは《日本橋》なのである。やはり「彼女」(Femme)は、「一貫して」「「跨線橋」を渡つてくる」のだ。

図15　電気遊園（『沿線写真帖』満州日日新聞社 1912年）

この「早春」における「蝙蝠傘」（「老婦人」）の縦組の文字も、したがって、《日本橋》の位置を示すのだろう。とすれば、画面を横切る斜線は、伏見台の《電気遊園》から《日本橋》まで下る坂道、あの「モスコフスキー大街」の断面にほかならない。「早春」には、《電気遊園》から下りてきた「老婦人」が《日本橋》で振り返って「アスコ　マワツテタ」と過去形で語るまでの道程と時間が可視化されていたのである。一九二五年八月の「陸橋のある道」における「あすこ」が、「煤煙《けむ》」が絶え間なく排出される空間的焦点だったのに対し、「早春」の「アスコ」は、懐古的な時間的焦点になっていることがわかる。

一九二六年も末になると、こうした懐古的視線はより鮮明になる。「遊戯」（二六号、一九二六年一二月）はこの坂道を「昔の道」と明言する。「私を乗せた俥は阪を上っていった。昔の道。この道を挟む茉莉花も今は冬枯れてゐる。昔、私はこの道を妹とつれだって通った。「これが茉莉《まり》」と彼女は私にさう教へた」。道の脇の「茉莉花」はもう「枯れてゐる」。そう語るとき「私」は、かつて咲いていた「茉莉花」を想起しているはずだ。その思い出の中で「妹」は、やはり「黒いリボンを愛し」、「喪のやうな装《よそほひ》を粧した」、黒装の「彼女」（Femme）として描かれる。また、「阪」を上ると「冬ざれの公園」（《電気遊園》）が現れるが、それもやはり追憶を誘うものとなっている。「剥げた廻遊木馬《メリゴランド》がけふも廻つてゐた」という一文は、「さういふ春が、又甦ってくるであらうか？」という一文と響っている。「アスコ　マワツテタ」という「早春」が切り取っていたのは「彼女」（「蝙蝠傘」）が坂道を下るぶんの時間だったが、ここで「廻ってゐ」るのは、「妹」と「茉莉花」の、遠い「春」の思い出である。こうして、これまでの「褪紅色のプロセス」は過去へと送り返され、クローズド・サーキットを形成する。

さらに『亞』終刊直前には、以上の連作の全体が俯瞰され、物語の枠内へと回収される。たとえば、「物集茉莉の第一章」（二九号、一九二七年三月）は、これまでの連作についてのメタ・フィクションとして読める。「私」は、「旅順行貨物列車の最後部の便乗室」で「肘を」「蝙蝠傘の柄に托して」いる。（当時の「旅順行貨物列車」の大半が大連港からの貨物を運搬していたことに鑑みれば、「私」の乗る列車も《大連駅》を起点としていると読める。）「夏家河子」駅で「少女」と相席になる。彼女は「黒いリボン」をつけている。「手には」「褪紅色の薄い洋書を持つてゐる」。――ここに散りばめられた「蝙蝠傘」「少女」「黒」「褪紅色」といったモチーフは、まずは、このテクストが連作の一篇であることを徴づけている。

森有礼が切り拓いた日米外交
初代駐米外交官の挑戦　国吉栄［著］•4,800

水族館の文化史
ひと・動物・モノがおりなす魔術的世界　溝井裕一［著

アジアの戦争と記憶
二〇世紀の歴史と文学　岩崎稔・成田龍一・

少年写真家の見た明治日本　ミヒ
宮田奈奈／

中国現代文学傑作セレクショ
1910−40年代のモダン・通俗・戦争
大東和重・神谷ま

グローバル・ヒストリーと世界文学
日本研究の軌跡と展望　伊藤守幸・

島崎藤村　ひらかれるテクスト
メディア・他者・ジェンダー　ホルカ・イ

古写真・絵葉書で旅する東アジア150年
村松弘一・貴志俊彦［

上海モダン　『良友』画報の世界
孫安石・菊池敏夫・中村みどり［編］•6,

勉誠選書　**なぜ中国・韓国は近代化できないのか**
自信のありすぎる中国、あるふりをする韓国　石平・豊田有恒［著］•1,000

里海学のすすめ　人と海との新たな関わり
鹿熊信一郎・柳哲雄・佐藤哲［編］•4,200

文化財／文化遺産としての民俗芸能
無形文化遺産時代の研究と保護　俵木悟［著］•4,200

木口

アジア遊学219　**外国人の発見した日本**　石井

アジア遊学217　**「神話」を近現代に問う**
植朗子・南郷晃子・清

アジア遊学216　**日本文学の翻訳と流通**
近代世界のネットワークへ　河野至恩

澁澤龍彥論コレクション　全5巻
第1巻　澁澤龍彥考／略伝と回想
第2巻　澁澤龍彥の時空／エロティシズムと旅
第3巻　澁澤龍彥 幻想美術館／澁澤龍彥と
第4巻　澁澤龍彥を語る／澁澤龍彥と書物
第5巻　回想の澁澤龍彥（抄）／澁澤龍彥を読

戦国武将逸話集（オンデマンド版）　訳注『常山
湯浅常山［原著］／大津雄一・田口寛［　•2,700

続　戦国武将逸話集（オンデマンド版）
訳注『常山紀談』巻八〜十五　•1,800

続々戦国武将逸話集
訳注『常山紀談』巻十六〜二十五　•1,800

別冊　戦国武将逸話集
訳注『常山紀談』拾遺　巻一〜四・附録　雨夜燈

http://e-bookguide.jp　デジタル書籍販売専門サイト　絶賛稼働中！

勉誠出版　〒101-0051　千代田区神田神保町3-10-2
TEL◎03-5215-9021　FAX◎03-5215-9025
お問い合わせは、bensei.jp　E-mail: info@bensei.jp

勉誠出版の本〔近現代史・近現代文学〕

ヒロシマ・パラドクス

戦後日本の反核と人道意識

原爆は「人類」の上ではなく、
ひとりひとりの人間の上に落ちたのだ。

なぜ原爆が「人類の過ち」なのか。
なぜ原爆の「経験」を「継承」しなければならないのか。
原爆の体験者たちは、どのような苦しみを抱えて、戦後を生きたのか。

広島への原爆投下が、人類すべての過ちとして、普遍化されていく歴史的・社会的背景を追い、戦後の日本と広島がかかえる「核」をめぐる矛盾を問い直す。

根本雅也［著］

本体3,200円(+税)
2018年6月刊行
四六判・上製・カバー装・288頁
ISBN978-4-585-23063-2
勉誠出版

巳［編］•2,500
川祥恵［編］•2,500
村井則子［編］•2,800
巖谷國士［著］
•3,200
•3,200
•3,800
•3,800
•3,800
「旅」の仲間
の世界
読む
『紀談』巻一〜七
訳注］•2,700

堀田あゆみ［著］

謡曲の詩と西洋の詩
平川祐弘［著］•4,200

西郷隆盛事典
志村有弘［編］•5,000

文学のなかの科学
なぜ飛行機は「僕」の頭の上を通ったのか　千葉俊二［著］•3,200

対立する国家と学問
危機に立ち向かう人文社会科学　福井憲彦［編］•2,700

ライトノベル史入門　**『ドラゴンマガジン』創刊物語**
狼煙を上げた先駆者たち　山中智省［著］•1,800

スポーツ雑誌のメディア史
ベースボール・マガジン社と大衆教養主義　佐藤彰宣［著］•3,200

オヒョイ　父、藤村俊二　藤村亜実［著］•1,300

ところが、車内で「私」は、「「Conan Doyle を持てる茉莉」といふ伝奇的な作品を結構し」ながら、「ひどく小説めいた気持」に浸る。やがて隣席の「少女」が「不思議にも私の作中に出てくる茉莉という少女」であることに気づく。「危《あがな》く「あッ」と声を発《た》て」そうになる。「少女」の持つ「褪紅色の薄い洋書」は、「Conan Doyle」の「The Adventures of Scandal in Bohemia」ではないだろうか。確かめたい。でも声をかけられない。だから「私」は、「私の作中の主人公に「お嬢さん、お嬢さん、一寸その本を拝見させて下さいませんか」といふ挨拶をくりかへさせ」るのだ。

このテクストは、「Conan Doyle を持てる茉莉」という「作品」を書く「私」を書いている。すなわち、連作を書くことそのものについての連作なのだ。周知の通り、コナン・ドイルの『ボヘミアの醜聞』(A Scandal in Bohemia、一八九一年)に登場するアイリーン・アドラーは、シャーロック・ホームズがただ一人「あの女」(the women)と定冠詞をつけて呼ぶ女性である。ホームズにとってアドラーは、固有名で呼ぶ必要のないほど特別な存在である。「あの女」と言えば、それは必ずアイリーン・アドラーのことを指した。——そう冒頭で説明される探偵小説の名前を出すことで「私」は、これまで書き継いできた複数の「彼女」(Femme)を、いま書いている小説のなかの「あの女」(the women)へと接続しているのである。『亞』で連載されてきた「褪紅色のプロセス」は、「褪紅色の薄い洋書」としてパッケージングされる。遠く隔たった場所(「旅順」)から大連は俯瞰され、探偵小説じみた一編の長大な物語へと編集されるのだ。「物集茉莉」というタイトルはその意味で示唆的である。

安西の連作は当初、「モスコフスキー大街」と満鉄の線路という二本の都市軸を、「洋装」「褪紅色」「蝙蝠傘」といったモチーフを結節点とした断片的なシーンの連接へと組み替えていた。だが、そうした可能性は、『亞』の終刊に向けて、急速に閉じられていった。懐古的・超越的視点によってその全体が俯瞰され、物語の枠内に封じ込められるのである。

おわりに

振り返れば「坂」は、伏見台から「魯西亜領事館」を経て「有帆戦艦《フリガツタ》」へと前半二行で視線を伸ばした先に、空行を挿んで、「坂は日日《ひび》/不思議な譚《メルヘン》の頁を/私の行手にくりひろげる」と続いていたのだった。この「譚《メルヘン》」とは、これまで見てきた安西の連作のことではなかったか。それは「日日《ひび》」、伏見台の「坂」の上から「くりひろげ」られた。そして、それは月月、『亞』の誌上で書き継がれた。

ただし、「坂」の後半部が連作そのものに言及していたとしても、この初期テクストには懐古的な響きはない。同じ坂道を俯瞰しつつも、それを過去形で語った後年の「早春」や「遊戯」とは懸隔がある。連作の全体を物語の枠組みに収めるというよりは、むしろ「不思議な」もの、俯瞰しきれない未知なるものへの期待感がある。「譚《メルヘン》の頁」とは、これから連作が展開されていくであろう『亞』の誌面のことだ。それを事後的に編集した「褪紅色」の「洋書」のことではない。

――とはいえ、両作がともに、そもそも俯瞰的な視線に依拠していたことも、また事実だ。「坂」（一九二五年五月）から「物集茉莉の第一章」（一九二七年三月）に至るには、二年足らずの径庭しかない。それは一跨ぎの距離だったとも言える。

たしかに安西のテクストは、大連に固有の建築物や構造物を描き取っていた。大連の古層（ダーリニー）を記憶する建築物をモチーフとして選択し、それらの配置によって潜在的な都市軸を浮上させていた。こうした、都市の固有性と密接に結びついた方法によって、紙上に大連を再構築していた。

しかしこうした方法には、すでに超越的な視線が胚胎していたのだ。いったんは、そうした都市軸を微分することで、その超越性を解体しようとした。だが、まもなくそれらは、より大きな物語の枠組みへと回収されていく。連作で虫瞰されてきた大連の断片的風景は、時間と空間の遠近法のもとに整序され、セピア色に塗り固められるのである。やがてこうした超越的な遠近法は、図法上の消失点を越えて、その水平線の向こうにあるものを導かずにはいられないだろう。安西の「道」（二三号、一九二六年九月）には、そうした道程への憂いが仄めいている。

　さうして最後に、けふの海が現はれた。海は茉莉の、八月の衣裳を吹いてすぎた。（…）頭の上で鳴る爽かな音が、軈て私の中《うち》に、一條の道をほそぼそと導いた。役人・犬・それから海―自分はかういふ道が、軈て又どこへ続いてゐるだらうかと考へた。目をあけた。

　海は秋ばんでゐた。

付記　『亞』所収テクストの書誌は掲載号数・年・月の順に記し、煩瑣を避けるため誌名は省略した。引用文中の旧字は新字に改めた。ルビは原文のまま、傍点は引用者による。中略は（…）、改行は／、引用者註は［　］内に表記した。なお本稿は、日中国際シンポジウム「近代日本の都市表象」（於：大連外国語学院、二〇一〇年一〇月二九日）において「『亞』の平面都市と大連」と題して口頭発表した内容を、大幅に加筆修正したものである。会場で貴重なご意見を下さった方々に記して感謝を申し上げる。

［II　外地における建築表象］

殖民地の喫茶店で何を〈語れる〉か

――日本統治期台湾の都市と若者

和泉　司

いずみ・つかさ――豊橋技術科学大学総合教育院准教授。専門は近代日本語文学。主な著書・論文に『日本統治期台湾と帝国の〈文壇〉』（ひつじ書房、二〇一二年）、「邱永漢「濁水渓」から「香港」へ」（『日本近代文学』二〇一四年五月）などがある。

日本統治期、殖民地支配下での近代化を目指した台湾人青年たちは、その発露として「自由恋愛」を求め、その舞台として「喫茶店」を求めた。そして「喫茶店」の多くは近代建築物の中にあった。「喫茶店」を舞台とした日本語文学テクストを読み、近年台湾で再生・活用される日本統治期の近代建築物との向き合い方を考え直す。

はじめに

二〇一〇年代半ば頃から、台湾では「日本統治期」についてのちょっとしたブームが起こっている。その中心は、日本統治期に台湾各地に建てられた建築物のリノベーションや町並みの保存運動に現れている。その多くは、観光資源としての役割を持っており、例えば、台北市内では、一九三七年に造られた煙草工場をリノベーションした松山文創園区や、一九一四年に造られた酒造工場をリノベーションした華山文創園区（**図1**）などが内部や周辺地域も整えられて、先端的な文化・商業地域として注目を集めている。さらに、日本統治期の台北帝大教員官舎街の保存運動が進み、現在「青田街」と呼ばれているこの地域には、旧官舎を利用した茶芸店（**図2**）が人気を集め、周辺も観光地化している。

現在、台湾第三の都市である台中では、日本統治期の眼科医院であった宮原眼科の建物がリノベーションされ、その名前のままアイスクリームショップとなり、人気を博している し、一九三〇年代に鉄道倉庫として建造されたものが、やはりその名のまま、二〇号倉庫というアートセンターとなっている。

南部の中心都市・台南では、日本統治期の台南商業地域のシンボル的存在であったハヤシ百貨店の建物を先端技術によって修復し、商業ビルとして営業を再開させ、また旧台南知事官邸もリノベーションを終え一般公開を行っている（図3）。

ここで指摘しておきたいのは、これらはその殆どがリノベーション以前は存在をほぼ忘れられ、街の中で半ば廃墟として放置されていたという点である。

筆者は二〇〇一年に台南市内の大学で語学研修を受けていたが、その時期に「幽霊ビル」のようになっているハヤシ百貨店を見ている。何故取り壊さずに放置しているかがわからないほどの状態であったが、当時は、せめて取り壊される前に、内部を見せてほしいものだ、と思っていた。それが、その十

図1　華山文藝特区（台北）　工藤貴紀氏撮影。

図2　青田七六（台北）　現在の青田街にある茶芸店。元は台北帝大教員住宅。工藤貴紀氏撮影。

図3　旧台南州知事官邸（台南）

数年後に美しく再現されるとは思ってもいなかった（図4）。

　そのような時期があったことを踏まえると、二〇一八年現在、台湾旅行ガイドブックやインターネットの台湾旅行サイトを簡単に眺めるだけでも、大きな状況の変化が起きていることはすぐにわかるだろう。そこには、日本統治期建造物跡地が観光地として数多く紹介されているからである。

　また、台湾映画においても、『海角七号』（二〇〇八年）、『セデック・バレ』（二〇一一年）、『大稲埕』（二〇一四年）、『KANO』（二〇一四年）、『日曜日の散歩者』（二〇一六年）などの日本統治期を時代背景とした作品が公開されているし、書籍においても日本統治期を舞台とした小説（甘耀明『殺鬼』二〇〇九年、日本語訳が二〇一七年に白水社より、白水紀子訳『鬼殺し』として出版）や、日本統治期の文化・その時代を生きた人々の伝記的ノンフィクションなどが数多く出版されている。日本で翻訳書が出版されているものだけでも、陳柔縉（天野健太郎訳）『日本統治時代の台湾』（PHP研究所、二〇一四年）、蔡蕙頻（日野みどり訳）『働き女子@台湾』（凱風社、二〇一六年）、鄭麗玲（河本尚枝訳）『躍動する青春　日本統治下台湾の学生生活』（創元社、二〇一七年）、鄭鴻生（天野健太郎訳）『台湾少女、洋裁に出会う――母とミシンの六〇年』（紀伊國屋書店、二〇一六年）が挙げられる。

図4　林百貨（台南）

　このような、台湾における「日本統治期」の存在の強まりは、二〇一〇年代以降の東アジアにおける日本と周辺諸国との友好意識の低下もあり、その反射的対応のような形で、「台湾は親日」という見方を招きがちである。その点について、黒羽夏彦は次のように述べている。

> 台湾という外国で日本の建築を保存する動きがあるのを見て日本人観光客は喜ぶかもしれない。ただし、現地の

台湾人にとっては、かつてのイデオロギー教育によって空白となっていた台湾の歴史を取り戻すことが第一の動機である。郷土の歴史的景観を構成する一要素としてたまたま日本時代も含まれているということであって、いわゆる「親日」かどうかは副次的な問題に過ぎない。

（黒羽夏彦「日本統治時代をどう捉えるか？」『台湾を知るための60章』明石書店、二〇一六年）

黒羽の指摘を証明することになるが、現在台湾でリノベーションされたり、書籍や映画の形で表現されたりしているのは日本統治期だけではなく、一九五〇～九〇年代の国民党独裁統治期を描いたものも数多い。台湾の人々は、「記憶を取り戻す」「歴史を確認する」作業の一環として、日本統治期のそれを保存・修復し、様々な人々が楽しめる形に創り上げているということを踏まえておくことが重要である。

ただ、そうだとしても、日本統治期や国民党独裁統治期の建築物や文化、出来事をリノベーションしたり、再構築したりして、自分たちの「歴史」の一部として回収する過程を経れば、そこで回収する「歴史」に、台湾の人々が何らかの好意、ないし親和性を生み出すことになるのもまた避けられないだろう。そのことが、特に「日本人」が接した場合での、台湾における「日本時代」ブームの評価を難しくさせている。

たとえば、筆者が台南を訪れた二〇一五年一一月、林百貨では、浴衣を着た女性客を募集するイベント告知を行っていた。このイベントの根本が「親日」にはないとしても、浴衣という衣装が日本文化を喚起することは避けられない。また、林百貨の屋上には、日本統治期に造られた「神社」がそのまま保存されている（図5）。

この「神社」を保存する姿勢は、日本統治期に台湾総督府が台湾の人々に神社参拝を強制してきた歴史を忘れさせるものになるかもしれない。旧宗主国の遺跡・痕跡を再構築し、その「記憶」を自らの一部として取り込もうという営為は、過去を乗り越え発展の基礎を築こうという意志の証にもなるが、一方で危うさを伴うものにもなるはずである。

では、台湾ではなぜそのような「危うい」営為が行われているのだろうか。それはおそらく、二〇〇〇年代以降の中国との関係性から発したのではないかと思われる。

二〇〇〇年代の台湾は、三度の平和的・民主的な政権交代を経験している。二〇〇〇年に長く政権の座にあった国民党政権から陳水扁総統（大統領）の民進党政権への交代があった。民進党は、一九八六年の結党以来、綱領に「台湾独立」を掲げており、そのためにそれ以降中国との交渉が停滞した。この陳水扁政権期（二〇〇〇～二〇〇八）は、ちょうど中国経

図5　「林百貨」屋上に保存されている神社跡。

済の急成長期でもあり、それまで中国に対し経済的に（そして「軍事的」にも）優位に立っていた台湾の停滞イメージが強まり、そのために〇八年の総統選挙で民進党は敗北、馬英九が総統となり、国民党が政権に返り咲くことになった。

この馬英九政権も二期八年続いたが、「中華民国」を維持するという論理で中国との対立を避け、対話と交流をすすめた。それによって景気回復を主張したものの、十分な浮揚効果がなく、台湾の人々は再度政権に失望することになる（若松大祐「憲法修正以降」『台湾を知るための60章』）。その結果、二〇一六年の総統選挙で、民進党の蔡英文が当選し、三度目の政権交代が起こったのだった。

このように二〇〇〇年代の台湾の動向を最も大きく左右していたのは、「中国」であった。二一世紀になるまで、中華人民共和国籍の中国人の台湾入国には厳しい制限があり、入国できたとしても台湾当局の常時に近い監視を招いていたと言われているが、馬英九政権期に中国人の台湾旅行の門戸が開かれ、二〇一一年には、中国からの留学生受け入れも解禁された。かつては第三国あるいは香港等を経由しなければならなかった中国―台湾間移動も、航空便、船便ともに直行便が当然になった。一九五〇年代には中台間で激しい戦闘が行われ、長らく最前線の軍事基地化していた金門島も、現在は中国からの観光客目当ての免税店ビルが建設され（図6）、日本人旅行者でもノービザで船に乗って対岸の厦門に簡単に渡ることができる。金門島からならば、日帰り往復も可能だ（片道四〇分程度）。

図6　金門島の免税店。二〇一四年に建設中だった。

二〇一六年に民進党政権となっても、中国市場・中国経済への依存度に大きな変化が現れるわけではなく、馬英九政権期の開放方針が中止になったりはしていない。

台湾では観光業の顧客に中国人観光客が増え、また東アジア各国の例に漏れず少子化が進んでいる台湾の学校は中国人留学生受け入れにも積極的である。この様な点は日本と同様であろう。新たな顧客の登場は歓迎すべきところだが、同時にそれは、中国側の消費動向や方針に自分たちの景気が左右されていくことへの不安を生み出すものでもあった。

日本では二〇一五年前後に「爆買い」という言葉がメディア上に飛び交ったが、小売業が中国人観光客による大量消費に支えられているという現実から目をそらすかのように、それらの報道は中国人観光客の「マナーの悪さ」「非常識」をあげつらうものが中心で、「日本人」がしばしば自己賛美する時に用いる「おもてなし」や「顧客への感謝」の意図はほとんど汲めないものばかりであった。

台湾でもそれに相似する状況があり、また台湾の場合は中国から「統一」を迫られ続けているという緊張感をはらんでいる。そのような意味で、経済的恩恵を歓迎しつつも、経済的支配の浸透に穏やかでいられないという心理が、現場で台湾に訪れている観光客や留学生への批判や不満に向かう可能性はありうるだろう。

一方で、「日本統治期」ブームによって「日本人観光客」の呼び込みも進んでいる。実際、二〇〇〇年前後の台南ではほとんど見なかったツアーでの日本人観光客が、近年では多数訪れるようになっているという。このとき、「日本人観光客」は「中国人観光客」よりも「歓迎される観光客」と見なされているかもしれない。

もちろん、「日本人観光客」が相対的に「いい観光客」であるとみなす幻想は、例えば黄春明『さよなら、再見』(日本語版の出版は一九七九年)や邱永漢『たいわん物語』(一九八一年)といった、一九七〇~八〇年代に「買春」目的で渡台した日本人男性観光客を描いた小説テクストを再読すれば、容易に崩れていくものであろう。あるいは、一九八〇~九〇年代に、日本人観光客がヨーロッパ主要都市のブランドファッションメーカーの店舗でどのような客だと見られていたのか、などについて思い出すだけでもいい。

図7　総統府(台北、旧台湾総督府庁舎)　村山龍氏撮影。

リノベーションされ観光地化されたものはもちろん、それ以前から官庁などとして継続使用されてきた総統府(旧台湾総督府　**図7**)などをはじめとする建造物は、「日本統治期」には、その「近代的偉容」によって住民を圧倒させる目的も担っていた。それは近代西洋建造物であって「日本的」なものではなかったはずだが、それらを建造できる技術と物量を持っているという意味で「日本的」とされた。日本統治が持ち込んできた「近代的」建造物は、日本が軍事力・暴力だけではない「力」を持っていることを台湾の人々に対して誇示し、宣伝するためのものでもあったのである。

もちろん、現在の台湾の人々は、日本の「力」を再発掘しようとしているわけではない。しかし、文化遺産・観光資源の一部として、善意にとらえているとしても、ほんの少しの政治的・経済的・外交的な要因による社会の動揺が、それらをあるエスニシティに対する偏見の根拠に書き換えてしまう可能性がある。日本による殖民地統治の歴史は、過去にそれを示しているのである。建造物や流行文化によって「日本」の存在を相対的に「洗練された物」と見なして受容する。それは台湾の状況を「遅れている」とみなし、日本型の「近代化」を受け入れることで改善を目指す、という試みに、「日本統治期」の台湾人青年たちをかりたてた。台湾を発展させたいという青年たちの想いがこのように利用される。それは「日本統治期」にすでに行われていたことなのである。

一、殖民地における「近代化」

日本統治の下で進められた台湾の「近代化」については、政治制度や教育、工業化や都市計画など、様々な点から研究が進められているが、一八九五年から日本に殖民地として統治されるようになった台湾では、統治当初からまず「国語」とされた日本語教育が始まった。統治前半には、散発的に日本統治に対する武力闘争も起こったが、一九一〇年代半ば以降、台湾総督府による統治は「安定」したものとなる。台湾島を南北に縦断する鉄道が敷かれ、中部の湖・日月潭には水力発電所が造られた。一九三〇年には、日本人技師・八田与一にまつわる逸話で有名となった農水用施設である嘉南大圳も完成していた。このように、総督府による上からの「近代化」「工業化」が進められていた。

この間、清朝時代にあった「書房」などの伝統的教育機関は減少の一途をたどり、義務教育化されてはいなかったものの、日本の導入した初等教育機関（台湾人児童のためのそれは、小学校と区別され「公学校」と呼ばれていた）の設置も広がった。一九二〇年代には、それまで日本人生徒のみしか受け入れてこなかった旧制の中学校、高等女学校が台湾人生徒の受け入れを（様々な制限を設けつつも）開始し、また複数の学校が新設された。一九二二年には台北高等学校、一九二八年には台北帝国大学が設置され、他に医専、高等工業学校、高等商業学校、師範学校も各地で開学した。現在の台湾で、いわゆる「名門大学」と言われたり「進学校」と言われたりする学校の多くは、日本統治期に設置された学校の流れをくんでいる。

日本型の近代学校制度は、当初は意思疎通のための日本語能力養成に主眼をおいていたが、科挙の伝統を受け継いでいる台湾の中上流以上の階層の人々にとって、勉強による立身は親和性の高い手段であった。そのため、一九二〇年代に台湾島内の中等教育機関が台湾人生徒に開放される以前は、資力のある家庭の生徒が進学のために日本内地へ「留学」することもあった。これは開放後も続き（台湾島内の学校数が少なく、暗黙の民族別定員があるなどといった制約があったため）、「内地留学」と呼ばれたが、このような形で日本型の近代学校制度に参加して育った台湾人青年たちは、当然ながら高い日本語運用能力を身につけていた。そしてそれだけでなく、学校生活を通じて、日本の「若者文化」「学校文化」の洗礼も受けていった。

学校で身につけた日本語と情報を介して、台湾人の少年・青年たちは、日本が持ち込んだ写真・新聞・書籍・雑誌を読む。レコード・映画等を聴く・観る。パンや肉類の料理、牛乳や珈琲・紅茶、ビールなどの飲料を知る・食べる・飲む。

こういった五感に直接訴える「近代」を入り口に、学校が仲介する文化・習慣・規範が若者には先端的なものとして受け取られ、翻って台湾の状況を、「封建的で遅れていて改良すべきものである」と考えるようになる（陳培豊『「同化」の同床異夢』三元社、二〇〇一年）。

この環境には女性も存在するようになった。洪郁如『近代台湾女性史』（勁草書房、二〇〇一年）では、日本統治期に入って、解纏足運動が始まり、それまで家庭内に留まっていた女性が「外」に出て、学校に通うという状況が広がっていった経緯が論じられている。そして、学校教育経験は、限られた階層の人々に限られつつも、台湾の女性達を「新世代の知識女性」として変化させていった。

このように「女性」が学校を介して公共空間に参画するようになるとき、また新しい社会の変化が生じる。それが「交際」である。中等教育以上での男女共学は実施されていなかったが、日本語運用能力を身につけた女性達が生徒、学生、労働者として社会に登場するようにもなり、街中で両性の少年・青年たちが遭遇する機会も増える。また級友・学友間の交際が、その異性のきょうだいと知り合う契機ともなる。「両性関係の変容」（洪郁如）が起こり始めたのである。

こうした環境から発生するのが「恋愛」であった。台湾ではそれはまず「自由恋愛」と呼ばれた。そして「自由恋愛」を行うことは旧来の台湾の家族規範を逸脱することであり、「近代化」された行為と考えられた。さらに学校教育を経験した台湾人青年たちには、「自由恋愛」の結実として「恋愛結婚」があるという考え方が生まれており、洪郁如によれば、「自由恋愛」「恋愛結婚」は旧来の台湾の婚姻様式・家族規範を動揺させる行為として非難の対象となった。しかし、「自由恋愛」「恋愛結婚」が非難の対象となるという自体こそが、それを実行しようとする青年たちの「近代性」の担保ともなる。

教育の普及を通じて広まった「恋愛」は、家族・家庭規範の強い社会であった台湾の青年たちに個人の意志・欲求の表現手段として認められた。そして、このような認識が広まった一九二〇〜三〇年代に広まったもう一つの表現手段が、「文学」であった。

台湾の近代文学運動については、河原功『台湾新文学運動の展開』（研文出版、一九九七年）をはじめとする優れた先行研究にすでにまとめられているが、一九二〇年代初期に、民族運動の一環として始まった近代中国語文による表現運動から、台湾人主流の民族言語である台湾語文運動が登場する「郷土文学運動」を経て、一九三〇年代に入ると、日本語による文学運動が規模を拡大し始める。台湾人青年の中で、日本語による創作を行う者は、当然日本型教育を受けており、さらにその中には「東京留学」経験者が多かった。中心人物達はほぼ男性であったが、彼らは「東京留学」において日本型近代の最先端に触れ、そこで感じ取った「近代性」をそれぞれの文学テクストの中に落とし込んでいくことになる。その時、彼らのテクストに必ず現れるものが「恋愛」だったのである。

台湾新文学運動における日本語文学運動の最初期に登場する文芸同人誌に『フォルモサ』（一九三三年）がある。これは一九三〇年代前半に東京に留学していた台湾人青年たちによって創刊され、発行も東京であった。『フォルモサ』は創刊から三号で廃刊となったが、そこに掲載されたテクストからは、自らの「近代性」を強調する表現が目立つ。そして、「恋愛」はそこでも重要なテーマとして書き込まれていた。

例えば、謝恵貞によって横光利一「頭ならびに腹」の影響があると指摘されている、巫永福「首と体」というテクストが『フォルモサ』創刊号に掲載されている。東京に暮らす学生が東京の街を歩き回る姿を描いた短編だが、学生が抱えている悩みは、故郷の両親が用意した結婚話と、東京にいる恋人との板挟みの状況についてであった（ただし、この小説内では、学生が台湾人であること、故郷が台湾であることは明示されていない）。

同様に『フォルモサ』創刊号に掲載された呉天賞「龍」では、病身の青年・龍が、親が決めた婚約者との結婚を「恋愛至上主義的な信念」に基づいて一度は拒絶するものの、その婚約者の懇願によって結婚を受け入れる。しかしその一ヶ月後、二人は海岸に死体となって打ち上げられる場面が描かれて終わる。

これらのテクストの中では、「自由恋愛」や「恋愛結婚」を求める営為の帰結は悲劇的な結果を迎えることが多い。それは書き手である台湾人青年たちがまだ若く、社会的な自己決定権や経済力を持ち合わせていなかったと同時に、悲劇的であることが彼らのヒロイズムを刺激していたからでもあるだろう。そしてそれは、「自由恋愛」や「恋愛結婚」がまだきわめて観念的なものとしてしか描けていなかったからでもある。『フォルモサ』が拠点とした東京は、多くの台湾人青年たちがやがて台湾へ帰る立場であることを考えるとき、最終的にはモラトリアムないし非日常の時空に過ぎなかった。彼らが台湾へ帰った後、観念を実行した際、「自由恋愛」や「恋愛結婚」をどのように描くのか。「近代化」の象徴としてこれらを描く時、彼らが「遅れている」と認識している台湾でそれが描けたのだろうか。

結果としていうと、描くことはできた。台湾島内の各都市も、一九二〇～三〇年代に都市空間の「近代化」が進んでいたからである。「近代化」を担うと自認している青年たちに必要な空間は、「自由」に語り合える場所である。個人の居室を除くと、それは食堂や酒場になるだろう。しかしそれらは、両性が同席する場所としてはやや不適切であった。その時用意される場所は、食事のような「作業」がいらず、飲酒のような理性を侵食する可能性がある「危険」がない場所が適切だった。そこで登場するのが、「喫茶店」だった。

二、「近代」の「恋愛」は「喫茶店」で語られる

高井尚之『日本カフェ興亡記』（日本経済新聞出版社、二〇〇九年）によると、近代日本で最初の喫茶店（カフェ）は一八八八年に東京・上野に開店した「可否茶館」だという。しかしこの店は長く続かず、喫茶店文化は一九一一年に東京・銀座で相次いで開店した「カフェー・プランタン」「カフェー・ライオン」「カフェー・パウリスタ」によって始まったようだ。高井によれば、プランタンは知識階級のサロン、パウリスタは料金を控えめにした庶民寄りな経営であったらしい。ライオンは、喫茶店というよりは、バーレストランであったという。

一方、一九世紀末には「ミルクホール」という名前で牛乳を飲ませる店も学生街周辺にできていき、それらがコーヒーを入れた牛乳も売り出すようになっていった。

こうして誕生した喫茶店であったが、それを示す「カフェー」という名前が、昭和初期になると「女給」と呼ばれる女性店員が飲食に陪席する「特殊喫茶」を指すようになっていった。高井によると、このとき「特殊」ではないカフェは「喫茶店」「純喫茶」と呼ばれるようになったという。

一九三〇年代の台湾、台北には、すでに特殊喫茶の「カフェー」も「喫茶店」「純喫茶」も、両方が存在していた。そして、両性が「自由恋愛」を語り合うのは、当然ながら後者である。

先に挙げた鄭麗玲『躍動する青春　日本統治下台湾の学生生活』は、主に台北高校・台北帝大の学生生活についてまとめられているが、その中に学生達が通った「喫茶店」について言及されている。鄭麗玲によれば、台北市には「喫茶

店」よりも「カフェー」の方が先にできており、一九一一年に「ライオン」という店があったという（東京・銀座のライオンとの関係については触れられていない）。一九二〇年代には音楽喫茶などといった独自の形態の店もあったらしい。鄭麗玲が指摘しているように、一部の「喫茶店」は客層として高校生・大学生を想定しており、台北高校新聞部が一九三七年から四〇年まで発行していた雑誌『台高』の中に、様々な店の広告が見られる。後にも触れる「明治製菓売店」「高砂ホール」「パルマ」の他に、「クラス会・お茶会」の会場となるとアピールする「サクラ食堂」や「特に高校生大歓迎―音楽と喫茶」とコピーを付した「紫烟荘」などがそこに見られる。

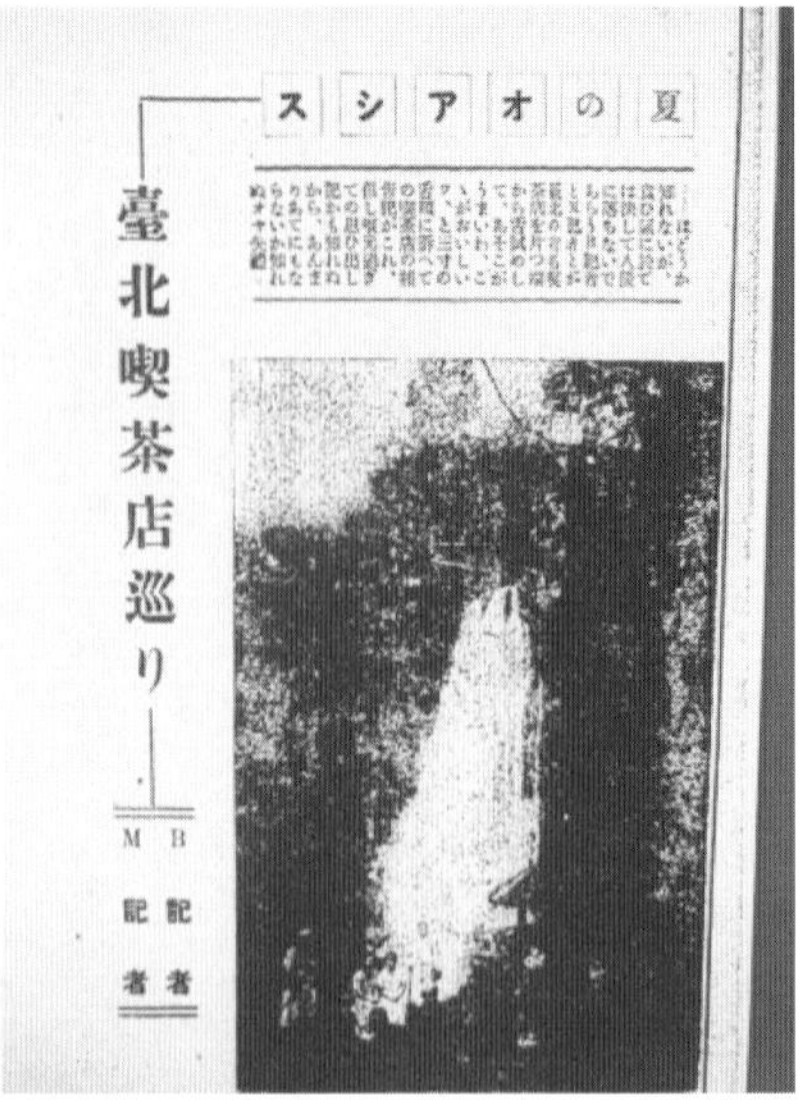

図8　「台北喫茶店巡り」『台湾婦人界』一九三四年八月号。国立台湾図書館のデータベース「日治時期期刊映像系統」より引用。

鄭麗玲の著書には写真資料も多く掲載されているが、「喫茶店」としてあげられる写真は、みな石造りかコンクリート造の三層ほどの建物であり、つまり「近代建築」であった（鄭氏著書を是非ご覧いただきたい）。「喫茶」という「近代的」行為のための店舗もまた「近代的」でなければ受け入れられなかったのだと思われる。

では、実際に日本統治期の台湾にどのような「喫茶店」があったのだろうか。当時の雑誌記事から、その名前と評判を確認してみたい。

『台湾婦人界』という、台湾で編集・発行されていた月刊婦人誌の一九三四年八月号に、「夏のオアシス　台北喫茶店巡り」という記事がある。この中で、十三の店舗が「喫茶店」として紹介されていた。それは次のものである。記事内の紹介文を簡略化して、説明として付した。「」となっている部分は、記事本文の引用である。

・ブリューバード

台北市内の最も代表的な喫茶店。レコードと飲み物だけは他よりも優れている。夏は室内が狭くやや暗いのが難点。冷房装置も完成。「カップルですするにふさわしいグリーンティーここ独特のガラナ、シャンパン等々、店自身も所謂インテリ層をねらつてゐる」「大衆的ではないやう」とある。

・明治製菓

「明治の菓子はうまいです」「明治！メイジ!!我等が明治!!」「その昔Meijiのネオンサインが栄町の一体を照らし出した頃、台北の喫茶店はつぶれるのぢやないかと思ふ程サラリーマン、学生、婦人等で来る日も来る日もボツクスは一ぱいの盛況ぶりだつた」。レースのカーテンと夢のような壁紙の色が独特の雰囲気を作っている。帰りにはお土産用の菓子入れが客を待っている。

・水月

台湾日日新報社に近い関係から多くの客が来ていた（一九三〇年頃まで）。しかし「階上がカツフエーになつてからは」客が敬遠して客層が変わってしまった。

・新高

家族連れが多い。最近改装して、眺めが良くなった。「モダンな令嬢」には余り向かない店とのこと。開店十一年を越える権威。取材時には実質レストランとなっていたと書かれている。三階は五～六〇人まで参加できる宴会が可能な近代的集会所であるとのこと。

・松月

江戸式の落ち着いた店（現在でいうところの「和風」喫茶か）。蜜豆、小豆アイスがおすすめ。映画帰りの中学生がお得意様とある。

・まる福

一番の売りは「そうめん」。下町（西門市場）周辺で客はいつも多いが、雰囲気的に若者はすくなく、中年層の休憩所になっている。

・光食堂

アイスクリームが売りとなっている。安くておいしくて量が多い。市内喫茶店の蜜豆を食べ歩いた『台湾婦人界』記者も、光食堂の蜜豆が一番うまいという。かつてはサービスの悪さと時間の観念のないこと（この点は意味不明）が難だったが、喫茶店に転換して感じが良くなった。鄭麗玲著書には同店の写真が掲載されており、「ヴィクトリア様式風のモダン建築」と解説が付されている。

・オフセット

西門市場の八角堂（現在、「西門紅楼」としてリノベーションされている）の階上を占領している食堂。立地的には常に繁盛していておかしくないはずだが、名物、看板メニューと言えるものもない。

・パルマ

図9　旧・八角堂　現在の台北市内の繁華街の一つ、「西門町」の中にある。今は「西門紅楼」と呼ばれている。

スマートさがウリ。東京の資生堂のような感じを出している。考えながらお茶を飲むのに適した場所。『台高』に頻繁に広告を出している（鄭麗玲著）。

・都鳥

女将の美しさと料理のうまさで通の客を喜ばせていたが、今は客が少なくがらんとしている。名物は天ぷら。実質日本料理店だという。

・来々軒

台湾料理喫茶店（？）で、一番内地人が親しめる店とある。この解説から察するに、日本統治期、台北市内は日本人街と台湾人街の棲み分け状態となっていたため、日本人が気安くいける台湾料理店が少なかった故の人気だと思われる。

・高砂ビヤホール

やや喫茶店の範疇からは外れると書かれている。映画帰り、散歩帰りの夫婦や男性が二十五銭均一の料理を食べに行くところだという。若い婦人はあまり見かけない。鄭麗玲は、台北市内の中学生の卒業アルバムの中に高砂ビヤホールの写真が掲載されていることから、一階の喫茶店部分には中学生も（休日に限り）入店が許可されたのではないかと推測している。

・菊元食堂

菊元デパートの食堂。菊元デパートは台北市内（あるいは日本統治期台湾）で最も有名なデパートであった。建物は現存しているが、外壁が変えられ、関係者以外内部に立ち入ることはできない。食堂についての同記事内の解説はエッセイのようになっていて、特徴はつかみづらい。上記の「喫茶店」のうち、ブリューバード、明治製菓、水月、光食堂、高砂ビヤホール、そして菊元デパート（図10）は旧台湾総督府から北西に少し歩いた地域、当時の町名で「栄町」に集中している。近くには現在も「中山堂」として使用されている台北公会堂もあり、文化的な地域でもあった。二〇一七年一二月に近辺を調査したが、旧菊元デパートビル以外は現存していないようである。ただ、ブリューバードがあったとおぼしき場所には、国民党統治期に開店した喫茶店が存在している（図11）。

図10　旧菊元デパート　ビルの形状は当時のままだが、外壁が重ねられている。二〇一八年現在、一階は服飾店となっているが、内装に面影はない。工藤貴紀氏撮影。

同記事は「喫茶店巡り」とあるが、半数はレストラン（食堂）を兼ねている。この点について、やはり『台湾婦人界』の一九三七年二月号に掲載された『島都の喫茶店に就て　経営者側の座談会』という記事が言及している。

同記事は高砂ビヤホール、幸楽、松竹、森永キャンデーストア、オリムピア、エークラス、パルマ、ボレロの経営者が、喫茶店主の代表として集まり語った座談会で、その中で、台北市内での喫茶店経営の事情について様々に発言している。ちなみに、この中でボレロは現在でも営業を続けているおそらく唯一の喫茶店（レストラン）である（後述）。

まず冒頭で、パルマ店主の大矢という人物が、台北には純粋な喫茶店は「二軒ぐらい」しかないという。そして「喫茶店と申しましても内地と当地ではずいぶん違います」と述べ、それを受けて参加者達は、自分の店が食堂だか喫茶店だかわからなくなっている、台北では茶と羊羹ではやっていけない、人口が少ないので純喫茶ではやっていけない、と語り始める。中で、田中という人物（冒頭で紹介がなく、どこの店の経営者かは不明）は、「始めはお茶だけでお酒は絶対に出さないと頑張っていましたが、だんだん妥協してゆかなくては駄目になってきました。一杯のコーヒーやお茶よりも一杯のお酒の方が神経が休まるとお客様は仰言るし、カフェーでは一本だけでは済まされないが、お前の処では一本で済まされると仰言るのです」と、アルコールを出していると明言して

図11　旧・台北公会堂と、その向かいにある小径及び小径沿いの喫茶店「上上珈琲」　この近辺に「ブリューバード」があったと思われるが、日本統治期の各種地図に「ブリューバード」の名前を見つけることができなかった。「上上珈琲」もクラシカルな喫茶店で建物も歴史を感じさせるが、創業は1976年とのことだった。

いる。また、台北市では、飲食店、料理店、カフェー、喫茶店の行政上の区別がはっきりと決まっていないため、従業員の雇用などに制約が生まれ不便である、という意見も出されている（「喫茶店では十四歳以上の女の子を使ってはいけない」という発言があり、驚きである。十四歳以上の女性を雇用すると「カフェー」扱いになるということか）。

総合すると、台北では、「お茶を飲むだけの店」が十分に受け入れられていないことが、経営者達の不満と問題点になっている。そのため、料理や、場合によってはアルコールの提供も行わざるを得ず、そのために食堂やカフェーとの区別も曖昧になっていたようであった。名前から判断して、唯一の台湾人参加者だと思われる「ボレロ」経営者の廖という人物は、アルコールの提供をやめると客が勝手に持ち込んで飲み出すようになった、と述べ、「台北では純喫茶は駄目でしょうね」とあきらめの心境を語ってもいる。また従業員の言葉遣いも問題としてあげられており、それには当然、日本語ネイティブではない台湾人を雇用する点での課題となっていた。一方で内地人（日本人）は雇用しても、慣れた頃には辞めてしまうとこぼしている。

台北での「喫茶店」経営上の困難がこのように語られることで、後述する小説テクスト内における「喫茶店」描写が、

食事や飲酒の場面が登場してやや分別がはっきりしないことが理解できるようになるのだが、ここで「喫茶店」として重要なのは、レストランとの区別ではなく、「水月」の解説にあるように、「カフェー」との差異化であろう。前者の記事によると、水月は階上に「カフェー」ができてから客が減ってしまったという。つまり、「喫茶店」利用においては「カフェー」が象徴的に持つ「特殊喫茶」としての機能が忌避されたということだ。「飲酒」と女給女性との性的な関係性を想起されやすい「カフェー」は、出発点が同じでありながら、この時期には「喫茶店」のあり方からは排除される存在になっていたということになる。そこで考えられる価値観は、いわゆる「健全性」であろう。先述の高砂ビヤホールを中学生が利用していた、という事態への対応にもそれは現れている。そして「喫茶店」が「自由恋愛」を語る「近代的」な場所であるととらえるとき、「自由恋愛」には「健全性」が必要である、ということになる。このような「喫茶店」と「カフェー」の対照性は、小説テクストの中でも用いられていくことになる。

三、「喫茶店」が描かれるテクスト

二木紘三氏のウェブサイト「二木紘三のうた物語」（二〇〇七年九月一〇日の記事http://duarbo.air-nifty.com/songs/2007/09/post_5953.html）に、「小さな喫茶店」という歌に関する記事が掲載されている。二木氏によると、ドイツで発表された「In einer kleinen Konditorei」という曲が一九三四年、日本語に訳され紹介され、中野忠晴のヒット曲の一つとなったという。その日本題は「小さな喫茶店」であった。この日本語歌詞は、次のようなものである。

それは去年のことだった
星のきれいな宵だった
二人で歩いた思い出の小径だよ
なつかしいあの過ぎた日のことが浮かぶよ
この道を歩くときなにかしら悩ましくなる
春先の宵だったが

小さな喫茶店に入ったときも二人は
お茶とお菓子を前にしてひとこともしゃべらぬ
そばでラジオが甘い歌をやさしく歌ってたが
二人はただ黙って向き合っていたっけね

この曲が台湾でも歌われていたかどうかは確認できていないが、戦前期の日本において、「喫茶店」が「自由恋愛」を実行する上で重要な場所であったことを象徴的に表している。

恋人達のデートは、二人で散歩するか、喫茶店で向き合うことだけだった、と表現しているのである。「健全性」とプラトニック性を神聖視する傾向が、ここから読み取れ、それを保証するのが「喫茶店」なのだ。

一九三〇年代以降、台湾では非常に多くの文学テクストが生まれている。その中から、登場人物達が「喫茶店」を利用する場面を見てみたい。

まず最初に取り上げるのは、林煇焜「争へぬ運命」（一九三三年）である。

京都帝大を卒業予定の青年・李金池は、「自由恋愛」「恋愛結婚」を求める立場から親の決めた婚約者との結婚を拒み、街で出会い一目惚れした楊秀恵との結婚を求め、婚約まで進めていく。しかしその段階で金池は秀恵がわがままな浪費家であることに気づき、後悔し始める。また、金池に婚約を破棄された陳鳳鶯も別の男性・郭啓宗と結婚するが、どちらの家庭も、富豪であったその父の死に伴う経済的破綻をきっかけに、関係が冷え切っていく。二人はそれぞれ絶望し、台湾神社に続く明治橋から飛び降りようとするところで偶然再会する。そこでお互いの身の上を話し合った後、「争へぬ運命」に従って、強く生きていこうと励まし合う。

このように、このテクストは、当時の台湾人社会における稀少な学歴エリートを主人公とし、「近代的」知性を身につけた青年に「自由恋愛」「恋愛結婚」を主張させることになるのだが、それは破綻し、最後は親の決めた相手と結婚しておけばよかった、と後悔を表すという内容になっており、「自由恋愛」「恋愛結婚」を賛美している内容とは言いがたい。

ここには、実際の「自由恋愛」はそれほど美しいものでもうまくいくものでもない、というニヒリズムが反映されているのかもしれないし、読者（といっても、この時期に日本語の小説を読める人々は台湾ではごくわずかであっただろうが）が必ずしも「自由恋愛」「恋愛結婚」に肯定的ではない、という現実に応じたのかもしれない。

ただ、このようなテーマをはらんでいるだけに、「争へぬ運命」には「喫茶店」の場面が複数描かれる。以下、傍線は引用者による。

「実は、今夜病気見舞に行くつもりで、何か病人に食べられるやうな菓子でも買はうかと思つて、明治喫茶店まで出かけたんだ。一時間以上も雨籠りさせられては、たまつたもんぢやないよ。」

「一時間以上も、しかも一人で、喫茶店には居られないからね。実に馬鹿馬鹿しかつたよ……。」

「明後日は、丁度出張なんだ。午前中にすましておいて、昼までには帰つて来るから、十二時頃、高砂ビヤホールで待つて呉れ。知つてるだらう?高砂ビヤホールはね、新館の隣りだ。あそこは、二十五銭均一だから、俺が、昼食をおごるさ。ハハハ……。」

それから、彼は、訪問の手みやげを買ふのと、昼食をとるのとで、新高喫茶店を選んだ。彼は、奥間の一番手前のボツクスが丁度空いてゐたので、そこを占めた。最も簡単なランチを注文した金池は、急に空腹を感じ始めた。ボーイの色気のないサービスと子供らしい動作とを見た金池は、思はず独りで苦笑した。

女は、確に、彼より先に、新高喫茶店へ入つてゐたに違ひなかつた。彼は玉生の会社に居たとき、会へるといふ直感で外に出たのに、会へることは会へたが、何故、彼がもう少し奥のボツクスを占めなかつたか、また、何故、もう少し食事をゆつくりしなかつたかを、今更のやうに残念がつてゐた。

このように、先の『台湾婦人界』の記事中に現れた「喫茶店」が三店舗、このテクスト内に登場する。ここで「喫茶店」は友人に結婚や思い人について相談する場所で会ったり、一人物思いにふける場所であったりするが、特に新高喫茶店は、街で一目惚れをした女性を再び発見し、すれ違う重要な場所としても用いられていく。

一方で、このテクストは、金池が友人の玉生と「カフェー満洲」で話し込んでいる場面から始まっている。そこで金池と玉生は、女給とのたわいない会話を差し挟みながら、金池が父親が勝手に婚約者を決めたことへの不満を述べたり、玉生がそれをなだめたりするのである。男性同士での会話には、このように「カフェー」と「喫茶店」が併用されるのであるが、「カフェー」にいるのは金池がまだ秀恵に出会う前、観念的に父親批判をする時であり、後に明治製菓で玉生と語るとき、金池はすでに秀恵を探し始めている。恋愛対象がいるとき、「カフェー」は避けられていることになる。ただ、台湾式の料亭(実在した「江山楼」「蓬莱閣」といった店)に通い、そこに「芸姐」と呼ばれる陪席女性を呼ぶ場面は描かれる。ただしその時も、金池は「知り合いの芸姐はいない」といい、「健全性」がアピールされる。

女給や芸姐との関係が性的なものを連想させるのは、日本内地の「カフェー」や「料亭」の場合と同様であろう。「自由恋愛」をしている者は、それらとは縁がないように描かれる。そんな男性が行く先は「喫茶店」なのである。そして、「明治製菓」や「新高喫茶店」「高砂ビヤホール」といった店は、日本人客も多数やってくる繁華街にあり、「近代的」で「中上流」な雰囲気を約束する場所なのであった。

「争へぬ運命」の李金池は、「恋愛結婚」の現実に破れた形になったが、それでも理想の持ち方自体は否定されていない。しかし、陳垂映の『暖流寒流』（一九三六年）では、「自由恋愛」という名前を借りて、女性をもてあそぶ男が登場する。

「暖流寒流」は、俊暁と明秀という二人の優秀な青年が中心となり進められる物語である。中学校卒業後、明秀は経済的な理由で進学ができず、親が「買ってきた」娘、阿甘と結婚させられ農業に従事することになっていることに絶望していた。その状況下で、俊暁が自分の東京留学に合わせて明秀も東京へ連れて行ってしまうのだが、彼らの同級生として登場する秋祥という青年が、「自由恋愛」をとなえつつ、恋人となった女性を無残に捨てていくことになる。この秋祥が物語の最初につきあっていた恋人が碧茹である。秋祥は台湾の医専に不合格となったため、東京の医専を受験し直すことになった。そのしばしの別れを碧茹に告げる際、秋祥は喫茶店を利用する。

「僕ね、近い内にどうしても上京しなくちやならないんだ。」

恋人の碧茹と、喫茶店プリンスで落ち合つた秋祥は、しんみりした調子でさう言つた。秋祥は、仲啓の次男坊で、俊暁達と同級だつた。彼はクラス切つてのモダン・ボーイで昨年の暑中休暇、偶然な機会から、これも今年S女学校を卒業した碧茹と愛し合ふ様になつた。台北医専を見事に落された彼は、東京の医専を受けるべく上京しなければならなかつた。

この場面で、秋祥は碧茹に、自分が不在の間に親が結婚を迫ってくるはずだから、後から何か理由をつけて上京してくるように告げて、碧茹を悩ませる。しかし後に、秋祥は家出をして東京にやってきた碧茹を、俊暁の妹・瓊珠に出会い結婚しようと画策する中で捨ててしまうのだった。

「暖流寒流」では、物語の中盤から舞台が東京に移るため、その後台湾の「喫茶店」が出てくる場面はないが、「争へぬ運命」と比べて、「健全性」や「倫理」にこだわる側面がある。例えば、秋祥と碧茹が勉強もせずに東京で遊び暮らすようになった描写の後に、以下のような明秀の様子が描かれる。

如何に帝都に、モダニズムが横行し、レーニズムが闊歩し、拝金主義が跋扈し、女権主義がのさばり、コロンタイズムが出現し、反動主義が蔓らうと、超現実主義、行動主義、新野獣主義が台頭しやうと、リアリズム、ネオ・ロオマンチシズムが氾濫しやうと、エログロ、テロが如何に交錯乱舞しやうと、明秀は我不関焉だつた。彼は勉強以外には、どんな事にも興味を持たなかつた。

銀座へは、入学試験後に行つたきりで、彼はもう行きたいとも思はなかつた。銀座は少しも彼の心を魅さなかつた。魅さないばかりか、却つて彼に一種の嫌悪をさへ抱かしめた。

ネオンの光りは、悪魔の舌である。都会は秘密と罪悪の母胎である。

物語は最終的に、俊暁が秋祥とその父親に対し、俊暁の父親(終盤では既に死亡している)が勝手に決めた瓊珠と秋祥との婚約を破棄する旨を伝え、俊暁は秋祥に捨てられた碧茹との結婚を宣言して終わる。秋祥の「自由恋愛」は偽物であるが、俊暁によって本当の「自由恋愛」とその理想的帰結である「恋愛結婚」迎えられることで、その正当性を支持していることになる。

他に日本統治期の台湾では、台湾人作家による日本語詩も多数発表されていた。一九四〇年代の台湾の日本語文学運動を象徴する文芸同人誌『台湾文学』創刊号(一九四一年五月)では、同人の一人・呉天賞の弟で詩作していた陳遜仁の追悼特集が組まれており、その遺稿となった詩が掲載されている。この遺稿の中に「喫茶店にて」という詩が含まれている。これは恋人と喫茶店で過ごした時間を描いたものであった。

恋の調べは部屋のなかを飛びまわり
われにぶつかりなれにぶつかる。
音は激しくやわらかく、
なれの瞳はかがやき、
なれの睫毛は閉じむ。
われらの胸をゆすぶる懐古のひびき、
幾たびとなく反復する叫び、
恋人よ、
このひととき、われらをここに招き、
われらを悲しみに酔わす。
(略)
最後のセンチメンタルな夜
独身(者)に告別する夜　噫!
一杯の葡萄酒に酔わん!
あなたを想い私を想う
眠れぬこの夜

一杯の葡萄酒に酔いたり
（略）
一杯の葡萄酒に酔いて
あしたの結婚式をおもう男
今ここにあるぞ

恋人と喫茶店で過ごした時間を、喫茶店で回想している詩であろうか。描かれている男とその恋人の関係が詩からは明らかにならないが、喫茶店が「独身（者）」としての最後の夜を嘆く場であり、恋愛を回想する場であることをよく表現してもいる。同時に、「葡萄酒」が出てくるところが、台湾の喫茶店ではアルコールが出ていたことを表しているだろう。

四、「喫茶店」で語られる他の「何か」

ここまで、日本統治期台湾における「喫茶店」の役割を「自由恋愛」に焦点化してきたが、当然ながら「喫茶店」は恋愛や恋人同士のためだけのものではない。では、文学テクストは、他にどんなことを「喫茶店」の中で語らせているだろうか。

台湾新文学運動の中で登場した徐瓊二が一九三五年一月に、「島都の近代風景」というエッセイ的な文章を『第一線』という文芸同人誌に発表している。台北市内を彷徨し、目にした様子をスケッチ風に描いたテクストであるが、その中で、語り手の「私」は、爛れた様子の漂う「カフェー」を出た後、「喫茶店」に向かうのであった。

そして私は島都の文学青年が何時でも集つて来るブリューバードに足を運んだのだ。此処には一人の小さい小女だけが居た。サロン風の喫茶店だ、文学青年が多く集つて天下を論じ社会を論じ、ハテはバルザツクだ。ロマンローランだ。改造に出て居た小説の感想、自分も是非「改造」か「文藝」に当選して見たいと力んでゐる人、種々様々だ。確かに一幅変つた所だ。小綺麗で、アツサリしてゐる所が私の気に入つた。而も気障りのない所がよかつた。文学青年だけあつて大抵の顔は皆キツチリしてシマツテゐる様だが、センビヤウ質な体をしてゐる。体こそホツソリしてゐるが目だけは大きいのが居たり、頭の中では、天下国家を考へてゐる。此処にマルクスありレーニンあり、吉田絃二郎あり、島崎藤村ありで多士済々。之れは確かに島都に於ける一つの大きた《ママ》存在だ。私は商売柄こんな空気に浸る事は出来ないが非常にいい所だと思つてゐる。セメて台湾からも此等感情的に鋭敏なる文学青年が中央文壇に乗出して呉れる様に願つてゐる。

「エロ」と男女のことばかりに満ちた「カフェー」の様子（しかしこちらの描写の方がずっと長く詳細なのだが）に対して、ブリューバードの雰囲気は高い意識と意欲に満ちていると言える。ブリューバードは先に見た『台湾婦人界』の記事でも最初に挙げられた台湾の代表的「喫茶店」であり、そこでは「女」や「酒」を介さない高踏的な議論が存在している、という認識なのだろう。

ブリューバードは台湾コロンビア内に発行所がおかれた一九三四年創刊の同人誌『ネ・ス・パ』にも登場する。『ネ・ス・パ』は「文化芸術一般を掲載する大衆芸術路線を目指したが、インテリ臭を拭うことができず三六年前後に停刊したと思われる」雑誌で（中島利郎編著『日本統治期台湾文学小辞典』（緑蔭書房、二〇〇五年））、この第四号（一九三五年七月）に掲載された「モダン台北展望」の中に、「モダン台北の芸術家たち」というエッセイがある。

> 試みに、菊元デパートの裏つかはにある、純喫茶ブリュー・バードの一隅に腰下して、黄昏から、西門町の活動街がはねるまでの五六時間を我慢して、じつと出入りするお客さん達の会話に耳をかたむけてゐて御覧なさい。どうやら我々の台北にも、もろもろの若き芸術家達がもそもそと育まれて、何うやらわれわれモダン台北の為に、うごめいてゐて呉れる事を感じさせますから。

という書き出しで始まるこの文章は、ブリューバードの店内に新劇研究グループや美術団体のグループ、台湾芸術連盟のメンバー、台湾シネマリーグの会員たち、『南風』という文芸誌の同人達などが様々に議論を戦わせている様子が描かれている。つまりブリューバードは「芸術」のメッカ的な場所であるとされており、「喫茶店」のあり方としても（この記事の文脈において）至上の存在となっていたことになる。

このエッセイを書いたのは志馬陸平という人物で、これは一九三〇年代から四〇年代にかけて盛んに文芸活動を行っていた中山侑のペンネームである。中山は一九〇九年に台北市で生まれた「湾生（台湾生まれの内地人を指す当時の呼び名）」作家であった。

また、同じく一九三五年に『台湾文芸』に掲載された中国語の小説テクストに王詩浪「没落」があり、ここには喫茶店としての「明治製菓」が登場する。このテクストは、師範学校と上海の中学校とを、政治運動に関与したために連続して退学となり、現在は台北で働きもせず暮らしている李耀源という青年が、かつての仲間（台湾共産党員であったことがテクスト内で語られる）と酒に溺れる生活から脱しよう、と思うまでを描いた短編である。この中で、李耀源は友人たちと落ち合う前に、「喉が乾いた」ので、明治製菓へ寄り、ソーダ水を飲んでいる。

> 明治製菓喫茶店の二階で、大通りに面した窓側の座席に座り注文をすませると、クラクションの騒音に雑じって、突然遠くから喨々たる軍艦マーチの音が近づいてくる。軍艦に飾り立てた自動車が、何十台か公園の方から進んでくる。彼は関心がない様子で、持ってきたソーダ水を取り上げて、ストローを吸った。さっきの法廷の情景が、また映画みたいに脳裏をかすめる。自分の世界と比べてあまりにも差がありすぎる。自分を嘲笑し侮蔑する先ほどの艦上が、またもや胸中に湧き上がってくる。彼は首を振ると、ストローでソーダ水をかき回してまた吸った。ポケットにカネがいくらあるか見当をつけながら、今日はどこへ博奕に行こうか、と考えた。そうだ、この前はAの所で大分やられたから、今日はそこへ行って仇を討とう。
>
> 　万世一系皇国の
> 光を世界に輝かし
> 明治三十八年の
> 五月の二十七日は
> 海軍戦史に試しなき
> …………
>
> 多分公学校の生徒だろう、合唱の歌声が辺りに響いて、広い道路の両側に並ぶ商店を震動させる。手に国旗を持った子供たちが隊列を組んで、教員の引率の下に次から次へ引きもきらず、颯爽と大きな歩幅で通り過ぎる。
>
> （以上の日本語訳文は、陳逸雄『台湾抗日小説選』（研文出版、一九八八年）から引用した。）

政治運動に挫折した後の李耀源は、実家が裕福であるために働かずに済み、またその挫折感から無気力になっている。彼はこの日（五月二七日、海軍記念日であった）、かつての同志が政治犯として逮捕され、その裁判を傍聴しに出かけたが、その帰り道、運動を継続できなかった深い挫折感を抱えながら、明治製菓に入ったのだった。このとき彼は一人きりだったが、友人といるときはギャンブルか、カフェーで酒を飲んでしまうのに対して一人で、酒の出ない明治製菓に入ると、自分を苛む意識が湧き上がる。そしてその背景には、「海軍記念日」のパレードと「日本海大海戦」の歌声が流れる。「島都の近代風景」では後景にあったが、「没落」では「喫茶店」の中で政治思想についての懊悩が描かれている。「酒」

と「女」が排除された「喫茶店」において、「近代的」な青年が思考する内容に、政治的なテーマが表れるのは自然なことであろう。

しかし、台湾では政治的弾圧である一九三〇年の治警事件によって、台湾文化協会などの民族主義運動団体が解散させられており、政治的な運動を続ける余地は殆ど失われていた（若林正丈『台湾抗日運動史研究増補版』研文出版、二〇〇一年）。故に、ここで李耀源が抱えるのも、運動をいかに続けるかということではなく、運動を放棄したことによる敗北感であって、そこからたどり着く結論は、個人的な生活の立て直しなのであった。

「喫茶店」の中で、政治的な語りが行われなかったはずがない。しかし、それが文学テクストに描かれることは非常に希なことであった。台湾で台湾人青年が「政治」を語り、その内容をテクストにして公開することのリスクは、それがフィクションの表現であったとしても、日本内地よりもずっと高かったのである。

五、「喫茶店」、「近代性」そのものの否定の時期

三〇年代半ば以降、文学テクストには「喫茶店」があまり描かれていない。一九三七年に台湾島内で漢文による刊行物が出せなくなり、台湾人による文芸同人誌活動が停止して、量的にテクストが少なくなったこともあるが、「近代性」の表現と、それに付随してきた「自由恋愛」を至上とする認識に基づくテーマが単調化して行き詰まったことも挙げられよう。一九四〇年代に在台日本人を中心として再び台湾で文学活動が活発化したとき、「自由恋愛」を理想化して描くテクストはあまり見られなくなった。ここには、日本語文学の書き手の年齢が上がったことも考慮した方がいいだろう。東京留学時、二〇代で書き始めた人々が、三〇代になったとき（ほとんどが結婚もしている）、独身時代の恋愛観でテクストを描くことは難しかったはずだ。

一九三七年に日中戦争が始まり、台湾では戦時下の緊張感が高まっていく。一九四一年には台湾にも陸軍特別志願兵制度が導入され、台湾人青年が兵士として（それまでも軍属・軍夫として動員されていたが）戦場に行くことになった。同時に、台湾は「皇民化」運動の時代に入る。この神がかり的なイデオロギーの下では、「近代化」までもが排除されていく。日本語を学び、日本の統治体制に法的な反抗をしなければ、それ以上の台湾人社会への干渉はない、という前提で日本化を受け入れてきた台湾人の中上流層の人々は、家庭内での日本

語使用、日本食中心の食習慣、神社参拝、布袋戯など台湾の大衆文化の禁止など、生活・文化・宗教習慣のレベルにまで総督府が介入し（近藤正巳『総力戦と台湾』刀水書房、一九九六年）、「日本化」を強要し始める時期に至り、「近代性」の追求もまた危険な表現となっていくのである。

そのような事態が「喫茶店」と関わる形で顕著に表れているテクストが、竹内浩「夢の兵舎」である。一九四〇年代の台湾文壇で著名な在台日本人作家であった濱田隼雄によって編まれた『萩』（台湾出版文化株式会社、一九四四年）という短編集に収められたこのテクストは、これまでのように台湾人作家によって描かれたものではなく、在台日本人によって書かれたものである点を考慮しなければならないが、それだけに、「喫茶店」が意味するものの違いに驚かされることになる。

「夢の兵舎」は志願兵として採用され、出征前に半年間の訓練を受けている青年たちの、その訓練風景を描いたものである。全体として、志願兵制度と戦争遂行を賛美する言説に埋まっていて、独創性はあまり感じられず、文章にも破綻している箇所が見られるのだが（竹内はこのテクスト以外はほぼ全て戯曲を発表しており、この破綻は、あるいは戯曲テクストを小説化した際の書き落としによるためかもしれない）、この中で、志願兵達の一人、楊添財が同じ内務班の青年たちに、自分の過去を告白して懺悔する場面が描かれる。「喫茶店」はそこに登場する。

「（略）戦友達よ、聴いてくれ。俺の懺悔話を暫く聴いてくれ。それは、俺が青年団員として、軍事教練を受けてゐた頃の事だつた。（略）その昔は、箸にも棒にもかからない、所謂街の不良青年だつたのだ。」

「本当か、それは？」

戦友の誰かの声が尋ねる。

「誰が冗談でこんな事を言ふものか、朝起きるのが大抵十二時近く。起きるとすぐ、仲間の集会所になつてゐる、市内の某喫茶店に出かけて行く。煙草の煙とジャズの音楽、むせかへる様な薄暗いその喫茶店の中では、例によつて仲間達がとぐろを巻いてゐたのだ。」

「蛆虫め。」

「俺の昼の一日は、先づそこを根城として始まるのだ。付近の飲食店、撞球場。通りがかりの女の尻を突いては弄れる。そして、夜ともなれば最寄のバーに入り浸つて、安物のウヰスキーをあふつては、女を相手に台湾拳で夜を更かす。それが俺の生活のすべてだつたのだ。野良息子だ。本当に俺は、下らない男だつた。」

「青年の面汚しだ。」
「面汚しだ。」
「だが待て……その君が、どうして俺達と枕を並べる様になつたのだ?」

ここで、楊添財が「とぐろを巻いて」いたのは「カフェー」ではなく「喫茶店」であった。一九三〇年代までの環境であったなら、友人達と「近代的」な交際の時間を楽しんでいただけであっただろう(夜には酒場にも行っているが)。しかし、戦時下において、そのような行動は否定され「蛆虫」「面汚し」と叫ばれてしまうのである。

そして、より考慮するならば、このとき「日本人の教官」の視線が存在している状況において、彼らは楊添財の行動を「蛆虫」「面汚し」と呼ばざるを得ないことに思い至らなければならない。そんなことはたいしたことじゃない、若者だったら普通のことだ、などと言うことはできないのだ。

繰り返しだがこのテクストは日本人作家の手によって描かれている。志願兵制度は事実上強制志願であり、青年たちは決して望んで志願しているものではなかっただろう。在台日本人もまた「そのように(志願兵制度を歓迎しているように)描かざるを得ない」状況にあったことは確かだが、それにしても、台湾人青年を描いているにしてはその内心を全く忖度できずにいるこのテクストは、現在の視点で読むと非常に表面的で寒々しい。それだけに、日本人が「台湾人の戦争経験」を突き放して見ていることもわかるし、おそらくは自身も若き日には入り浸ったであろう「喫茶店」に通った青年が「蛆虫」「面汚し」と呼ばれることを当然のことのように書けてしまう作者・竹内の酷薄さも透けて見えるのである。

おわりに

一九三三年、台南市で近代詩の文芸同人誌が創刊されている。風車詩社による『LE MOULIN』である。二〇一八年現在、この同人誌の現物は第三号(一九三四年三月)しか確認されていない。

台湾の古都と称される都市であった台南で、風車詩社のメンバーである台湾人青年詩人たちは、当時世界でも先端的なシュールレアリスムをはじめとするモダニズム詩の創作と発表に邁進していた。日本の敗戦と台湾からの撤退の後、複数のメンバーが国民党政権による弾圧の下で命を落としたこともあり、彼らの活動は長く台湾文学史の中で埋もれていたが、二〇〇〇年代に入り大東和重の研究などからその存在が知られるようになり、二〇一六年、彼らの活動と半生を描いた映画「日曜日式散歩者」(黄亜歴監督)が公開されると、大きな注目を集めた。
　その現存する『LE MOULIN』に収められた、利野蒼のエッセイ「感想として…」の中に、台南の「喫茶店」の名前が現れる（稀覯資料である同記事は、「日曜日式散歩者」の日本公開にも協力した大東和重氏にお分けいただいた）。

> 運河に達する銀座の夜のプロムナードを水蔭（メンバーの一人、水蔭萍―引用者）と僕は新鮮な恋を求めて歩く。ステツキは書物でありたいものだ。
>
> 疲れて僕たちは〝森永〟のボツクス、時には〝トヨダ〟の一隅に身体を横へる。僕たちは一杯の紅茶をすゝる。ジヤスミンの煙りがお互の顔の苦悶を消してしまふ。
>
> 僕たちは泣き笑でもしないだらう。泣くことも笑ふことも出来ない。来る日も来る日も、僕達は街を、僕にとつて或ひは田舎の畦道を彷徨ふことだらう。そしてアルコールとニコチンとヴエロナアルと恋とアヴアンチユールと不幸と、さうだ！
>
> これだけ揃へば青春になんらの不足はない筈だ

　台南市における「森永」は、おそらくハヤシ百貨店の並びで同一建造物のテナントとして入っていた「森永キャンデー」だと思われる（「トヨダ」という「喫茶店」の資料はみつけられていない）。彼らのモダニズムを求める志向と身体を置く場所は、やはり台北における「喫茶店」のように「近代的」建造物と内装の中にあったのではないだろうか。そこで、彼らは「紅茶をすする」。書物をステッキにし、「恋」を求めて歩く過程で、彼らは「喫茶店」に入りそしてモダニズム詩のための彷徨に出るのである。

　風車詩社のメンバーは、日本留学を経験し、主に日本語によって詩を創作していた。彼らが「近代性」を追い求めていたのは明らかであり、近代建築の中に据えられた「近代的」施設としての「喫茶店」は、彼らにとって――そして、「近代性」を担おうというすべての台湾人青年達にとって、欠くべからざる場所となっていたはずだ。

　しかし、彼ら／彼女らは、日本が持ち込んだ「近代化」に裏切られる。総督府は時代と共に制約を厳しくし、戦時中は「近代化」そのものを忌避していく。そして戦後、日本が去り、国民党政権となったとき、彼ら／彼女らの「近代性」は、日本統治下における「奴隷化」の象徴とみなされ、一九四七年の二・二八事件をはじめとする弾圧とその後の白色テロ、戒厳令社会の中でつぶされていくのである。
台北市内に、日本統治期の一九三四年に創業し、文化人の集まる店として知られていたレストランが一軒だけ現在も経営を続けている。前述したとおり、台湾人経営者による迪化街の「BOLERO波麗路」（日本統治期の名称は「ボレロ」）である。この店は、一九四〇年代に在台日本人が中心の文芸同人誌『文芸台湾』のメンバーが集まる場所であったという（藤井省三『現代中国文化探検』岩波新書、一九九九年を参照。なお、現在「波麗路」は「本店」表示のある店とない店が並んでいる。一九七〇年代に経営者家族がもう一つの同名店を開店したというが、詳細は不明）。

図12　現在の「波麗路」「台北老店　波麗路本店」の看板がある店が日本統治期から続いている店で（工藤貴紀氏撮影：写真上）、写真下の店は後から分かれた店であるらしい。

しかし、『文芸台湾』所収のテクストの中で、「ボレロ」に言及したものは管見の限りない。それはおそらく、在台日本人作家は、特に「喫茶店」や「レストラン」を象徴的に取り上げる必要性を感じていなかったからであろう。彼らはむしろ、自らが「台湾」という「異郷」にいることに価値を見いだそうとしており、そこには日本から持ち込まれた「近代性」は不要だったからである。いや、「不要」ではなく、それは当然のものとして自身が体現していると考えていたのかもしれない。なぜなら彼らは「日本人」だったから。

この時、在台日本人と台湾人とでは、同じ台湾に身を置いていたとしても、「近代性」に対する姿勢が全く異なっていたことが分かる。

在台日本人にとっては――たとえ、生まれ育ちが台湾であるという「二世」であっても――日本が表象する「近代性」は、何の疑いもなく自らのものであり、それを特別視しようとはしなかった。あるいは、特別視することで、「日本」から排除されることを恐れたのかもしれない。

しかし台湾人にとっては——たとえ、生まれた時がすでに日本統治期であったとしても——日本が表象する「近代性」は先天的なものではなく、懸命な努力によって「獲得」しなければならないものであり、「獲得した」ことを日本語能力なり学歴なり服装なり文化習慣なりによって「証明」しなければ「自分のもの」と言うことが許されないものであった。しかも、このような大変な努力の結果にもかかわらず、それは支配者側の気まぐれ程度の方針変更で容易に奪われてしまうものでもあった。その「所有」にこだわれば、最悪の場合、命までもが奪われたのである。

「日本」が台湾に持ち込んだ「近代性」と「近代建築物」は、そういったものであるのだということ。そういった日本統治期の近代建築物の遺構がどれほど美しく再生され、どれだけ現地の人々に歓迎されているように思えても、そこに寄りかかる前に、自らを「日本人」と信じて生きる者ならば、必ず一度立ち止まって考える作業が必要なのである。

虚構都市〈哈爾賓〉の〈混沌〉
――夢野久作「氷の涯」における建築表象

西川貴子

にしかわ・あつこ――同志社大学文学部教授。専門は日本近代文学。主な論文に「「嘘」か「実《まこと》」か――『文芸春秋』懸賞実話と橘外男「酒場ルーレット紛擾記《トラブル》」」（『日本文学』二〇一三年一一月）、「〈言《ことば》〉をめぐる物語――幸田露伴「平将門」論」（『藝文研究』二〇一五年一二月）、「新聞小説「更生記」の世界――絵と文の協奏」（『同志社国文学』二〇一六年三月）などがある。

夢野久作「氷の涯」では、作品の舞台として描かれる虚構の都市〈哈爾賓〉の重要な構成要素として建築が描かれているのみならず、登場人物と建築物との関わり方によって各人物の性質が象徴的に表されるなど、作品内における建築の役割は大きい。本稿では建築表象を手掛りにしつつ、作品内で描かれる〈哈爾賓〉という空間を読み解いていく。

はじめに

「都市は建築物の大集団である。この集団の大小が都市のそれを計る尺度となる。」（廣岡光治編『最新ハルビン案内』大北新報社）とは、一九三四年に出版された観光案内書に書かれた言葉である。そもそも都市は、生活に合わせて人工的に建設されたものである。したがって、自然環境から身を守るために人間が造ったシェルターを起源とするといわれる建築が、都市の構成物となることは、ごく当たり前のことだと思われる。しかし、建築の特性は、単に身を守るという実用性だけにあるわけではない。森田慶一『建築論』（東海大学出版会、一九七八年）は、建築の特性について、四つの様態（物理的、事物的、現象的、超越的）に分けて説明している。

森田の論を簡単にまとめると次のようになる。まず、建築は木の柱や屋根の瓦といった物体に構成された構造物、すなわち「物理的な実存在」としてある。次に、家庭や職場などの日常生活を送る場として、ある事物に場を提供するものとして現実に存在する。第三に、建築は絵画・彫刻と並ぶ芸術作品として、「事物的な容れものを離れて、われわれの視覚によって直接に捉えられる一つの現象として実存在する」。そして、最後に宗教につながるもののように、神秘的な感情を与え、「超越的な神秘性の具現者として実存在」するのである。

森田のこの論を踏まえて大きく分けると、建築には、前二者のような実用的な側面と、後二者のような象徴的な側面があるといえる。先に挙げた刊行案内では、「ハルビンの建築はロシヤ様式が代表してゐる。ロシヤ帝国がハルビンを第二のモスクワたらしめんとしたことを顧れば当然である」と続く。ここでは、ハルピンの建築が、ロシア帝国の政治的な意図を象徴したものだと意味づけられており、建築の果たす役割が日常生活を送る上での実用性に終始しているわけではないことを如実に表している（なお、ハルピンの表記は「ハルビン」「哈爾賓」「哈爾濱」など様々あるが、ここでは、引用文以外では「ハルピン」に統一する。ただし、「氷の涯」の作品内の都市を表す場合は〈哈爾賓〉という表記を使用する）。

ところで、興味深いことに森田の論では、建築の特性を考える上で、それが「実存在」であることが前提となっているのである。しかし、いうまでもなく虚構テクストである小説で登場する建築は、必ずしも「実存在」の建築を表したものではない。小説の中では、虚構の建築が登場し、森田の提示した特性、すなわち実用的な側面と象徴的な側面を自明なものとして、読者に作品空間のイメージを形作っているのである。小説内の建築は、作品空間のイメージ形成のための重要な機能を有している。時には作品内の建築は、現実とはズレつつも、もしくはそのズレゆえに、読者に作品固有の空間を認識させることもある。

こうした考えのもと、本稿では、シベリア出兵時の〈哈爾賓《ハルビン》〉を舞台とし、虚構の建築物を効果的に取り扱っている、夢野久作「氷の涯」（『新青年』一九三三年二月）を取りあげたい。「氷の涯」は、「僕」（上村作次郎）が友人である「君」に宛てた遺書の形式をとる小説であるが、遺書の内容は、大筋では次のようになる。

シベリア出兵で応召され、〈哈爾賓〉日本軍司令部の歩兵一等卒となり、退屈な毎日を過ごしていた「僕」は、日本軍の中で起きた公金横領事件にいつしか巻き込まれていく。この横領事件に端を発して、日本軍の味方でありロシア白軍の総元締めだったオスロフとその一家が陥れられ抹殺されていく中、〈哈爾賓〉で一流の料理屋兼待合業をしている銀月の女将から、「僕」がロシア赤軍のスパイとして横領事件やオスロフ一家抹殺事件を仕組んだ犯人だと日本軍では信じられていることを聞かされる。しかし女将こそが首謀者だと看破した「僕」は、女将と揉み合ううちに女将を殺し銀月を燃やしてしまう。公金の在り処を探していた赤軍、「僕」を犯人だと信じる日本軍および白軍の全てから一斉に狙われるようになった「僕」は、オスロフの養女で一時赤軍のスパイでもあったニーナに助けられシベリアへと逃避行をする。しかし、ウラジオストックまで来たところで追いつめられ、ニーナと共に死ぬ決意をし、友人に遺書を書くに至ったのである――。

　作品内では、「僕はこの事件に関係してゐる人々の氏名や官職名、建物、道路等の名称、地物《ちぶつ》の状況、方角なぞを、事件の本質に影響しない限り、出来るだけ自分の頭で変装《カモフラージ》させてゐる。事実の相違や、推移の不自然を笑はれても仕方がない」と語られている。つまり、作中の〈哈爾賓〉が実際のハルピンとは異なることが明示されているのである。しかし、そこはまったくの事実無根の出鱈目な空間ではなく現実のハルピンを髣髴させるようにも描かれている。一九三一年の満洲事変及び一九三二年の「満洲国」の成立という状況によって、この時期、ハルピンが特に注目すべき都市であったことを考えれば、作品内で指示される実際の事象を手掛かりに、「氷の涯」の作品空間を当時の読者が想像することは容易だったであろう。夢野久作は、シベリア出兵時、経理兵だった庄林徳三郎の実体験を基にした原稿から着想を得て書いており、庄林から色々情報を得ているほか、作品執筆にあたってハルピンやシベリアの資料を自身で収集・調査するなど、実際の事象をわざとズラしながら、作品空間を作っていたことが、杉山龍丸の発言などからもわかっている（「夢野久作の作品について」『日本探偵小説全集4』創元推理文庫、一九八四年）。そしてこの虚構の〈哈爾賓〉を想像する上で重要な意味を持つのが、作品内に詳細に描かれる建築物――オスロフの邸宅、料理屋銀月、松花江《スンガリー》の鉄橋などなのである。

　しかも、作品内では、建築物が〈哈爾賓〉という空間の単なる構成要素であるのみならず、建築物との関わり方によって登場人物の性質が象徴的に表されてもいる。本稿では、こうした建築表象を手掛りにして、作品内で描かれる〈哈爾賓〉という空間を読み解いていきたい。

　なお、「氷の涯」は『新青年』で発表されてから二ヶ月後に春陽堂から単行本『氷の涯』（一九三三年）として出版され、さらに二年後には春秋社から他の短篇五編とともに収録され『氷の涯』として出版されている。本稿では、初出からすぐの改稿ということや、その後大幅な改稿がされていないことなどから、テクストとして初刊（春陽堂版）を使用するが、初出、初刊、春秋社版では、それぞれ少しずつ変更があるので、必要に応じて適宜、初出および春秋社版も参照することにする。

一、ハルピンと〈哈爾賓〉

シベリア出兵時と作品発表時のハルピン

早くも零下十五度、東京の話ではありません、北満を守る勇士を想へ。（「十一月三日」「昭和七年・珍事総決算」『新青年』一九三三年二月）

「氷の涯」が掲載された同号の『新青年』を繙くと、「ハルピン入城」「満洲国成立」などの言葉や、強気で満洲国承認を行った日本外交に対する懸念を示した清澤洌「新日本の位置」、ソヴィエトの脅威を記した岩崎昶「C《エス》・C《エス》・C《エス》・P《エル》——一九三三年」などの時事評論を目にすることになる。ロシア革命やシベリア出兵を経て、大正期の終わり頃から、北満の地・ハルピンへの関心は高まってきており、特にこの時期、一九三一年の満洲事変及び一九三二年の「満洲国」の成立という状況と相俟ち、日本にとって注目すべき都市とされていた。先に引用した文にも示される通り、『新青年』の読者もまた、事変後の「北満（を守る勇士）」（あるいは勇士ではなく、避難民、もしくは単にその混沌極まる状況へかもしれないが）へ想いを馳せるよう促されていたのである。その意味で、一九三〇年から構想・執筆されていたと思われるこの作品が、この時期発表されたのも時宜にかなっていたといえるだろう（西原和海「解題」（『夢野久作全集6』ちくま文庫、一九九二年）が指摘する通り、『夢野久作日記』（葦書房、一九六七年）の「昭和五年六月二三日」の項目に「『二十五万円事件』原稿着手」とある）。

作品内で描かれる「僕」の話は、手紙内「現在（大正九年）」であるシベリア出兵時のハルピンの状況と合致したものでもある。銀月の女将に問題視される日本のシベリア出兵撤退の真偽とその時期をめぐる不安に関しては、一九二〇（大正九）年当時の重要な話題でもあった。例えば『中央公論』二月号では「西伯利《シベリー》駐兵の是非」なる特集が組まれており、まさに赤軍と白軍との衝突の激化が、「哈爾賓の革命熱」（『東京朝日新聞』一九一七年三月二三日）や、「魔手支那を掴む」（『読売新聞』一九二〇年九月二〇日）といった記事にも見られるごとく表面化し、赤化への恐怖が高まり始めてきた時期であったといえるだろう。したがって、作品内の白軍と赤軍の抗争に巻き込まれた日本兵の「僕」という構図自体は、シベリア出兵時の状況にちょうどあてはまる。また白軍の将軍として名前だけ登場するホルワットとセミヨノフは、当時の東清鉄道長官ホルワットと反革命軍の指揮官セミョーノフを想起させるようになっている。

このように、作品内で描かれる〈哈爾賓〉は限りなく事実性を持つものとして描かれている。実際、「東洋の巴里《パリ》」「北満の東京」というイメージや、中国人、日本人、ロシア人が錯綜する淫蕩・殷賑・醜怪といった認識は、「踊りと酒と雪と馬車との哈爾賓はおもしろい町です。露人と支那人と日本人とがまんじ巴になつて競争してゐますが、留《ルーブル》暴落の為に露人殊に中流階級の人々は悲惨です。」（「日く」『読売新聞』一九一九年一二月一八日）というシベリア出兵時のハルピンの認識ともある程度一致する。

ただし、これらのイメージはむしろシベリア出兵以後、特に強調されるようになっていたものでもあり、作品発表時の一九三三年段階ではすでに類型化された表現であった。例えば、奥野他見男『ハルピン夜話』（潮文閣、一九二三年）では、「あゝ驚く可き性欲の都ハルピン‼私は音に聞く巴里にも優る淫蕩さを見て呆然として了《しま》つた。」とハルピンが紹介され、白系ロシア人女性とのロマンスや歓楽街の手引きが綴られていく。また、郡司次郎正「金髪女と暮して一ヶ月――ハルピン女の歓楽生活と性欲生活」（『ハルピン女』雄文閣、一九三二年）や「祖国なき街の女達――左様ならヤーヌチカ」（同）においても、日本人男性が白系ロシア人娼婦を愛人として生活するひと時の恋愛物語が描かれていた。そこでは、祖国を持ちやがて帰っていく日本人男性と祖国を失い行き場がない白系ロシア人（娼婦達）との関係が、日本人男性の視点から憐れみとともに語られていくという共通の構図を有している。

一方で、同じく『ハルピン女』に収録された「美しき女間諜物語」では、小泉京美「「満洲」の白系ロシア人表象――「桃色」のエミグラントから「満洲の文学」まで」（『昭和文学研究』二〇一二年三月）が指摘するように、「美貌のロシア人女性が革命の被害を蒙って困窮に身をやつしていたところを、スパイとなって活動することで露命をつなぎ、結局は愛のために使命を貫徹しえずに非業の末路を辿るという構図」も見てとることができる。小泉の言う通り、「満洲国」は、いわば「白色を呈して、内実赤色」のロシア人スパイを恐れねばならない状況だった（なお、小泉は一九三〇年代の「赤」でも「白」でもない「桃色のエミグラント」というモチーフへの同時代的な関心を取り込んだ作品として「氷の涯」を位置づけている）。

そして特に、満洲事変下においては、例えば、『犯罪公論』の記事（「戦禍の街、動乱の街、ハルピンの暗黒街を衝く」一九三二年四月）で「見よ！今は兵火で閉されてゐる！」という呼びかけとともに、「露西亜人気質に時代が白にならうが赤にならうが何のその、日夜酒と音楽と女の耽溺に身をやつしてゐる」と語られていたことからもわかる通り、動乱の中にお

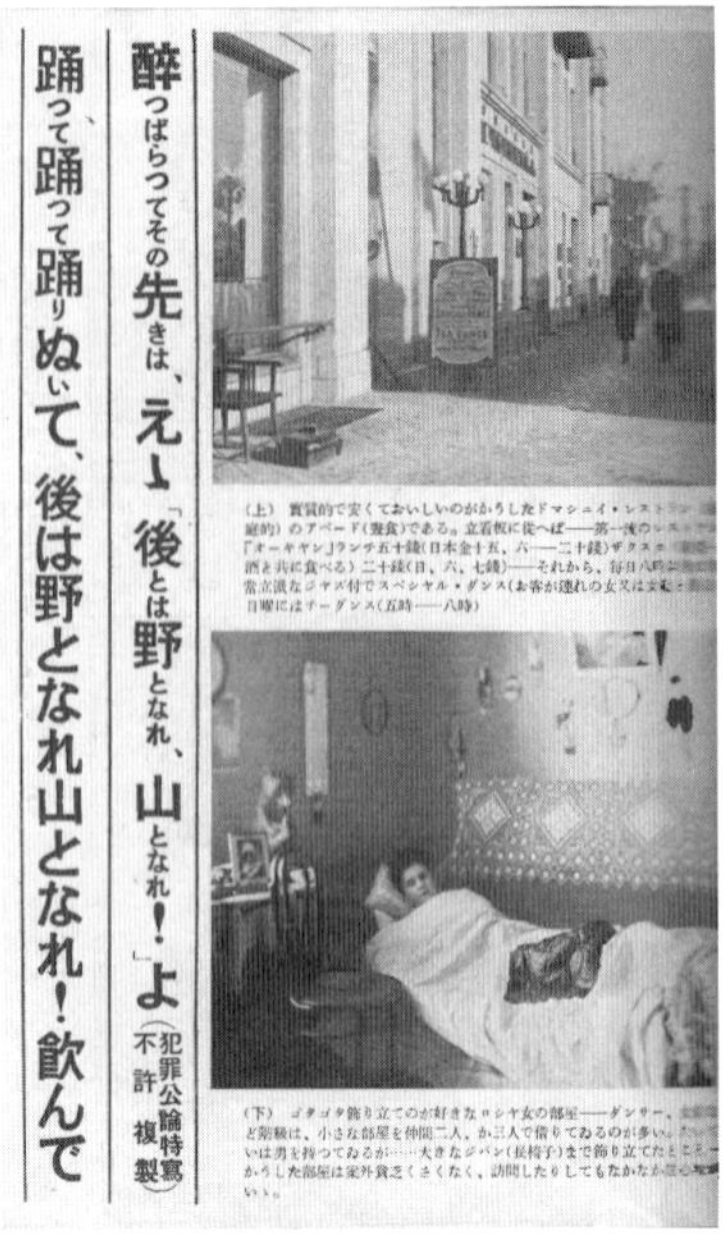

図1　『犯罪公論』（1932年4月）

いて漂う淫蕩なエロスを有する町として、ハルピンが強く印象づけられていたことがわかる。

作品内の〈哈爾賓〉

ただし、作品内で描きだされる〈哈爾賓〉は、類型化されたハルピン表象と重なりつつも、白系ロシア人たちの耽溺した生活や、カフェまたはキャバレーに代表されるエロスの場として、あるいはそこで繰り広げられる赤色スパイの脅威が中心として描かれているわけではない。確かに、ニーナの元恋人アブリコゾフは赤軍のスパイであり、ニーナもアブリコゾフのために赤軍に情報を流していたという設定はあるが、しかし、「僕」によってこの行為は「ニーナのいたづら」と言われるなど、脅威としては語られていない。また、「あれで、なか〳〵好色漢《すけべい》だ」とニーナに暴露されるように、オスロフも好色な白系ロシア人であることが仄めかされ、さらにシベリアの逃亡生活の中でレストランで踊るニーナの姿なども描かれているが、作品内の〈哈爾賓〉では、キャバレーなどの歓楽街の直接的な描写はない。

つまり、「氷の涯」で描かれる〈哈爾賓〉は、同時代のハルピン表象と重なりつつも、異なる部分も多いのである。ここで提示される話はハルピンにおいて、ありそうな話でありながら、しかし〈哈爾賓〉に渦巻く〈混沌〉の正体とは、他の日本人とは異質な「僕」という存在によって初めて明らかにすることができる特殊なものなのである。

二、オスロフの邸宅における「僕」

オスロフの邸宅

「この遺書《かきおき》を発表するなら、成る可く大正二十年後にして呉れ給へ。今から満十個年以上後のことだ。」という文章から始まるこの作品は、戦時状態の中で闇から闇へと葬られていきがちな悲喜劇の真相の一つとして、出来事を語っていく。先述した通り、ここで語られていく話は全て、事件を体験した「僕」の視点によって後から再構成されたものなのである。では、「僕」の眼で語られる〈哈爾賓〉とは、どのようなものであったのか。「僕」は、事件について話す前にまず、日本軍が逗留したオスロフの邸宅について詳しく説明している。

司令部に宛てられた家はキタイスカヤ大通の東南端に近い、ヤムスカヤ街の角に立つてゐる堂々たる赤煉瓦四階建の旧式建築で、以前はセントランニヤといふ一流の旅館だつたといふ。在留邦人は略してセントラン〳〵と呼んでゐるさうな。地下室が当番卒や雇人の部屋と倉庫。一階が調理室、食堂、玄関の広土間等。その上の二階が本部、経理部など云ふ色々な事務室。三階が将校や下士の居室。その上の四階の全部が此家の所有主のオスロフといふ露西亜人と其家族の部屋になつてゐた。

（傍線引用者。以下同）

いうまでもなくオスロフもその邸宅も虚構の存在である。杉山文庫所蔵の「氷の涯」関連資料として、ハルピンの日本兵站司令部の絵葉書があるが、四階建ということやキタイスカヤ通に存在しているという点を含めて異なっている（図2）。ただし、「東南端」という方角は異なるが、キタイスカヤ通とヤムスカヤ街自体は実在している。特に、キタイスカヤ通には、公的性格をもつアール・ヌーボ様式の一流ホテルだったモデルン・ホテル（図3）や、日本資本の百貨店でキタイスカヤ通で一番の高層、五階建てバロック様式の松浦洋行（図4）とその向かいに立つロシア資本の秋林洋行《チューリン》（図5）などの西洋建築が存在していた（図6、7）。松浦洋行の最上階からの眺めはハルピン市街を一望した風景写真のほとんどで使用されており、後述する「僕」が眺める風景ともある程度重なっていることから、「僕」が語るオスロフの邸宅も〈哈爾賓〉の街も、読者にとって、当時のハルピンのイメージと大きくかけ離れたものではなかったことが推測できる。

以前は一流旅館で「旧式建築」とされるオスロフの邸宅は、本稿冒頭でも述べたように、ロシア帝国の支配を象徴するような西洋建築である。また、オスロフの居室（図8）は「大理石とマホガニーづくめの荘重典麗を極めたもの」で大舞踏室もあり、「露西亜一流の真紅と黄金づくめの眼も眩む様な装飾」とされている。満州における中流のロシア人の邸宅でも「家具調度は王朝時代の影響が未だ多分にあつて成る可く大形のもので而も飾りのある様式的なものを好む」ことや、「部屋の内部は成る可くリツチに飾るのを得意とする」（建築学会新京支部編『満洲建築概説』満洲事情案内所、一九四〇年）ことが指摘されていた（図9）。白軍のセミョノフ、ホルワツトを両腕のように使って、「西比利亞《シベリア》王国」の建設を夢見るオスロフは、その居室も帝政ロシアの名残りを大事にする同時代の白系ロシア人と共通するものとして描かれている。

そして、初出および初刊で「偉大な勢力と、立派な建物の中に」とあった部分が春秋社版で「偉大な勢力を象徴する立派な建物の中に」と変更されているように、オスロフの邸宅は、「日米露支の大立物を、片端から煙に巻いて隠然たる勢力を張」るオスロフ自身を象徴する建物でもあったことは明らかだ。ロシア帝国が建設した空間に日本軍が入り込んでいる状況は、作品発表時のハルピンの状況をアナロジカルに表しているといえるだろう。建物の内部空間では、地下室―当番卒や雇人、一階―調理室や食堂、二階―本部や事務室、三階―将校や下士、四階―オスロフ家族というように、上層に行けば行くほど権力者の空間となる、わかりやすいヒエラルキーの構造となっていた。

オスロフの邸宅における「僕」

再び森田慶一の言葉を引用すれば、「建築の室内はそれを受用する人間がその中にはいり込む、主体が客体の中に侵入してそれの部分を形成している」のであり、「建築は、一つの物理的体によって、外部空間と内部空間という二つの空間を現象させる」。外部空間におけるイメージのみならず、内

図2 「哈爾賓新市街兵站司令部」（葉書・戦前）（杉山文庫には書き込みのある同じ葉書が所蔵されている）

図3 モデルン旅館（葉書、戦後）

図4 松浦洋行（『最新ハルビン案内』）

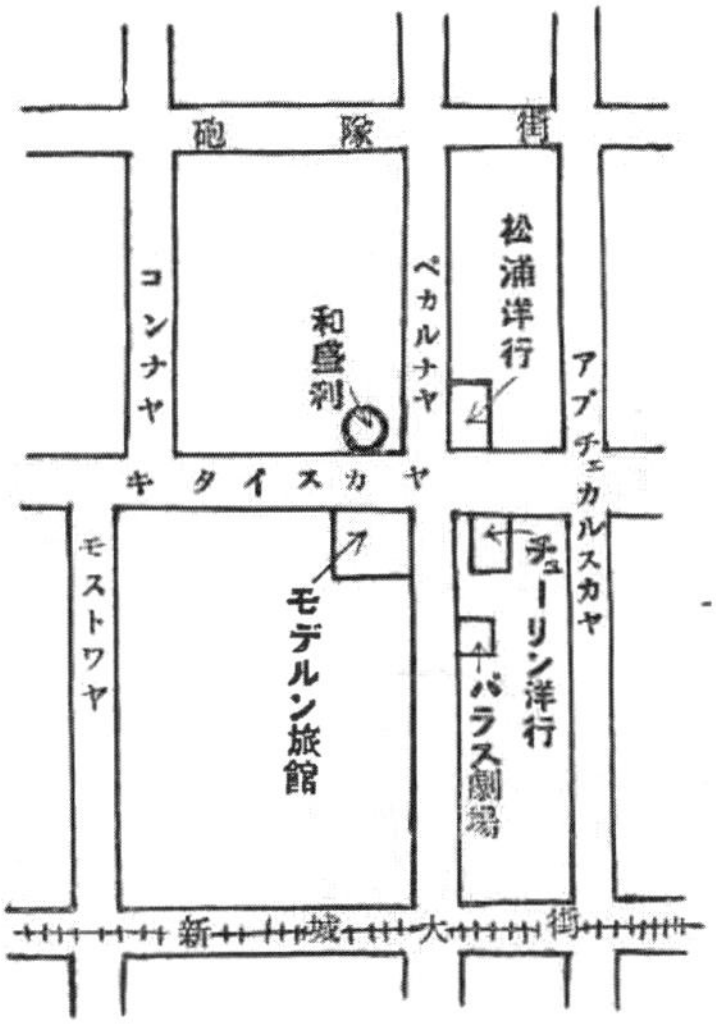

図6　ハルピン市街図（春藤垂「ハルビン騒擾記」『犯罪公論』1932年4月）

図5　秋林洋行（長谷川治編『ハルビン　1936』哈爾賓印刷出版 1936年）

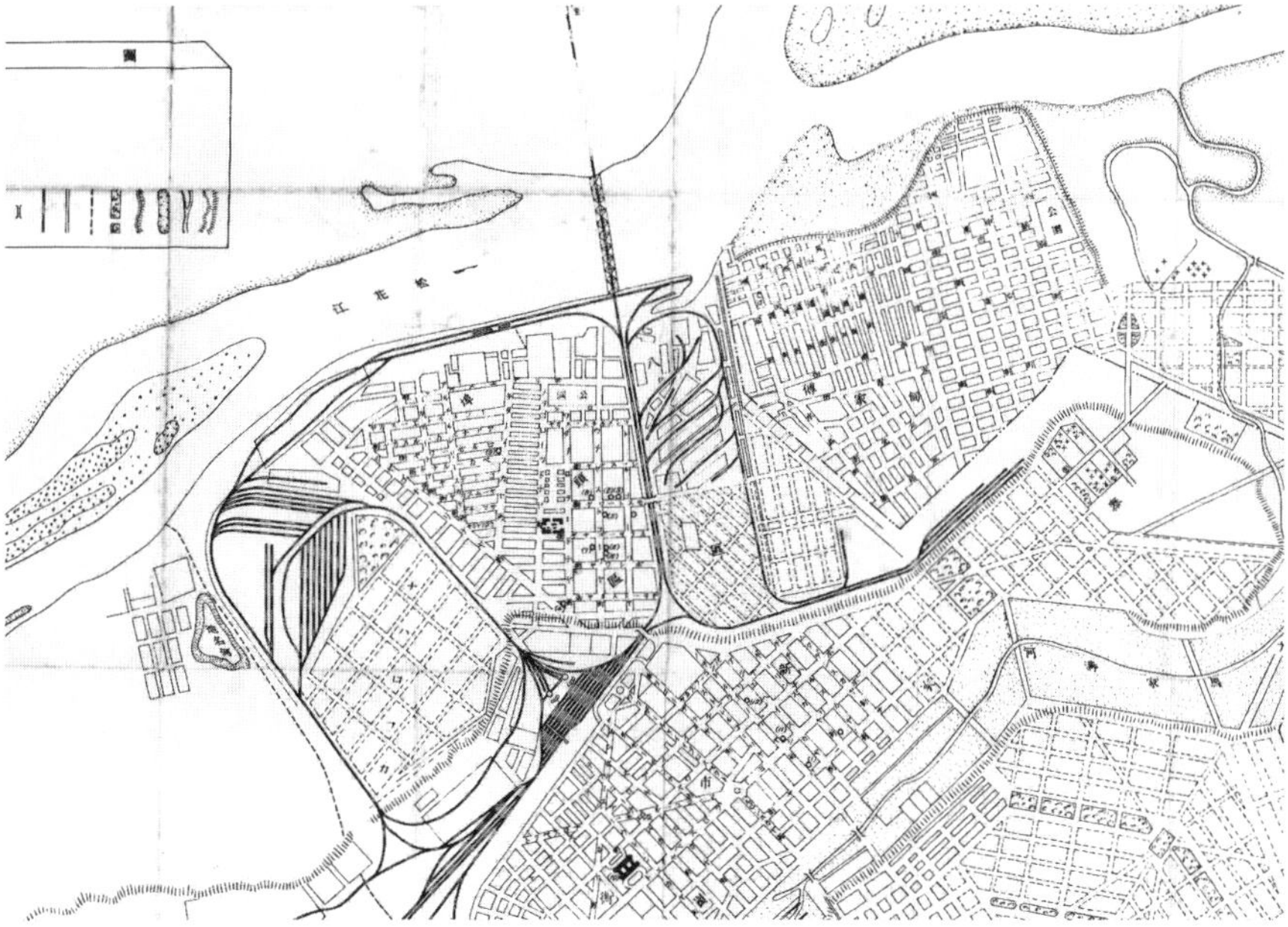

図7　ハルピン市街図（「賓江街市全図」戦前）

部空間におけるイメージが語られるのが建築物の特徴であるのだが、内部空間におけるイメージとは、視点人物（主体）の空間（建築物）に対する処し方、振舞い方とも大きく関わっているといえるだろう。そうだとすると、邸宅内での「僕」の行動は重要な意味を持つ。ふだんは地下室で暮らす「僕」は、あたかも邸宅内のヒエラルキーを超えようとするかのように、たびたび屋上の展望台に上がり、〈哈爾賓〉の風景を見下ろすのである。

　哈爾賓は流石《さすが》に東洋の巴里とか北満の東京とか云はれるだけあつた。（略）

　あつち、此方《こつち》にコンモリとした公園が見える。その間を鉄道線路が何千哩《マイル》に亙《わた》る直線や曲線で這ひまはつて、眼の下の停車場を中心に結ぼれ合つたり解け合つたりしてゐる。その向うにお寺の尖塔がチラチラと光つてゐる。その又はるか向うには洋々たる珈琲《コーヒー》色の松花江《スンガリー》が、何処《どこ》から来て何処へ行くのかわからない海みたやうに横たは

図8　初刊本『氷の涯』挿絵。居室内で尋問されるオスロフ。

図9　「満洲」におけるロシア人の住宅居間（『満洲建築概説』）

つてゐる。三千百九十呎《フィート》とか云ふ大鉄橋も見える。その又向うには何千哩かわからない高粱《コウリヤン》と、豆と、玉蜀黍《たうもろこし》の平原が、グルリとした地球の曲線をありのまゝに露出してゐる。大空と大地とが、あんなにまで広いものと誰が想像し得よう。司令部の地下室から出て、あの景色を見廻すと僕はボーツとなつてしまふのであつた。

……スバラシイ虚無の実感……。（略）

十万の露西亜人は新市街に、三十万の支那人は傅家甸《フーチャテン》に、五千足らずの日本人は阜頭区と云つた風に、それぞれ固まり合つて住んでゐる。其のそれぞれの生活を比較して見るのが又なかなかの楽しみであつた。キタイスカヤ界隈の傲華な淫蕩気分、傅家甸のアクドイ殷賑《にぎやか》さ、ナハロフカの気味悪い、ダラケた醜怪さ……そんなものが大きな虚無の中に蠢《うご》めく色々な虫の群れか何ぞのやうに見えた。

ここで「僕」によって描き出される〈哈爾賓〉の街の風景は、一九二〇年以降に多数現れるハルピンの紀行文や旅行案内書、絵葉書等で描かれる風景とほぼ変わらない。ロシア正教の寺院の塔、大鉄橋に松花江という風景は、方向は異なるものの、「僕」のいるキタイスカヤ通の高い建物から見えたと思われることは、松浦洋行の屋上から撮影された写真からもわかる（図10）。特に、ロシア正教の寺院は「ハルビン街の美観を添へることに大いに役立つて居る」（『最新ハルビン案内』）とされ（図11）、松花江に建てられた約九五六メートル（つまり、三一九〇フィート）の大鉄橋や、新市街および埠頭区の公園も有名だった（図12）。

また、ロシア帝国がモスクワを模して建設した新市街は、「全然ロシヤ人の街」（『最新ハルビン案内』）といわれ、傅家甸は「純然たる支那街」（同）といわれていたし、埠頭区のトルゴーワヤ街方面には日本居留民が多く、ナハロフカは「哈爾濱に於ける貧民窟、一時は「悪の巣窟」と言はれた処」（『哈爾濱』南満洲鉄道株式会社、一九三四年）であるなど、「露西亜人」「支那人」「日本人」の棲み分け自体も実際にあったものである。

そして、このような街に異国情緒を感じ「東洋の巴里」「北満の東京」を見るという捉え方も、いわば類型化されたハルピン表象だといえる。しかし、重要なのは、「僕」がこうした風景を「虚無」として捉え、そこで生活する人々を「虚無の中に蠢く色々な虫の群れ」と表現していたことだ。このことは、「僕」がある一定の距離を持って常に高いところから〈哈爾賓〉や〈哈爾賓〉にいる人々を観察し、いわば傍観者として生活していたことを表している。ここには、ロシア人や日本兵を優越的に眺め、単なる一兵卒としての退屈な日々を送る自分に倦んでいる「僕」の姿を見てとることができる。そもそも「僕」は、美術学校に入った後、失恋を契機に「スツカリ世の中がイヤになつた揚句」、活動のピアノ弾きからペンキ職工になり、兵隊に取られて上等兵候補になるものの、肋膜のせいで落第し、一等卒として出征するという経緯を辿った転落者である。仕事に誇りも期待も持っていない「意気地の無い」「虚無主義者《なまけもの》」であった。しかし同時に、「僕」は自らを「退屈な、話相手もない、兵卒の中の変り種である文学青年」と語り、社会から疎外された落ちぶれた者であると自嘲しつつ、一方で他の周囲の人間とは異なる特別な存在としての自負も抱いているのである。「文学青年」で「兵卒らしくないアタマの持主」である「僕」の眼から見た時、〈哈爾賓〉の日本の憲兵は「内地の警察」と違い、「警察式の機能、もしくは探偵能力」が絶無であるとみなされる。ここでは、探偵能力を持つ「内地の警察」と近い存在として

図10　松浦洋行から観たハルビン市内（葉書、戦前）

図11　中央寺院（北野邦雄『ハルビン点描』光画荘 1941年）

自らは自覚されており、周囲の日本兵を見下しているのである。また、「吾々日本人に取つて到底想像出来ない」「露西亜人のアタマの単調さ、退屈さ」を感じているように、「僕」は、ロシア人達にも同様に優越感をもって眺めていることがわかる。

しかし、周囲とは異なる「文学青年」であるがゆえに、「つまらない探偵趣味」についつい駆られて横領事件の真相に迫ろうとしたため事件に巻き込まれ、「僕」は傍観者から当事者へと変わらざるをえなくなっていく。「僕」の「探偵趣味」とは結局、事件を解決に導くどころか、単に身を破滅へと導くものでしかなかった。しかも、「ところが此時に限つて僕の頭は、そんな方向にチツトも転換しなかつた」「ところが此時のかうした僕の推理や想像の殆んど全部が間違つてゐた」という解説が所々で加えられているように、遺書を書いている現在の「僕」から事後的に見ると、「僕」の観察や推理は決して優れたものではなかったことがわかる。つまり、「僕」が優越感を持つ根拠となっていた、この「文学青

図12　ハルピンの埠頭区市立公園（『最新ハルビン案内』）

図13　初刊本『氷の涯』の挿絵。「僕」がニーナと屋上でもみ合う場面。

年」としてのあり方も、結局、「僕」にとっては何の役にも立たない無力なものでしかないことが、手紙を書いている現在では認識されているのである。

したがって、先にあげた〈哈爾賓〉に蠢く「スバラシイ虚無の実感」という感想は、あくまでも、傍観者であった当時の「僕」が感じた浅い認識でしかないことが、遺書を書いている現在の「僕」には自覚されているといえる。「此の事件の素晴らしい旋回力に抵抗し得なかつた僕自身の無力」とあるように、遺書では、「文学青年」であったがゆえの悲喜劇と「僕」の無力さが語られる一方で、単なる退屈な街ではなく、大惨劇を引き起こすような測り知れない〈混沌〉を抱えている〈哈爾賓〉の姿が明らかにされていくのである。そしてそうした〈混沌〉を巻き起こし、「僕」を抗い難い運命へと導いた存在として語られていくのが、銀月の女将とニーナなのである。

三、女将の独創的な建築空間

〈哈爾賓〉の「エロ」

まず注目したいのは、この作品で〈哈爾賓〉の「エロ」を体現する存在として描かれているのが、〈哈爾賓〉一流の日本料亭銀月の女将であるという点だ。横領事件の首謀者となり、オスロフ及び「僕」に無実の罪をきせる誣告文を出した黒幕で、日本軍と赤白両軍の政治闘争を手玉にとる女将の存在は、他の夢野久作作品のみならず、古典作品にもしばしば登場する毒婦に通じ、人物造形として、それ自体は特別珍しいものではない。また、長崎やウラジオストックからハルピンに来て料理屋を開業した日本人女性が先述の観光案内でも紹介されていることを考慮すれば、長崎から東京、上海を渡り歩いてきたという女将のような存在も少なくなかったことがわかる。しかし、同時代の他作品では、必ずといっていいほど、ハルピンの「エロ」は白系ロシア人女性達によって前景化され、祖国を失った白系ロシア人達の運命への憐れみと赤化への恐れや不安が綯い交ぜになって語られているのに対して、ここでは、あくまでも女将、一個人の特殊な毒婦性として提示されているのである。

具体的に女将の描かれ方を見てみると、女将は与謝野晶子や伊藤燁子といった当時において恋愛に生きた奔放な女性をさらに魅惑的に取り合わせた容貌の女性とされている。そして、「その黒い〱うるんだ瞳と、牛乳色のこまかい肌が、何とも云へない病的な、底知れぬ吸引力を持つて」「あらゆる自由自在な表情」をする恐ろしい存在として「僕」に印象づけられるのである。こうした女将の印象は、事件の真相に迫る中で、「彼女に対する僕の第一印象は誤つてゐなかつた」と「僕」によって確認され、「彼女は哈爾賓と名付くる北満の美果の核心に潜み隠れて居る一匹の美しい虫であつた。その果実の表面に、一見別々に見える巨大な病斑を描きあらはして居る……」と、〈哈爾濱〉の「美しい虫」（春秋社版では「美しい毒虫」）として、「エロ」を表象する存在となっているのである。このことは、銀月という建物の描かれ方にも通じるといえるだろう。オスロフの邸宅（日本憲兵の兵舎）が、モデルン旅館や松浦洋行、秋林洋行などをある程度参考にして造形されていただろうと予想される、ありそうな建物であるのとは異なり、「哈爾賓一流の豪華建築」である銀月の建物は、類似の建物が見つからないような、奇抜で特異な空間になっている。

銀月という建築空間

> 覚えず知らず探偵趣味を緊張させてゐるうちに、どこを何様《どう》曲つて来たものか銀月の三層楼閣がモウ向うに見えて来た。何と云ふ式か知らないが、スレート屋根の素敵に大きい、イヤに縦長い窓を矢鱈に並べたカーキ色の化粧煉瓦張りの洋館に、不思議によく似合つた日本風の軒燈。二階三階の窓硝子に垂れ籠めた水色のカーテン……そんなものが気のせゐか妙に秘密臭いシインと静まり返つて、正午下り《ひるさがり》の秋日をマトモに吸ひ込んでゐた。（略）
>
> それは実に立派な部屋であつた。（略）よく見ると夫《そ》れは印度《インド》風と支那風を折衷した、夏冬兼用の応接間であつた様に思ふ。（略）
>
> 銀月の大建築の中でも、これが哈爾賓の市中かと思はれる位もの静かな、茶室好みの粋を尽した秘密室の見事さと、調度の上品さと、それに相応しい水際だつた女将の魅力に、隙間もなく封じ籠められて居たのだ。東洋の巴里を渦巻くエロ、グロのドン底の、芳烈を極めた純日本式情緒を満喫して居たのだ。

鉄骨で造られたカーキ色の化粧煉瓦張りの洋館に、不思議によく似合つた日本風の軒燈という外装の三層楼閣で、「「莫斯科《モスコー》の洞穴」を真似た秘密の娯楽室が幾室」もある。また、印度風と支那風を折衷した応接間に茶室好みの粋を尽くし、万一に備えて床柱の中にはベルが仕掛けられた秘密室もある、和洋中印折衷の風変りな建物。そうした建物と女将の魅力が合わさって作り出されるこの銀月の空間は、まさに「東洋の巴里を渦巻くエロ、グロのドン底」が凝縮された空間であると同時に、女将流の「芳烈を極めた純日本式情緒」として再編されているとさえ、「僕」は捉えるのである。この建物が和洋中印が折衷されたものとして描かれているように、ここで表される空間は、国や人種を超越した場なのであり、この濃密な空間こそが、〈哈爾賓〉を動かしている一番の力だということが、「僕」によって暴かれていくのである。だからこそ、女将は最終的に、建物とともに「僕」によって焼失させられていくといえるだろう。女将が何のために陰謀を立てたのかということは、具体的には明らかにされていない。「冷静、透徹した頭脳を持つて変幻極まり無い当時の北満の政情の動きを予測して、銀月の経営方針と一致させる」ことで富を得る女将は、女将であるがゆえに（その毒婦性ゆえに）動いているのであり、〈哈爾賓〉で繰り広げられている政治的、思想的闘争も女将にとっては何ら大きな意味を持たない。そこでは、ハルピンが取りあげられる際に問題となる、国や人種あるいは思想や政治をめぐる闘争も陰謀を企てるための道具とされ、女将はそうした闘争を利用しながら、独自の領域《テリトリー》を思うままに創り出しているといえるだろう。

背後《うしろ》はるかに隔つた大鉄橋の左手が、大きな〱夕日の色に染まつてゐる。さうして其大光焔《くわうえん》の中心に、見紛ふ方ない銀月の雄大な鉄骨が、珊瑚のやうに美しくイルミネートされながら輝きあらはれて居るのを、ボートの背後に起つた長い〱波動が、巨大な真紅の鳥の様に、又は夕焼雲のやうに掻きまはしながら引きはえて居るのであつた。（略）銀月の女将の執念と云つてもいゝ怖ろしい運命の谷底に向つて、ニーナと二人連れで突進して居たことを、僕自身にもわからない心の底の心が直感して居た。（略）同時にかうしてグン〱と人間世界から引離されて行く自分自身のたまらない一種の淋しさが、時々刻々に倍加して行くのをヒシ〱と感じたのであつた。

女将の悪事は「僕」に暴かれ表面上は裁かれていくかのように見える。しかし、女将の毒婦性は、この事件の一因でしかなく、「僕」が探偵として女将を裁いたところで事態は終息しない。したがって、逃亡する「僕」にとって、女将は死してもなお、「僕」を恐ろしい運命の谷底に向かわせる「執念」を有するものとして健在であるかのように語られ、「僕」は身の潔白も証明できないまま女将殺しの罪状も負わされていくことになる。

結局、「僕」の探偵的解釈は先述した通り不充分なものであり、事件の全貌を明らかにするには、ニーナの説明を俟たなければならなかった。ニーナは「僕」の〈哈爾賓〉の認識の甘さを笑う。「アンタは何も知らないの。無頼漢街《ナハロカ》と、裸体踊りと、陰謀ゴツコが哈爾賓の名物だつて事をアンタは知らないで居るのよ。殺される訳がないつたつて殺される時には殺されるのが哈爾賓の風景なんだもの。だから何が何だか見当が付かなくなる筈よ。間違ひ無いのはお太陽様《てんとさま》と松花江が、毎日反対に流れて居ることだけなの。」と。「僕」がオスロフのスパイ行為だと思っていた、屋上のサボテンの暗号もニーナが恋心から起こした行動にすぎず、また、事件の真相を解く鍵として拘泥していた、ニーナの短剣が「僕」の手から奪われたことの意味も、単にニーナが上等の短剣を失うのが惜しくて取り返しただけであった。ニーナが言うように、〈哈爾賓〉で確かなこととは、「お太陽様と松花江が、毎日反対に流れて居ること」しかない。オスロフの邸宅にいる時は気づくことはなかったが、そこはどんな理屈も通じない、

図14　初刊本『氷の涯』の挿絵。燃え盛る銀月。

ある意味、理不尽な空間だったのである。そのような空間の中で、「僕」は女将にも打ち勝つことができないまま、身に覚えのない罪の犯人として、また賢い危険人物として、さらにはニーナには勇敢で正直な人間としてなど、周囲に勝手に解釈され、その「途方もない見損なひ」を笑うことも弁解することもできず、予想外の事態に陥っていくのである。もはや退屈だと思っていた〈哈爾賓〉に身を置くことすらできず、「何故あのまゝに自首して出なかつたらう」という後悔を抱きながら、「形容も想像も及ばない無鉄砲なジプシー女の、断乎たる決心に引ずられて行く、意気地の無い自分自身の兵隊姿」を見出し、「僕」は逃げ惑うことになる。〈哈爾賓〉を出奔し、日常の居場所であったオスロフの邸宅に戻れなくなり、「グン〳〵と人間世界から引離されて行く」ように感じる「僕」にとって、ニーナと共に向かう場は、自分のあるべき世界ではないのである。

四、領域《テリトリー》に囚われないニーナ

ニーナの存在

「僕」を〈哈爾賓〉から連れ出すニーナは、建築物に特別な意味を見出そうとしない人物として描かれている。作品内では、こうしたニーナの存在によってはじめて、オスロフ、

女将、「僕」の、自分の居場所に固執する姿が明瞭に写し出されていくといえるだろう。そこで、建築表象の分析という点では少し外れるが、しかし外れるがゆえに重要な意味を持つニーナの存在について、「僕」との対比のもと詳しく見ていきたい。

「コルシカ人とジプシーの混血児《あひのこ》」のニーナは、一四歳の時に、落魄した両親に売られ、ロシアのネルチンスクから上海へ、さらに無頼漢に強奪され〈哈爾賓〉に連れられてきた。そしてその際、逃げ出し、たまたま通りかかったオスロフに飛びついて「お父さん……」と出鱈目に絶叫してオスロフの養女となったという経歴を持つ。ニーナは自ら「父」を選び、自身のとりあえずの身の置きどころを確保したのである。「僕」はそのようなニーナを妖艶な女将とは異なり、「決して別嬪《べつぴん》では無い」と言い、さらには、再三「わからない」と強調する。ニーナは、女将が典型的な毒婦として「僕」に解釈されていたのとは異なり、当初から興味を持つ対象ではなかったのみならず、死を共にする最期においても、「僕」にとって意味づけできない者として、理解することが放棄されている。

性格はわからない。異人種の僕には全くわからないのだ。馬鹿々々しい話だが彼女が平生《いつも》、何を考へて居るのか、彼女の人生観がドンナものなのか、全く見当が付かないのだ。ただ是非とも僕と一緒に死に度《た》いと云ふから承知してゐるだけの事だ。

この様なニーナのあり方を考える上で、オスロフの邸宅におけるニーナの振舞い方は看過できない。ニーナは、「コツソリとお酒を飲んでは、三階の居室《ゐま》から、二階の事務室の間を、木戸御免式の自由自在に飛廻つてゐた」。また、サボテンの世話をしに、屋上へよく行くなど、ヒエラルキーが厳然としたオスロフの邸宅内でも、気にせず自由に動きまわることができる存在だったのである。

つまり、ニーナはある一つの領域《テリトリー》に囚われることがないのである。この事は、オスロフの邸宅内で退屈し違和感を覚えつつも、屋上へ行き〈哈爾賓〉を見下ろし優越感をもつことで安住していた「僕」や、自らの権力を象徴する空間を築いたオスロフ、また自分の領域《テリトリー》を守り思うがままの空間を築いた女将とは大きく異なっている。そして、だからこそ、ニーナは「僕」が想像もしなかった、モーターボートで松花江を下るという逃亡方法で、易々と国境を越えていくのである。

ハルピンを旅行した田山花袋が松花江の鉄橋に感嘆し、はるか黒龍江まで続くことに思いを馳せたように（『満鮮の行楽』大阪屋号書店、一九二四年）、また、チチハルから列車で来

図15　松花江の鉄橋（葉書、戦前）

た旅行客がハルピンの駅を出てすぐに鉄橋と松花江の賑わいを観て、ハルピンを印象深く思ったように（杉山佐七『観て来た満鮮』東京市立小石川工業学校校友会・同窓会、一九三五年）、松花江の鉄橋はハルピンという都市の境界を強く意識させるものであった（**図15**）。作品内でも、「僕」は燃え盛る銀月と鉄橋がはるかに遠ざかっていくのを見て〈哈爾賓〉を離れることを実感し、「人間世界」とは別の世界へと向かうような淋しさを覚えていた。しかし、そんな「僕」とは異なり、ニーナは逆にハバロフスクから樺太、そして日本へと逃げ込むことを思い描き、「妾《わたし》日本が見たくて〳〵たまらなかつたんだから丁度《ちやうど》い丶わ」、「何処までもアンタと一緒に行くわ」と嬉々とするのである。

　……妾は主義とか思想とか云ふものは大嫌ひだ。チツトも解らないし面白くも無い。「理屈を云ふ奴は犬猫に劣る」つて本当だわ。

　……妾には好きと嫌ひの二つしか道が無いのだ。妾は其中で好きな方の道を一直線に行くだけだわよ。

主義や思想を大嫌いと明言し、好きか嫌いかという自らの感覚だけを信じて、迷いなく自分の生き方を決めて行動するニーナは、国や人種、思想の違いを全く気にせず、そうした闘争から無関係の立場を貫いている。赤軍に加勢していたのも単にアブリコゾフが好きだったからだけで、また「僕」を助けたのも単に「僕」を好きになったからに過ぎない。ただし、ニーナが思い描く「僕」の人物像は、必ずしも正しいものではない。尋問されているオスロフの姿を「僕」が見ていたのも、ニーナが思うように決してオスロフを助けようなどと思っていたわけではないし、正直で頭がよくて「おまけにスゴイ勇気と力を持つて居る」というニーナの解釈に対して「僕」自身、「途方もない見損《みそこ》なひ」と感じている。しかし、ニーナは自分の解釈が間違っていたからといって後悔することはない。「生命《いのち》がけの男らしい仕事」をしていると信じきっていたアブリコゾフが、実は「意気地なしの襤褸《ぼろ》男」だと知ると、すぐに愛想を尽かしてしまうだけなのである。

埋まらない二人の溝

ところで、初出から初刊への改稿で大きく加筆された部分として、〈哈爾賓〉を離れて、ボートから降りた二人が明け方に朝食をとる場面がある。以下、加筆部分を簡単に説明するが、ここでも二人の関係性がよくわかるように書かれている。

食事の最中、ウオッカを飲みながらニーナは、赤軍に復讐するために、日本軍へ赤軍のスパイ網を教える手紙を書くと息巻く。しかし、「色々な残念さ、面目なさ、相済まなさに」後悔でいっぱいで、「正直のところ其時の僕に取つては、そんな事はドウでもよかつたのであつた」。さらに「僕」が横になってゴロゴロしていると、通りがかった船に手紙を投げ込んできたニーナは、その顛末を滔々と話すが、「僕」は「話しかけるニーナの声を夢うつゝの様に聞きながら、酒臭い彼女の身体を毛布の下に抱き寄せたのであつた」。

ここでは、ニーナと「僕」の気持ちのすれ違いが明確に表されている一方で、抗い難い力に引っ張られるかのように、「夢うつゝ」の状態では、「僕」はどこかニーナに引き寄せられてもいることがわかる。しかし、それはあくまでも「夢うつゝ」の状態でしかない。二人のすれ違いは放置されたままなのである。

このように、「僕」とニーナの間には埋めることができない深い溝がある。しかも、この溝は、二人で氷の涯へ向かうこと――夜中にウィスキーを飲みながら橇に乗り、凍結した海の上を滑ってどこまでもどこまでも走るという「ステキな死に方」――を決めてからも結局、埋まることがない。ニーナからこの死に方を聞いた時、「僕」は、「今の今迄ドンナ音楽を聞いても感じ得なかつた興奮」を感じる。「僕の生命の底の底を流るゝ僕のホンタウの生命の流れを発見」し、「全然生れ変つた様な僕自身の心臓の鼓動」を活き活きと感じたのである。しかし、氷の涯を目指すことを決めた後の二人の行動の違いは決定的だ。ニーナが必要なものを買い、ウィスキーを入れるためのハンドバックを編むなど、すぐに実質的な準備を始めるのに対して、「僕」は一心不乱に、この遺書を日本の友である「君」に書き出す。特に作品末尾の次の文章は象徴的だろう。

大抵の者は途中で酔ひが醒めて帰つて来るさうである。又年寄りの馬はカンがいゝから、橇《トロイカ》の上の人間が眠ると、直ぐに陸の方へ引返して来るさうで、その為に折角苦心して極楽往生を願つた脱獄囚が、モトの牢屋のタヽキの上で眼を醒ました事があるといふ。

「……しかしアンタと二人なら大丈夫よ」

　と云つて彼女が笑つたから僕は此のペンを止めて睨み付けた。

「若し氷が日本まで続いて居たらドウスル……」

　と云つたら彼女は編棒をゴチヤ〳〵にして笑ひこけた。

　初出で「アンタなら大丈夫よ」とあったのが初刊の段階で「アンタと二人なら大丈夫よ」に変更されたことで、ニーナの「何処までもアンタと一緒に行くわ」という気持ちが、逃げた時から一貫して変わっていないことがより強調される形となっている。ニーナはたとえそこが「死」であっても、「僕」と一緒に行くことができればいいと思っているのである。

　しかし、「僕」の意識は常に祖国である日本や日本にいる「君」に向かっている。しかも「君」が、「僕」を惜しがってくれるだろう人物として設定されているように、「僕」の夢想する日本は、〈本当の〉自分を理解し受け入れてくれる人間のいる場なのである。だから「僕」は「君」に向けて自分の無実を訴えずにはいられないのである。もちろん「僕」のそんな思いはニーナにとっては理解不能である。「日本まで続いて居たらドウスル……」という「僕」の複雑な思いは、ニーナに笑い飛ばされてしまうのだ。

　先行論の多くは、ニーナと「僕」の二人を一組のカップルと捉えている。例えば、氷の涯を目指す二人の姿に久作の国境を超える夢が描かれるという指摘（鶴見俊輔『夢野久作——迷宮の住人』リブロポート、一九八九年）や、日本の国境拡大の願望を逆なでする「逆理想郷」を表しているという解釈（田中益三『法政大学大学院紀要』一九九一年三月）、あるいは、二人とも結局どこにも行き場がなく国境を超えることができないという絶望が描かれているという解釈（西原和海「解題」『夢野久作全集6』ちくま文庫、一九九二年）がされている。いずれも久作の思想を考える上で興味深い指摘であるが、しかし、むしろ作品内では、二人の差異こそが明らかにされているのではないか。そしてそうであるからこそいっそう祖国あるいは国家そのものから自由になれず束縛される「僕」の姿が鮮明に浮かび上がってくるといえるのである。

おわりに

最後に、作品が一九三三年に発表された意味を考えておきたい。

先述した通り、作品発表時は、満洲事変や「満洲国」の成立を経ており、「満洲国」の整備に力が入れられハルピンが注目されていた時期であると同時に、シベリア出兵の記憶も呼び起こされていた時でもあった。

シベリア出兵は、一九三三年段階では既に失敗であったと捉えられており、満洲事変の出兵に重ねられる形で想起されていた。例えば、一九三二年に書かれた『渡航案内（移民講座　第六巻）』（日本植民協会編、東方書院、一九三二年）では、シベリア出兵に対して「十億円近くの金を使つて、ロシヤの反感を買ひ且つ排日気分を醸成しただけで、何等の効がなかつた」と断言されており、また満洲事変の際には、世間ではこの事変をシベリア出兵と同一視する人が多いが、両者の性質は根本的に異なることを「了得」するよう促す陸軍相の発言（「軍人家族の救済遺憾なきを期せ」『東京朝日新聞』一九三二年三月四日）が紹介されていた。

「何等の効」もなかったシベリア出兵の記憶が呼び起こされる背後には、満洲事変後の、出兵に対する人びとの不安が渦巻いていたのである。そもそもシベリア出兵へ行ったこと自体が「僕」の悲喜劇の始まりだったとすれば、事変後の混乱を生きる作品発表当時の読者にとって「僕」の悲喜劇は、全く無関係のものではなかったはずだ。「戦時状態の大渦紋の中では種々《いろく》な間違ひが起り易」く、「次から次に忘れられて、闇から闇へと葬られて行き易い」という「僕」の言葉は、他人事には思えないものとして読者に捉えられたであろう。

そのような中で、「氷の涯」では、ハルピンの建築表象を巧みに使いながら、オスロフ、銀月の女将、「僕」、そしてニーナの四人の人物のあり様を「僕」の視点で描き出し、〈哈爾賓〉という都市の〈混沌〉の様相を提示していた。オスロフの邸宅内で傍観者として俯瞰的に〈哈爾賓〉を眺めていた「僕」は、今まで体験したこともなかった銀月の空間に入り、理不尽な〈哈爾賓〉を身をもって知る羽目に陥る。そして身の置き所を失うことで、自らの居場所を「今」ここにない祖国に求めていくのである。「僕」のこのようなあり方は、オスロフや銀月の女将、とりわけニーナと対置される形で浮き彫りにされている。

自らの権力を印象づける建築物を有していたオスロフとも、国や人種など気にしていないものの自らの領域《テリトリー》として自分の徴を刻む建築空間を創造した女将とも異なり、また「僕」のように自らの帰属先として祖国を夢想してしまうのとも異なり、建築空間をはじめ、あらゆる領域《テリトリー》に囚われないニーナのみが、自由に易々と境界を超えて行けるのである。

一九三三年には、ハルピンのモストワヤ街でも四階建の高岡ビルが新築され、その後も近代的ビルディングが作られていくなど、銀行、大会社が立ち並ぶようになっていく。「満洲国」という国が創られ、新築もしくはロシアが造った建物を改築した建築物を日本が手掛けるようになっていく時代状況の中で、建築空間をものともせず、ひたすら氷の涯を目指すニーナの存在は異彩を放つ。しかしニーナのように生きることができないことはもはや自明のことでもあっただろう。

むしろ「氷の涯」という作品は、虚構の都市〈哈爾賓〉を構成する建築物と、そうした建築物と人との関わり方を提示することで、遁れられない理不尽な〈混沌〉の中に身を置かざるをえないかもしれない不安を、ひそやかに呼び起こそうとしていたのではないか。

付記　本文の引用に際し、旧字は新字に改め、ふり仮名は適宜省略した。

資料調査に際し、杉山満丸氏および福岡県立図書館杉山文庫にご協力頂いた。心から感謝申し上げます。

オフィスビル

◎文学の建築空間◎

都会に人口が集中し、住宅難、営業所難となっていく中で、立体的にオフィスを並べた摩天楼が屹立する。――ニューヨークのウォール街、ロンドンのロンバード街、そして日本における丸の内など、ビジネスセンターに建ち並ぶビルディングは、まさに資本主義下における富の集積の象徴であった。

日本で最初のオフィスビル、赤煉瓦の三菱一号館が竣工されたのは一八九四年であり、その後のオフィス街の拡大を見て、人はそこを「一丁倫敦《ロンドン》」と呼んだ。そして、一九二三年に初の本格的な近代的オフィスビルである丸の内ビルディング（丸ビル）が、東京駅の正面角地に、角を丸く収めたデザインで建てられる。明治以来の洋風建築では、角地に立つ建物は、その角の部分を強調するデザインが一般的であったが、すでに都心には洋風ビルが数多く建っていたため、丸ビルは、むしろあえて、あまり角を強調しないデザインをとったといわれている。また、この時、初めてのスティームハンマーによる杭打ち、容量の大きいコンクリートミキサーの使用など、フラー社により本格的なアメリカの建築技術がもたらされ、驚くほどの速さで建設された。しかし関東大震災により丸ビルの鉄骨はガタガタになり、以後鉄骨造から鉄筋コンクリート造の都市建築が全面的に普及していく。

池谷信三郎は「ビルデイング風景」（一九二八）で、商店の並ぶアーケードや、昼食時に食堂に入る社員たちの姿を取りあげ、丸ビル内の賑わいを描いた。ただし、ビル内で勤務する人びとにとって、そこは「他人の為にする生活」の場であり、彼らが自分の家庭へと帰っていくことも池谷は見落としてはいない。「閉社時のビルデイングの出口位、力強い生活力を感じる所はないであらう。一日の無味な仕事、他人の為の生活から解放された時、人々は深く自らの生活を顕るであらう。」と言い、そこに集う人びとの閉塞したあり方を、またその閉鎖的な空間を「檻」に喩えた。

池谷はまた、空へまっすぐ向かうオフィスビルの直線の美を称賛してもいた。しかし聳え立つ高層ビル同士の狭間には暗い空間ができ、不気味さも漂わせている。丸の内にあるビルディングで起きた事件が語られる、江戸川乱歩は「目羅博士の不思議な犯罪」（一九三一）で、この暗い空間を「文明の作った幽谷」と呼び、コナン・ドイルの「恐怖の谷」に喩える。また、「大抵は昼間だけのオフィスで、夜は皆帰ってしまいます。昼間賑かなだけに、夜の淋しさといったらありません」とあるように、昼間の活気とは裏腹に夜は無人となるオフィスビルならではの怖さも提示していた。そして、「お互に殺風景な、コンクリート丸出しの、窓のある断崖」のような二つのビルの背面が、寸分違わぬ構造で存在しているところから、不思議な事件が起きるのである。

　富の集積を象徴する摩天楼は、昼の顔と夜の顔が大きく異なる。この落差こそが、オフィスビルならではの風景だといってよいだろう。

図1　丸の内ビルディング（冨山房編『丸ノ内今と昔』冨山房 1941年）

図2　丸の内三菱第一号館（コンドル博士記念表彰会編『コンドル博士遺作集』1931年）

参考文献

竹松良明編『丸の内ビジネスセンター（コレクション・モダン都市６）』（ゆまに書房、二〇〇五年）

鈴木博之『日本の地霊《ゲニウス・ロキ》』（講談社現代新書、一九九九年）

（西川貴子）

百貨店

百貨店は、一八五〇年代のパリにおいて誕生したとされるが、日本では、一九〇四年の三越呉服店の広告に「米国に行はるゝデパートメントストーアの一部を実現可致候事」と見られるのが始まりとされている。それまでの座売り方式から陳列販売方式へと転換したのをこのように表現したのであるが、博覧会や勧工場での消費を中心とした都市文化の視覚体験を室内に移行させたものであった。以後、百貨店は流行を生み出し、その発信と更新を客の視線の交じり合う祝祭空間において展開する場として発展していく。

こうした消費をめぐる欲動は百貨店を訪れた室内の客のみに留まらない。ほどなく設けられたショーウィンドーは、百貨店によって生み出された新たな体験を再び室外へと環流させ、都市そのものを変質させる契機となった。

谷崎潤一郎「青い花」（一九二二）には、ショーウィンドー越しに与えられた商品が、銀座通りを行き交う人々の眼差しに捉えられていく様が描き出されている。都市空間から室内に持ち込まれ展示された商品が、逆に百貨店外部に拡がってゆく状況が扱われているのである。

百貨店とは、都市に満ちていた消費対象を室内空間に圧縮し常設化した現象ということができるのだが、同時にそれは、都市内部におけるビルディングという高層化、巨大化した百貨店建築の特性の上に成立したものにほかならない。モダニズム期において、消費行動の起点となったこの新たな文化社会現象を空間表象と交差させて文学表現に取り入れる試みが見られるようになる。

例えば、横光利一「七階の運動」（一九二七）は、多種多様な商品によって構成された室内空間に排出された「人波」が「紙幣の群れ」と表され、その中をエレベーターで上下に移動する作中人物の身体感覚が扱われている。ここでは、百貨店内にいる女性たちに対する意識が、陳列化・平準化した商品に対する欲望に重ねて表されているのだ。また、吉行エイスケ「女百貨店」（一九三〇）は、必ずしも百貨店そのものが舞台になっているわけではないが、マネキンに群がる男たちの欲望の様が、「百貨店」に陳列された商品に対する意識になぞらえられている。

これらモダニズム小説の中でも、百貨店体験を小説表現そのものにおいて実践した試みが伊藤整「M百貨店」（一九三一）である。この作品は、G街にある七階建てのM百貨店内部を舞台とした四章構成の短編だが、各章ごとに視点人物を交替させながら、作中人物相互の視線と性的欲望が交差する様が描き出されている。学生の草野が友人の妻である女優キリ子と出会い、彼女の買い物につき合って百貨店の中を歩きまわり、その様を俳優の鹿山が偶然に見かけキリ子も気づくが、何ごとも起きないままバスで帰る草野を見送るといった内容である。

　これだけの筋が、百貨店特有の陳列された商品と人ごみ、そして、その空間的特性の交わりにおいて語られている。例えば、最初の章の視点人物である草野は、商品を手にして「売娘」と言葉を交わすキリ子を眼差しながら、彼女に対する想いを断片的に列挙しつつ独白する。その過程も「階段がジグザグに上方へ、五階、六階、七階と連なつてゐる」空間との表現上の重なりの上に配置されるかのように表されている。百貨店の開放的な消費空間においては、そこに集う人間も商品も、欲望に満ちた視線において物象化・平準化して捉えられる対象となるのである。そうした視覚の交差する様が、視点人物の交替とそれぞれ（　）で示された内的独白によって表され、展開されているのだ。

　ここでは、都市を取り込みつつ、同時に都市を組み換えるに至った百貨店という装置が、ストーリーと叙述方法の絡み合いの裡に機能しているのである。

図1　関東大震災後に復興完成した三越呉服店本店（1927年4月）

図2　三越呉服店に陳列された商品の売場（1931年ごろ）

参考文献

中村三春『修辞的モダニズム――テクスト様式論の試み』（ひつじ書房、二〇〇六年）
吉見俊哉『視覚都市の地政学――まなざしとしての近代』（岩波書店、二〇一六年）

（日高佳紀）

銀行

近代日本初期の銀行建築は、コンドルに学んだ東京帝国大学卒業生がしのぎを削り合ったものであった。国が主導した初めての本格的建築物である日本銀行は、コンドルの流れであるイギリス建築様式を受け継いだ辰野金吾の設計により、一八九六年に竣工した。それに対して、同門ながら辰野とは別の道を歩んでいた妻木頼黄は、その対抗心を感じさせるドイツ建築様式の横浜正金銀行を一九〇四年に完成させた。

その合間である一九〇〇年、イギリス・ロンドンに建築された英国銀行(BANK OF ENGLAND)は、世界の銀行建築の様式を方向づけた。世界金融界の頂点に立っていた英国銀行本店には人々の注目が集まっていたが、このとき選ばれた意匠はギリシャ風神殿造りであった。ギリシャの神官が農民らに金を貸して金利を得たことが銀行のはじまりであるという記録に由来したデザインであるが、その後、世界中の銀行建築様式には、ギリシャ風神殿造りが多く選ばれていく。明治末以降の日本の銀行建築もまた同様であった。

文学作品に描き出される銀行は、非常時の姿である。その多くは、銀行強盗という犯罪遂行の物語であるが、ギリシャ風神殿造りの銀行建築の荘厳さは、それを打ち破る事件のドラマ性を高めるものであるだろう。だが、銀行をめぐる事件は犯罪ばかりではない。

伊藤永之介は一九二七年三月の東京渡辺銀行破綻をモデルに「恐慌」(一九二九)を描いた。『あかにし銀行』入口のいかめしいポーチの下はギツシリ人で埋つてゐた」と描き出される冒頭部は、ゆらぎのない建築のサファードと、その下での人々の動揺の対照性が際立つ。東京渡辺銀行をモデルとした「あかにし銀行」は、破綻後、大財閥の「三重銀行」に吸収されるが、この銀行間の格差は、建築物の差異を通しても描きだされている。

「三重銀行」の「豪壮な円柱を林立させ」「傲然と臨んでゐ」る建築は、「日本の資本主義経済に於ける決定的な優勝を誇らかに表現するもの」と意味づけられているが、これは、一九二九年に竣工した三井本館がモデルであると考えてよい。

三井本館は、トロゥブリッジ&リヴィングストン事務所が設計し、ジェームズ・スチュワート社が施工、建築材料の全てをアメリカから輸入し建築されたものであった。コリント式の列柱が並ぶギリシャ様式の外観が目をひくが、モズラーの重量五〇トンにも及ぶ金庫扉は、日本橋を渡ることが出来なかったために、舟で運ばれるなど、話題を集めたものであった。

図1　三井本館（1929年）

図2　日本銀行（1896年）

「恐慌」の中には「鉄筋コンクリートの内部に二重三重の鉄筋板を張り巡らしてその厚さが一五寸」あるという金庫室の描写とともに、さらなる防火対策を物語る描写がある。終業時間になると、「地下室の大金庫の四方に渓流のやうな音をたてて水の流れ込む音が、地下室の何処の隅に居るものの耳にも響いて来た」というように、潜航艇のような構造が取られたという、この建築物の生きた音を伝えているのだ。それは、大財閥銀行のゆらぎのなさを伝えるものであり、地下金庫には、破綻した銀行から続々と紙幣が運び込まれていく。だが、その結果起きたのは、「あかにし銀行」に尽くしてきた営業主任・酒詰二六の、絶望からの自死であり、査定の変更による人々の困窮であった。強力な資本の動きが弱者を飲み込んでいくことの告発は、徳永直「銀行合併」（一九三一年）にも見ることができる。

参考文献

三井本館記念編集委員会『三井本館』（三井不動産、一九八九年）

澤井司郎『明治・大正・昭和戦前の日本の銀行建築の歩み』（富士精工株式会社、一九九一年）

山崎博『昭和恐慌』（新人物往来社、一九八九年）

（笹尾佳代）

アパートメント

日本においてアパートメント（中層集合住宅）という建築形式は、関東大震災後の復興の過程で普及した。内務省主導のもと財団法人同潤会が義捐金を財源として建設したいわゆる同潤会アパートは、その象徴的な存在である。内田祥三《よしかず》設計の中之郷アパートメント（一九二六）を皮切りに、震災直後から各所で建設が進められ、一九三〇年ごろまでに陸続と竣工していった。東京市内で計一三ヶ所、戸数にして二二二五戸にのぼる。一九一〇年代にいくつか建設された「蜂窩」と呼ばれた木造の集合住宅に比べて、震災復興期に大規模に普及した鉄筋コンクリート造のアパートメントは、耐火性や耐震性といった構造的側面もさることながら、そのコンクリートの無機質な外観が、都市景観の一新を人々に印象づけただろう。それは、一九三〇年に皇居二重橋前で挙行された帝都復興祭と並ぶ、帝都復興のシンボルだった。

ただし、この鉄筋コンクリート造のアパートメントは当時の文学において、かならずしも「空にそびゆるビルジング」（「復興行進曲」北原白秋＝詩、山田耕筰＝曲、一九三〇）と唱和されたような澄明な建築物としては描かれていない。たとえば、坂口安吾の「小さな部屋」（一九三三）には、「石」のアパートメントが不可解で閉鎖的な建築物として描かれている。（この「石」という建材の表記は鉄筋コンクリートを指すと考えていい。関東大震災以降、石や煉瓦を積み上げただけのいわゆる組積造は、実質的には建築構造としてほとんど採用されなくなっている。地震の横揺れに耐えられないからだ。一九二三年九月一日以降に建設された耐震建築は、表面仕上げが石造や煉瓦造のように見せることはあるかもしれないが、構造は、石（セメントと骨材の混合物＝混凝土《コンクリート》）の内部に軸材の鉄筋を通して水平荷重への耐性を高めた、鉄筋コンクリート造である。当時の文学には、「人造石」という表記で鉄筋コンクリートを指す用例も散見される。）「石」で造られた「ひつそりした高台のアパート」に住む小笠原のもとへ、恋敵であり友人でもある韮山《にらやま》痴川が訪れる場面。夜道から「三階の小笠原の部屋」の「明り」を見て以来、痴川は「なんだかわけが分らなくなつて」錯乱しはじめる。朦朧として「二足三足するうちに、小つちやい門燈に寒々と照らし出された石の戸口をそつと押して身体が内側へ這入つてしまつた」（傍点引用者）。そのまま進むと「石の廊下をコツコツ鳴らす跫音《あしおと》が際立たしく顳顬《こめかみ》へ飛び込んできて、その静かさがむやみに神経を刺戟したが、時に何処からとも知れない光が階段の途中あたりで顔に流れかかつてきて、だんだん気が遠くなるやうであつた」。痴川の身体感覚や精神は、この「石」の建築物によって失調をきたしている。だから、この「アパート」の「部屋」で小笠原は、「百の内省も一行の行為の前では零に等しい」と言い放つのだ。しかも、その「行為」すら自分の意志ではままならないから、彼は「部屋」を離れて自殺することになる。奥野健男は「小さな部屋」を、「ただ心理の力学としてのみ表現され」た「心理劇」と評した（「解説」『定本 坂口安吾全集 第一巻』一九六八）が、それでは震災後の鉄筋コンクリート造アパートメントを「ちっぽけな檻」（＝「小さな部屋」）として表象したこのテクストの批評性を見落とすことになるのではないか。

図1　内田祥三《中之郷アパートメント》外観（マルク・ブルディエ『同潤会アパート原景』）

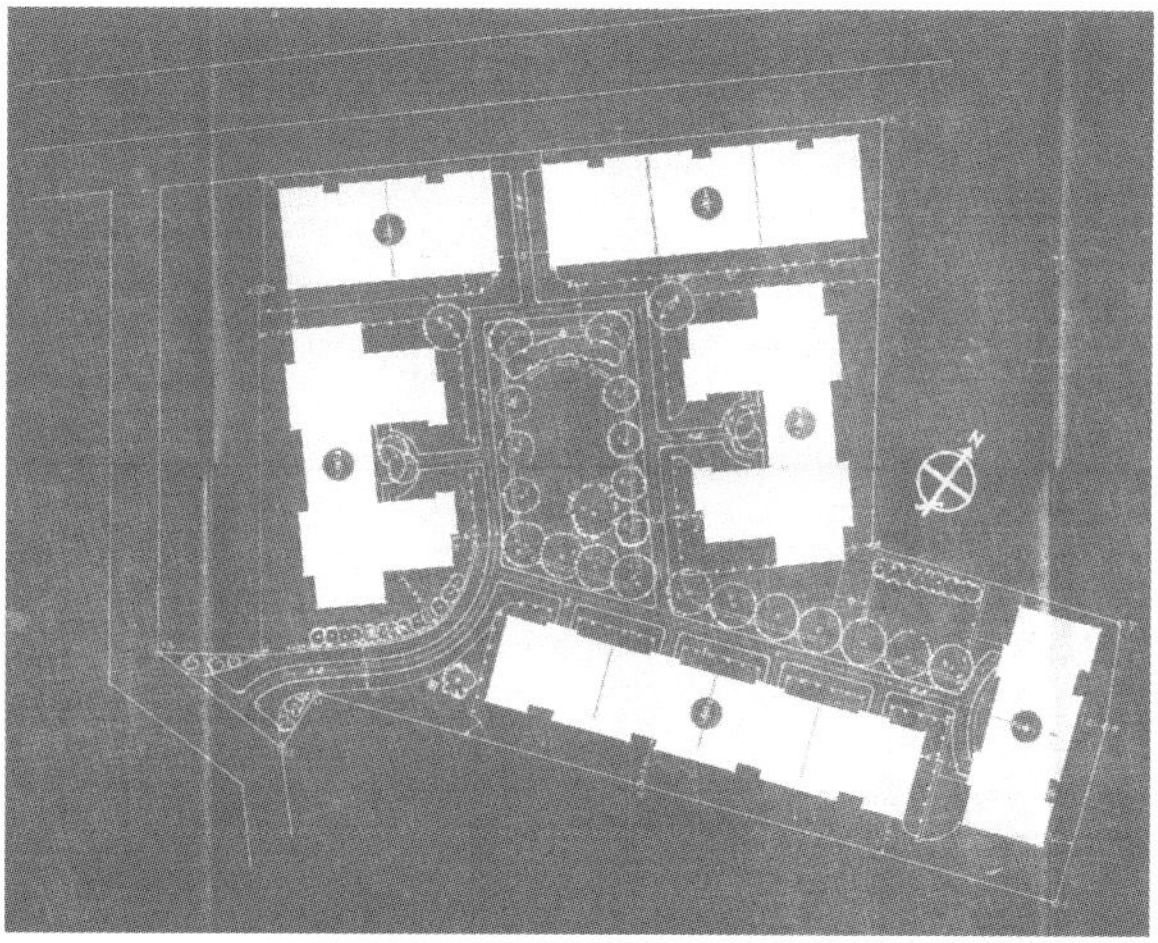

図2　内田祥三《中之郷アパートメント》配置図（マルク・ブルディエ『同潤会アパート原景』）

参考文献

マルク・ブルディエ『同潤会アパート原景　日本建築史における役割』（星雲社、一九九二年）

武田信明『〈個室〉と〈まなざし〉　菊富士ホテルから見る「大正」空間』（講談社、一九九五年）

（高木　彬）

劇場

劇場空間の変容は、演劇改革と、諸外国の賓客にふさわしい文化の迎賓館をという外交上の要望によって進行した。国立劇場設立も構想されるが実現には至らず、新劇場の設置は、政財官界の実力者たちの主導によって進められた。一九一一年の帝国劇場開場時に式辞を述べた渋沢栄一は、賛助者として伊藤博文、西園寺公望、林董の名をあげているが、その完成は、一八八六年以来の演劇改良運動と、政界・実業界の切願の成就を意味していた。

建築家は、電灯を導入した久松座（一八九三、のちの明治座）や、初めての洋風劇場である有楽座（一九〇八）をすでに手がけていた横河民輔である。横河は、アメリカ留学中に触れたアメリカンボザール――フランスのボザール（国立美術学校）の系譜を汲むアメリカンルネッサンス様式――を受け、帝国劇場をルネッサンス風様式に仕上げた。白亜の殿堂と形容されたこの建物は、土台が御影石、外装は白色の備前伊部の装飾レンガ、要所にはイタリア産大理石が使われていた。

地上三階、地下二階の五階建て、一階から四階までの一七〇二席の観客席は全てが椅子席とされ、その椅子に番号を付して場所を明示するという方式がとられた。山陽電鉄会社を経て劇場総責任者となった西野恵之助の、鉄道サービスを応用したアイデアであった。

この新しい文化の場に大勢の人々が訪れ、話題となっていたことは多くの文学作品からも窺うことができる。帝劇の廊下で見かけた、帝劇の廊下で会って以来、といった描写は常套的なものといえるだろう。それは、売店が建ち並ぶ廊下が幕間の娯楽であったためでもあるが、劇場は、そこを訪れる人をも見る／見られるという関係の中に巻き込んでいたようである。

例えば谷崎潤一郎「痴人の愛」（一九二四～二五）のナオミが、お気に入りの「突飛な裁ち方」の「繻子の袷と対の羽織」を着て出かける先は、劇場であった。「ぎらぎらした眩しい地質の衣裳をきらめかしながら、有楽座や帝劇の廊下を歩くと、誰でも彼女を振返って見ないものは」なく、「女優かしら？」「混血児《あいのこ》かしら？」というささやきを耳にしながら、ナオミは「得意そうにわざとそこいらをうろつ」く。

　人々が注意深くナオミを見つめる理由は、突飛な服装のためばかりではなかったようだ。当時、場内で販売されたプログラムの裏面には、芝居の感想を記す欄と並んで、「場内で見掛けた有名人」の記録欄があった。舞台ではなく、劇場内で見掛けた人々を記録するものであり、思いがけない有名人との遭遇への期待から、広く劇場内に注意が払われていたことがわかる。つまり、ナオミを捉えているのは劇場空間が生み出したまなざしなのである。

　こうした特質を顕著に描き出しているのは、芥川龍之介「カルメン」（一九二六）であろう。ロシアのグランド・オペラの女優、イイナ・ブルスカアヤ扮するカルメンを楽しみに帝劇に出かけた「僕」は、舞台にイイナが立っていないことに気づく。その理由は、ロシア革命後に来日したイイナを追いかけてきた侯爵が、舞台の前夜に、イイナがアメリカ人男性の世話になっていることを知って自ら命を絶ったためだという。しかし、そのイイナを含んだ五、六人の外国人が、向こう正面のボックス席にあらわれたのに気づいた「僕」は、劇の間中、舞台ではなくその客席を見つめ続ける。

　舞台上だけではない、ドラマが始まりそうな場所。それが、劇場であった。

図1　帝国劇場　1911年（『帝国劇場写真帖』1911年）

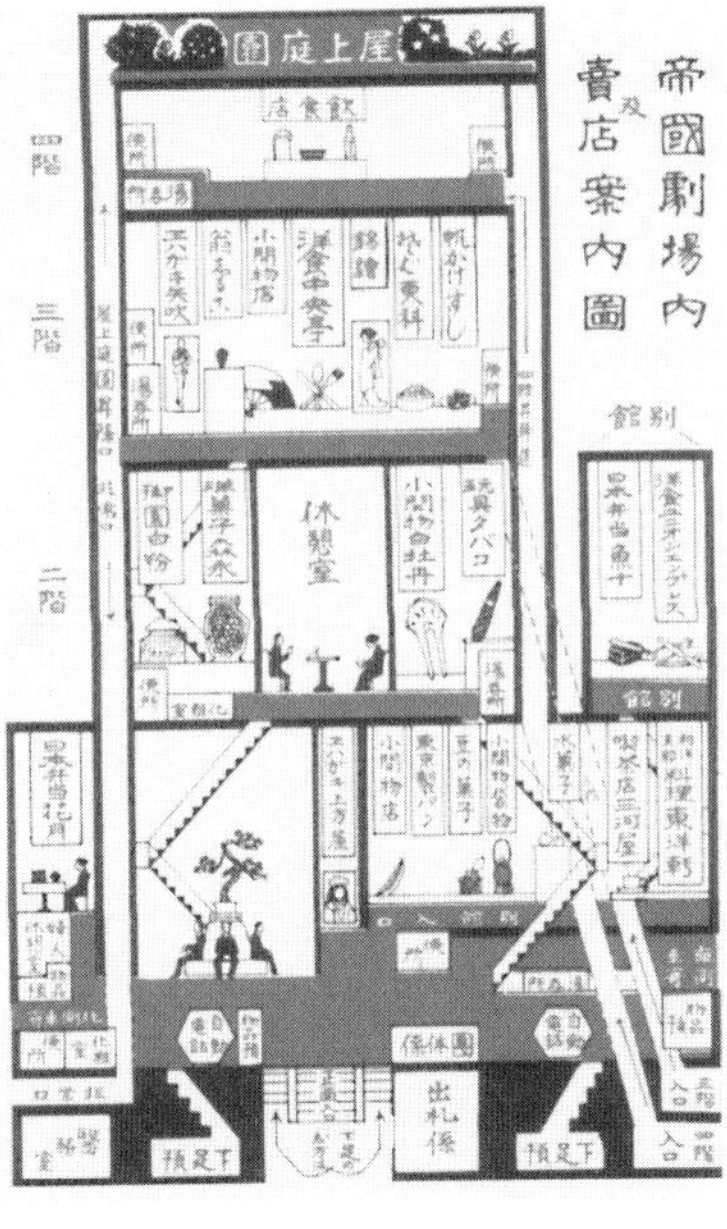

図2　帝国劇場内売店案内図　1924年（『帝国劇場ワンダーランド』2011年）

参考文献
嶺隆『帝国劇場開幕「今日は帝劇　明日は三越」』（中公新書、一九九六年）
東宝株式会社　演劇部発行・監修『帝劇ワンダーランド』（ぴあ株式会社、二〇一一年）

（笹尾佳代）

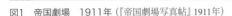

美術館

美術館制度は王侯貴族のプライベート・コレクション公開のために誕生した。かくてルーブル宮は美術館へ転用された。その後、専用の美術館建築が建設され始める。それは、一八世紀末の西洋において〈芸術〉概念とともに形成されたアカデミーの権威と、同時期に台頭した〈国家〉意識をファサードに可視化する、〝文化の殿堂〟であった。

一方、そうした権威からの独立《アンデパンダン》を志向した一九世紀末以降の芸術は、権威的な様式や装飾からの離陸を美術館建築に求めた。ル・コルビュジエやミース・ファン・デル・ローエらのモダニズムは、鉄とガラスとコンクリートによって美術館を滑らかな均質空間へと還元した。その象徴的な例が、ニューヨーク近代美術館（一九二九）が採用したニュートラルな展示空間、いわゆる〝白い立方体《ホワイト・キューブ》〟である。

美術館が〈芸術〉概念とともに日本に移入されたとき、官僚や建築家が参照したのは〝文化の殿堂〟の方だった。日本初の美術館は、第二回内国勧業博覧会（上野、一八八一）の展示館《パビリオン》として建てられた。ジョサイア・コンドル設計の様式を備え、その後帝国博物館（一八八九）、東京帝室博物館（一九〇〇）と改称されたが、関東大震災によって倒壊。公募コンペ（一九三一）を経て、帝冠様式（洋風建築に和風屋根をかけた折衷様式）で再建（一九三七）された（現在の東京国立博物館。なお、当時の収蔵品の大半は古美術であり、博物館との名称的区別は曖昧だった）。内国博から帝冠様式まで、当時の美術館は〈国家〉を内外へ顕示するシンボルだった。

江戸川乱歩のテクストには、しばしばこの東京帝室博物館が現れる。しかし「陰獣」（一九二八）冒頭の「上野の帝室博物館」は、震災で煉瓦が崩れ廃墟と化した同時期の帝室博物館の反映か、「薄暗くガランとし」て「人気《ひとけ》がない」。「陳列棚の大きなガラス」に映る女の顔は「モナリザの不思議な微笑」を浮かべる。まるでルーブルの亡霊のように。「盲獣」（一九三一）にも、やはり「恐ろしい様な静けさ」の「上野公園の美術館」が現れる。一方で、その「異国の廃墟」のような展示彫刻を撫でる「盲人」は、人体の「触覚美」をパーツごとにコレクションした〝触覚の美術館〟を、東京の地中に埋設する。こうした、廃墟となった上野の〝殿堂〟に地中美術館を対置する構図は、続く「黒蜥蜴」(一九三四)や「怪人二十面相」(一九三六)で鮮明になる。いずれの怪盗も、「コンクリート」と「ガラス」による無機質な「地底美術館」を設計する。ファサードの権威性そのものを無効化する「地底」。そこに「国家を相手にして」簒奪した「帝国《ママ》博物館の沢山の宝物」が収められる。

　こうした乱歩のテクストの〝オルタナティヴな美術館〟は、明らかに、アカデミーへの離反を掲げてファサードや展示室から装飾を削ぎ落とした同時代のモダニズムの理念に近い。コルビュジエに師事した前川國男は、地震で崩れ去った帝室博物館の再建コンペに応募する際、「日本趣味ヲ基調トスル東洋式」という募集規程にもかかわらず、あえてコンクリートとガラスのモダニズムによってそれに応じ、そして予定通り落選した。そうした〝ヒロイックな敗戦〟を演ずるための前川の「帝室博物館コンペ案」(一九三一)は、乱歩のアンチヒーローたちが設計した地中美術館とともに、美術館が〈国家〉の象徴でしかありえなかった当時の日本における不可能な代替案として、紙上に建設されたのである。

図1　ジョサイア・コンドル《東京国立博物館・旧本館》(玉井哲雄編『よみがえる明治の東京　東京十五区写真集』角川書店 1992年)

図2　前川國男《帝室博物館コンペ案》(酒井忠康監修『美術館と建築』)

参考文献

磯崎新『造物主議論』(鹿島出版会、一九九六年)

酒井忠康 監修『美術館と建築』(青幻舎、二〇一三年)

(高木　彬)

ホテル

日本でホテルが建てられ始めるのは、開国後、欧米から来日する人が増えてきてからであった。ホテルは単なる宿泊施設に留まらず、社交場としての機能も持つ。当初は、欧米からの訪問者と接する社交場となり、西洋文化を受け入れる窓口として隆盛をむかえるようになる。その中でも最も有名なのが帝国ホテルである。一八九〇年に落成した帝国ホテルは、三層の木造煉瓦造で、ドイツ風のネオ・ルネサンス様式の外観であった。さらに、その後、フランク・ロイド・ライトが設計し、一九二三年に落成した帝国ホテルの新館は、モダン都市・東京の顔として有名となる。鉄筋コンクリートおよび煉瓦コンクリート構造で、壁は大谷石と煉瓦で意匠を凝らした建造物。鳥が翼を広げたような外観の構造と、堂々たる大宴会場などから、〝東洋第一流のホテル〟とも言われた。

また、ホテルが旅行客の増加や交通の発達と関わっていることから、鉄道会社がホテルを経営する例も現れ始める。南満州鉄道会社（満鉄）は、大連、旅順、長春、奉天、星ヶ浦などの旧満州の各地に次々とヤマトホテルを開業した。特にいち早く新たに建設した長春のヤマトホテルは日露交渉の場であると同時に、長春における社交場でもあった。アール・ヌーヴォー様式を主体とした和洋折衷や華洋折衷の意匠は、満鉄や日本の威信を示す上で恰好のものだったといえよう。

ただし、ホテルという場で人びとが感じとったのは、こうした社交の場としての華々しさや、近代化の象徴というものだけではなかった。芥川龍之介「たね子の憂鬱」（一九二七）は、帝国ホテルで行われる披露宴に出席することになった、たね子が、病的なまで洋食の食べ方を気にする姿が描かれている。たね子が帝国ホテルに初めて足を踏み入れた様子は、「たね子は紋服を着た夫を、前に狭い階段を登りながら、大屋《ママ》石や煉瓦を用ひた内部に何か無気味に近いものを感じた。のみならず壁を伝はつて走る、大きい一匹の鼠さへ感じた」と語られている。披露宴の華々しい宴会場、そして大谷石と煉瓦造という、帝国ホテル特有のモダンな意匠は、「鼠」の幻想を見せるまでに、たね子の神経を圧迫する。芥川は「歯車」（一九二七）でも、知り合いの結婚式の披露宴に出席し、その後、宿泊したホテルの個室で恐怖や不安に苛まれる「僕」の姿を描いている。「歯車」における「僕」の恐怖や不安は、もちろんホテルによってのみもたらされたものではないが、しかし、ホテルという空間が「僕」の恐怖や不安を助長していることは間違いない。

萩原朔太郎は、ホテルを「徹底的に近代的で、時代の個人主義の思想と一致した」ものとして捉え、次のような発言をしている。

「ボーイに連れられて階段を上り、荷物と一所に狭い部屋へ投げ込まれる。ボーイが扉を閉めて去つた後では、真四角の箱の中に閉ぢ込められ、ベツドと椅子を対手にして、所在なく寂しい心で、白い空間を見て居るばかりだ。〔…〕。こんな空虚な、寂しい思ひをすることはない。」（「ホテルと旅館」『日本への回帰』一九三八）

図1　帝国ホテル新館（高梨由太郎編『帝国ホテル』洪洋社 1923年）

図2　大連ヤマトホテル（南満洲鉄道株式会社編『満洲写真帖』1929年）

一時的にやって来る様々な人が交じり合う場であり、都市のランドマークでもあるホテル。しかし、多くの他者との交わりの中で、より強烈に自分自身の内面（個としての自分）を意識せざるを得ない。ホテルとは、そんなアンビバレントな空間だといえる。

参考文献

富田昭次『ホテルと日本近代』（青弓社、二〇〇三年）
西澤康彦『植民地建築紀行――満洲・朝鮮・台湾を歩く』（吉川弘文館、二〇一一年）

（西川貴子）

病院

明治維新以前の日本の医療は医師が患者を往診するスタイルのものがほとんどであり、患者を収容して治療する病院という施設は少なかった。しかし、維新後、文明開化の中で西洋の医学が積極的に取り入れられ、病院制度や看護婦（看護師）制度も導入される中で西洋式の病院が次々と設置されていく。ただし、一口に病院といっても様々である。陸海軍の医事・衛生を所管する官立の軍事病院や、医学校を併設した医学部附属病院（帝国大学附属病院など）、癩病、性病、結核、精神病の病院など。それぞれ機能も造りも異なるが、国家に有用で健全な肉体を育てることの重要性が説かれ、文明国を標榜する上でも不可欠なものとして、これら種々の病院が建設された。旧植民地においても、国の威信を示すような病院がたくさん建てられた。例えば、現台湾大学附属医院でもある台北医院は、一九一六年に竣工された本館が赤煉瓦の壁体を地とした「辰野式」の概観を有し、威厳を感じさせる建物となっている。

こうした国の威信を示す建築とは別の形で特に目をひくのが、関東大震災後の一九三三年に新たに本館が完成した、聖路加国際病院（聖路加病院）である。聖路加病院は明治三十年代にトイスラーが開院した病院を前身に持つキリスト教主義の病院で、院内には三面のステンドグラスが特徴的なゴシック様式の礼拝堂を併設している。ナース・ステーションも整備されており、七階には日光浴室、回復期患者休憩室がある。「明るく完全」「東洋一を誇る明朗さ」と賞され、特に内部の平面計画は近代病院の典型と言われている。

坂口安吾「日本文化私観」（一九四二）では、安吾が「郷愁」を感じ「美」と捉えた「貧困な構へ」のドライ・アイス工場と対比される形で、「聖路加病院の堂々たる大建築」は言及されている。聖路加病院が当時において築地のランドマークであったことがわかる。

また、曾野綾子「硝子の悪戯」（一九五四）では、昭和十年代の聖路加病院が舞台とされている。ここでは入院中の父と祖母の二人を見舞う少女が、病室、病院の庭、新生児室、礼拝堂などを移動する様子が詳しく描かれている。「ベッドも壁も天井も、それから彫刻のある書物机と三面鏡まで、美しい青磁色に塗られている」病室。庭から見える日光を反射した病室のヴェランダのガラス。礼拝堂の「葡萄酒《ぶどうしゅ》色やレモン色、魚の腹のような青や夏林檎《りんご》色の緑、さまざまのステンドグラス」。華麗な大建築にふさわしい内部が語られている。とはいえ、他者からどう見られるかを練習し、内面を見せないように常に演技する少女にとって、興味があったのは様々なガラスが反射して屈折する光や、その光に映る自分自身の姿であった。このことは、目に見える病院内に溢れる光や「明るさ」が、あくまでも外面的なものであることを暗示しているといえよう。作品の中の病院は建物がどんなに美しくても、その内部の「病人の不愉快な体臭」や「湿っぽい」空気からは逃れられないことをも記述している。そこでは常に「死」が隣り合わせなのである。

近代文明の象徴という側面のみならず、根源的な死への恐怖や孤独を予感させる場としての病院のあり方が読み取れるのである。

図1　1936年の聖路加病院（『聖路加国際病院八十年史』）

図2　台北医院（自由通信社編『自由通信（台湾号）』1929年）

参考文献

福永肇『日本病院史』（ピラールプレス、二〇一四年）

聖路加国際病院八十年史編纂委員会編『聖路加国際病院八十年史』（一九八二年、『社会福祉施設史資料集成　第II期第11巻』日本図書センター、二〇一一年）

（西川貴子）

工場

産業革命は〈工場〉という新しい建築類型を産んだ。生産手段が大規模な動力機械へと移行し、専用の建築物が必要となったからだ。〈工場〉には教会建築のような様式や装飾は不要である。経済面、構造面、機能面で合理的でありさえすればよい。「ここには、美しくするために加工した美しさが、一切ない。美といふものの立場から附加へた一本の柱も鋼鉄もなく、美しくないといふ理由によつて取去つた一本の柱も鋼鉄もない。ただ必要なもののみが、必要な場所に置かれた」（坂口安吾「日本文化私観」一九四二）。それゆえ、安価に大量生産が可能となった鉄、ガラス、コンクリートが採用された。従来、石や煉瓦の建築物においてディテールにしか用いられてこなかった素材が、ストラクチャー全体の主要材となったのである。当然ながらその設計は、装飾体系の文法を熟知する建築家《アーキテクト》ではなく、鉄やガラスの物質的特性に習熟した技術者《エンジニア》が担うことになる。彼らが鉄骨に見ていたのは文化的コードではない。力学的メカニズムだった。

こうした技術者による純工学的な〈工場〉を自覚的にモデルとして、後続の建築家たちは工学主義的なモダニズム建築運動を推進した。彼らは、〈工場〉に限らない建築設計一般において〈工場〉のような合理性を目指し、「形態は機能に従う」（Form Follows Function）というテーゼを掲げた。たとえば、ル・コルビュジエが「住むための機械」と呼んだ彼設計の「住宅」は、「無名の工学技師」が設計した「工場」を理念上のモデルとしていた（『建築をめざして』）。建築物の形態が実際に〈工場〉的である必要はない。要求される機能に応じて細部が組み合わさっていくメカニズムの論理的整合性こそが〈工場〉的だとされたのである。

もっとも、コルビュジエの『建築をめざして』が邦訳（一九二九）された当時、日本の文学は〈工場〉を、まずは告発すべきプロレタリアートの労働環境として描いていた（佐多稲子「キャラメル工場から」一九二八）。あるいは、モダン都市のダイナミズムを体現する「煙突」や「瓦斯タンク」（萩原恭次郎『死刑宣告』一九二五）として、即物的に表象していた。

そんななか横光利一の「機械」（一九三〇）は、やや位相を異にしていた。たしかにこのテクストは、実際の〈工場〉（「ネームプレート製造所」）を舞台に物語が展開する。しかしそこには、〈工場〉の物理的形態がわかるような外観・内観描写がない。代わりにあるのは、「私」「軽部」「主人」「屋敷」といった作中人物の行動や心理が織りなす論理的メカニズムの階梯だけだ。それぞれ固有の行動パターンと心理的特性をもつ人物の絡み合いが、まるでギア比の異なる複数の歯車が連動していくように、物語をドライブさせていくのである。「私たちの間には一切が明瞭に分つてゐるかのごとき見えざる機械が絶へず私たちを計つてゐてその計つたまゝにまた私たちを押し進めてくれてゐるのである」（傍点引用者、以下同じ）。このように俯瞰する「私」が見出したのは、「いかなる小さなことにも機械のやうな法則が係数となつて実体を計つてゐる」という事実だった。コルビュジエが「工場」から抽出したのもこの「見えざる機械」「機械のやうな法則」だったとすれば、横光の「機械」における〈工場〉表象は、モダニズム建築のコンセプトと原理的に通底していることになるだろう。

　しかしながら横光の〈工場〉は、そのメカニズムが非合理をも孕むことに、更なる力点があろう。「欠陥がこれも確実な機械のやうに働いてゐた」のである。

図1　工場（ル・コルビュジエ『建築をめざして』）

図2　ペーター・ベーレンス《AEGタービン工場》（ケネス・フランプトン『現代建築史』中村敏男訳、青土社 2003年）

参考文献

ル・コルビュジエ『建築をめざして』（吉阪隆正訳、鹿島出版会、一九六七年、原書：一九二三年）

中井正一「機械美の構造」（久野収編『中井正一全集 第三巻』美術出版社、一九六四年）

（高木　彬）

駅

「駅」と聞いてわたし達はまず何を想像するだろうか？

プラットホームだろうか。改札口だろうか。あるいは待合室を思い描く人もいるかもしれない。駅は、鉄道という近代以降の新しい交通機関の登場とともに造られ、そして鉄道の運行形態や経営形態に従う形で様々な建造物が追加されていった、いわば複合施設なのである。特に鉄骨造の発達により広い空間を確保できるようになると、大都市では巨大なターミナルが造られるようになり、駅は都市や国家の象徴的存在ともなっていった。

日本で初めて、国家の玄関を意識して建設されたのは、辰野金吾の設計のもと、一九一四年に完成し、〃東洋一の停車場〃と称えられた東京駅である。まさに、そこは「汽車に用なくとも一見して置く可き東京名所」（児島新平編『三府名所及近郊名物案内』一九一八）であった。鉄骨煉瓦造三階建で、長さが一八〇間、幅が一一～一二間のルネッサンス式の大建築。基礎構造が堅固で関東大震災でも被害を受けなかった。中央は皇室専用の玄関になっており、北口を降車専用改札、南口を乗車専用改札として乗り降りの分離を図り、さらにホテルも併設されていた。

尾崎士郎「人生劇場（青春篇）」（一九三三）では、主人公青成瓢吉が郷里から東京へ上京した時の様子が次のように印象的に描かれている。「窓のそとではあらゆるものがうごきだしたのである。瓢吉は胸が高鳴るようだ。高いビルディングの層が凹凸《おうとつ》の線を空に描いて、削りたてた丘のようにつらなり、朝の光をあびた街全体が騒音の中で右へ左へうねりだしたのである。（略）（恰もこれ一つの扮装を終えて舞台に出る花形役者のようではないか。青成瓢吉は古い蝙蝠傘を杖に、六法を踏んで、出口へ通ずる階段をおりていったのである）／だが、待っている筈の夏村は何処にもいないのだ。瓢吉は構外の広場を何べんとなくぐるぐる廻っているうちにすっかりくたびれてしまった」。

東京駅はまさに大都市東京の入口だったのである。瓢吉はこの後、待合室で郷里を逃亡していた知り合いと偶然再会する。駅は、都市の出入り口であると同時に、既知、もしくは未知の他者との出会いと別れの物語の舞台でもある。そして、

図1　東京駅（写真通信会編輯部編『東京ガイド』1916年）

図2　奉天駅（南満洲鉄道株式会社編『満洲写真帖』1929年）

「夜明け前の駅」という詩の「――おお汽車が着いた／人々よ　さようなら／是れから　いろいろな生活の道を辿つて見よう」（大谷忠一郎『沙原を歩む』一九二四）という一節に表されるごとく一つの通過点でもあった。

また、駅には時計がしばしば設置されている。鉄道の運行に代表されるように、駅は時計で刻まれる時間に縛られた空間でもある。横光利一「頭ならびに腹」（一九二四）では、線路の故障で「止るべからざる」駅に降車し、プラットホームに群がり「時間と金銭との目算」をする、近代的な時間意識に支配された人々が戯画的に描かれている。一人、悠々と歌を唄い次に来た電車に乗っていく「子僧」の姿と対比され、「沿線の小駅」を「石のやうに黙殺」する電車とともに、〝より早く〟先に向かおうとする彼らの姿は印象的だ。

「旅」という非日常への入口であると同時に、日常生活の通過点でもある駅。非日常と日常が交錯すると同時に、そこは、時間認識に縛られた近代人の「生」のあり方を映し出す場でもあった。

参考文献

原田勝正『駅の社会史――日本の近代化と公共空間』（中公新書、一九八七年）
小池滋・青木栄一・和久田康雄編『世界の駅・日本の駅』（悠書館、二〇一六年）

（西川貴子）

橋

G・ジンメルは、道によって空間を拡張する営みの特徴的な現れの一つとして橋を捉え、「たんに空間的な隔たりという消極的な抵抗ばかりでなく、さらに特殊な造形という積極的な抵抗が人間の結合への意志をはばむかにみえる。この障害を克服することによって、橋はわれわれの意志の領域が空間へと拡張されてゆく姿を象徴」するものと捉えている（「橋と扉」一九〇九）。すなわち橋は、分割と接合が同時に表された対象であり、両岸という異空間を結びつけるさまと、それ自体の造形性は、実用性を超えてわれわれの視覚体験に直接訴えかけるものであるというのだ。

境界領域としての橋の特質は、その空間性のみに留まらない。殊に、近代都市空間において、鉄鋼やコンクリートという新建材の使用によってシンボリックに構築された橋は、前近代からの切断と近代都市文化への接合とを同時に表象するものでもある。

こうした橋の特性が日本の近代都市に現れた典型例を、関東大震災からの復興事業における隅田川六橋の橋梁工事に認めることができよう。なかでも、「帝都東京の門」と言われた永代橋は、「復興の華」とされた清洲橋と並んで、この都市復興事業をドラマチックに彩っている。首都復興行政の中心人物（橋梁課長、土木局長）であり隅田川六橋の設計にも深く関わった土木建築士・太田圓三の実弟にあたる詩人の木下杢太郎は、志半ばに自死を選んだ兄を偲びながら、永代橋を指して「技術的東京復興の傑作である。これは全く新東京の旧江戸に対して述べるおさらばである」として、詩「永代橋工事」（一九二六）を詠んだ。

隅田川を近代都市を画定する境界と捉えるとすると、日常の中で繰り返される越境を扱ったテクストの典型として永井荷風「濹東綺譚」（一九三七）を挙げることができよう。小説家大江匡が濹東（＝隅田川の東）の地・玉の井で出会った私娼・お雪のもとに足繁く通うこの物語において、橋は冒頭から頻出する。吉原に通じる山谷堀に架けられた正法寺橋や山谷橋を経巡る匡の姿にさびれゆく下町とそこをさまよう一人の男の内面が映し出されているのだが、匡が執筆中の作中小説「失踪」の構想を抱く場面に、吾妻橋や白髯橋といった隅田川に架かった橋が印象的に描かれている。

物語後半、「失踪」執筆が行き詰まった匡は、玉乃井からの帰途「白髯橋の上で涼みながら、行く末の事を語り合う」作中場面に自らを重ねる。「失踪」が頓挫していたのは、五十一歳の主人公種田と二十四歳の女給との情交に、匡が不自然さを感じるようになったからなのだが、白髯橋の「欄干に凭れ」て周辺の風俗に触れながらお雪から投げかけられた言葉を思い返した匡は、もとの構想のまま「失踪」を書き進める決心に至るのである。作中の経験と作中小説とが交差する場面に白髯橋は配置されているのだ。

作中で〈失踪〉している種田と女給は、橋上からの景観を通して昔を偲び、同時に、産業化されつつある近代都市の周縁となった対岸の工場を眼差す。そして、管理された空間としての都市に身を置いていることを実感する。隅田川に架かった橋が、新旧の景観を結びつける象徴的な場として機能しているのである。橋という場は、そういった両義的な景観を捉えることのできる境界領域、文字通り〈宙吊り〉の場にほかならないのだ。

図1　関東大震災で被災した旧橋のとなりに開通した新しい永代橋（1927年3月）

永井荷風「濹東綺譚（28）」（『東京朝日新聞』1937年5月30日夕刊）の木村荘八による挿絵。

参考文献

ゲオルク・ジンメル『ジンメル著作集一二　橋と扉』（酒田健一ほか訳、白水社、一九七六年）

ダニエル・ストラック『近代文学の橋　風景描写における隠喩的解釈の可能性』（九州大学出版会、二〇一四年）

（日高佳紀）

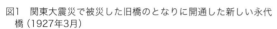

監獄

近代制度としての最初の監獄法である「監獄則並図式」（一八七二）は、監獄建築の例示を含んだものであった。イギリス植民地監獄制度視察に基づき、西洋式石造監獄が提案されているが、以後、近代監獄制度が整備される中で、監獄建築はその機能性とともに、外観の特性を強めていった。一八九五年の巣鴨監獄支署（のち「巣鴨監獄」と改称）は、日本銀行、小石川砲兵工廠とともに東京の三大建築といわれたという。

日本における表現派建築の始まりの一つに数えられるのもまた監獄であった。一九一五年に竣工した後藤慶二による豊多摩監獄は、赤煉瓦様式に由来する造形を自在に簡略化した姿であり、「赤い家」と呼ばれた。こうした後藤の造形は、分離派建築会の結成によって継承される。そして、のちに表現派隆盛期末の代表的建築物と位置付けられる、蒲原重雄の小菅刑務所を誕生させた。

一九二九年に竣工した小菅刑務所に惹かれたのは、坂口安吾であった。電車から見えるこの建築に、安吾は「美しくするために加工した美しさが、一切ない」がための「美」を見いだしている。その上で「不必要なる物はすべて除かれ、必要のみが要求する独自の形」と評した。（「日本文化私観」一九四二）。

くちばし型の尖塔を中心とした鳳凰型の表現派建築は、充分な「加工」性が認められるものであり、そびえ立つ塔は、シンボライズされた権力の表れとみてよいだろう。安吾はその象徴性の表出を、「必要のみが要求する独自の形」「それ自身に似る以外には、何の物語にも似ていない形」と呼んだのかもしれない。蒲原は、震災によって被害を被った豊多摩刑務所を一九三一年に復旧するが、その形は、後藤の原型に倣いながらも、塔をより高くしたものであった。

ところでこの頃、多くの人々にとってはモニュメンタルなものに過ぎないはずの監獄の内側が様々に伝えられるという特異な事態が起きていた。豊多摩監獄に多くの思想犯が収監されたことはよく知られているが、大杉栄『獄中記』（一九一九）以降、「獄中記」というジャンルが形作られていく。閉ざされた監獄は、外部へと向けられた思索の場となっていた。

写真　小菅刑務所（蒲原重雄　1929年）

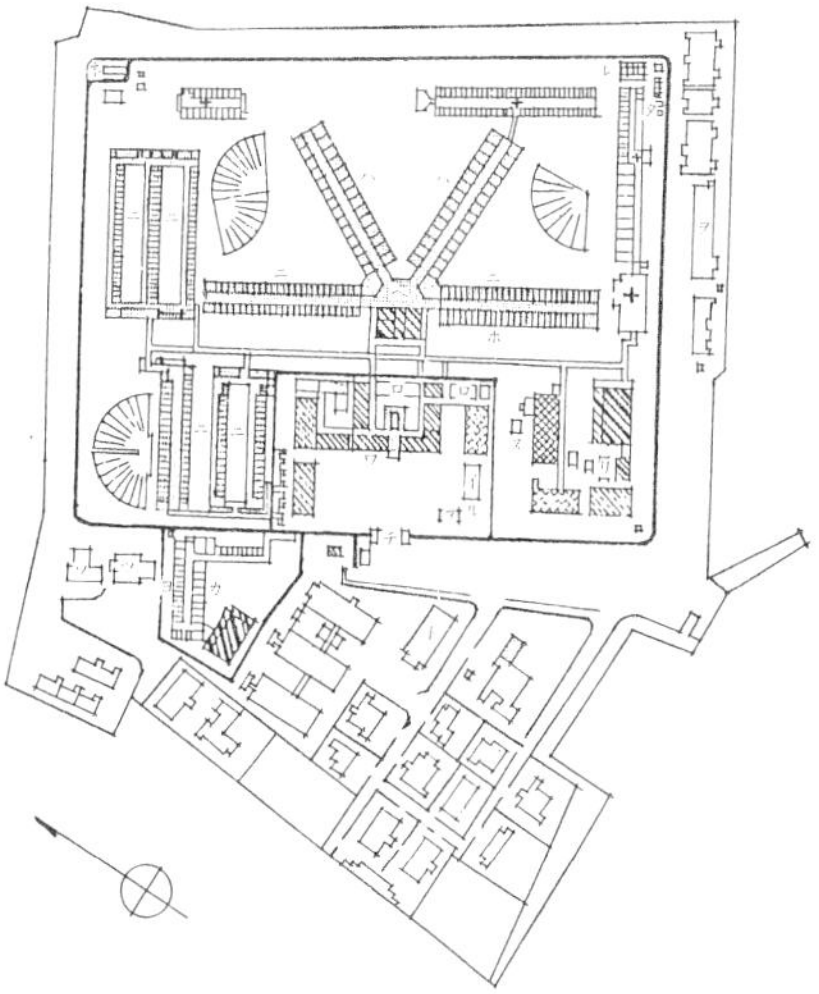

図2　東京監獄（『図鑑　日本の監獄史』雄山閣出版　1985年）

のちに大杉と同じく豊多摩監獄に収監され、さらに関東大震災後に憲兵によって殺害された伊藤野枝は、「監獄挿話　面会人控所」（一九一九）において、「東京監獄」での未決囚・E氏と龍子との面会を描いた。面会人控所は「大玄関のとりつきの右側」にあるが、この玄関を中心に放射状に広がる監獄の描写は、一八七四年に初めての洋式監獄として建築された、パノプティコン式十字獄舎の姿を捉えたものだ。

ここでのドラマは、収監中や、すでに出所したアナーキスト同志との再会といった人々の連帯を描き出し、活気をも感じさせるものである。龍子はM氏に、「面会所つてものは本当に面白いものね」とつぶやきさえする。

だが、身体は監獄の過酷さを捉える。冷たい部屋、「囚人の魂」を「脅かしたり冷笑したりする」かのように響き渡る「重い扉」を閉ざす荒々しい大きな音。半日の体験から受けた身体感覚が龍子の思想を揺るがす。だが監獄の体験記は、その過酷さゆえに告発性を帯び、連帯を生み出すものでもあった。この後、プロレタリア文学において、獄中という主題は繰り返し浮上するが、それはそこに生きる生身の言葉を通した、監獄の象徴性との闘争であったのである。

参考文献

前田愛『都市空間のなかの文学』（筑摩書房、一九八二年）

藤森照信『日本の近代建築（下）　大正・昭和篇』（岩波新書、一九九三年）

副田賢二『〈獄中〉の文学史』（笠間書院、二〇一六年）

（笹尾佳代）

執筆者一覧（掲載順）

日高佳紀	西川貴子	疋田雅昭
笹尾佳代	スティーブン・ドッド	
高木　彬	木田隆文	和泉　司

【アジア遊学226】
建築《けんちく》の近代《きんだい》文学《ぶんがく》誌《し》
外地《がいち》と内地《ないち》の西洋《せいよう》表象《ひょうしょう》

2018年11月20日　初版発行

編　者　日高佳紀《ひだかよしき》・西川貴子《にしかわあつこ》
発行者　池嶋洋次
発行所　勉誠出版株式会社
〒101-0051　東京都千代田区神田神保町 3-10-2
TEL：(03)5215-9021(代)　FAX：(03)5215-9025
〈出版詳細情報〉http://bensei.jp/

印刷・製本　㈱太平印刷社
組版　デザインオフィス・イメディア（服部隆広）

ISBN978-4-585-22692-5　C1395

楊貴妃を描いた文学　竹村則行
「麗人行」と「哀江頭」—楊貴妃一族への揶揄と貴妃不在の曲江池　諸田龍美

Ⅲ　唐の対外政策（唐の国際性）

漠北の異民族—突厥・ウイグル・ソグド人　石見清裕
蕃将たちの活躍—高仙芝・哥舒翰・安禄山・安思順・李光弼　森部豊
辺塞詩の詩人たち—岑参を中心に　高芝麻子
杜甫「兵車行」　遠藤星希

Ⅳ　杜甫の出仕と官歴

詩人たちの就職活動—科挙・恩蔭・献賦出身　紺野達也
杜甫の就職運動と任官　樋口泰裕

Ⅴ　杜甫の文学—伝統と革新

杜甫と『文選』　大橋賢一
李白との比較—「詩聖と詩仙」「杜甫と李白の韻律」　市川桃子
杜甫の社会批判詩と諷喩詩への道　谷口真由実

Ⅵ　杜甫の交遊

李白　市川桃子
高適・岑参・元結　加藤敏

221 世界のなかの子規・漱石と近代日本

はじめに

Ⅰ　子規・漱石の近代

写生の変容—子規と漱石における表象の論理　柴田勝二
『竹乃里歌』にみる明治二十八年の子規　村尾誠一
文学する武器—子規の俳句革新　菅長理恵
【座談会】子規と漱石の近代日本　柴田勝二×村尾誠一×菅長理恵×友常勉

Ⅱ　世界から読む近代文学

「世界名著」の創出—中国における『吾輩は猫である』の翻訳と受容　王志松
子規と漱石—俳句と憑依　キース・ヴィンセント
永井荷風「すみだ川」における空間と時間の意義　スティーヴン・ドッド
【特別寄稿】フランスで日本古典文学を研究すること、教えること　寺田澄江

Ⅲ　文学と歴史の近代

痛みの「称」—正岡子規の歴史主義と「写生」　友常勉
「草の根のファシズム」のその後　吉見義明
社会的危機と社会帝国主義—「草の根のファシズム」と日本の1930年代　イーサン・マーク

222 台湾の日本仏教 —布教・交流・近代化

序言　柴田幹夫

Ⅰ　植民地台湾の布教実態

日本統治時代の台湾における仏教系新宗教の展開と普遍主義—本門仏立講を事例として　藤井健志
「廟」の中に「寺」を、「寺」の中に「廟」を—『古義真言宗台湾開教計画案』の背景にあるもの　松金公正
真宗大谷派の厦門開教—開教使神田恵雲と敬仏会を中心に　坂井田夕起子
植民地初期（一八九五〜一八九六）日本仏教「従軍僧」の台湾における従軍布教—浄土宗布教使林彦明を中心に　闞正宗（翻訳：喩楽）
台湾における真宗本願寺派の従軍布教活動　野世英水
【コラム】大谷派台北別院と土着宗教の帰属　新野和暢
【コラム】植民地統治初期台湾における宗教政策と真宗本願寺派　張益碩
【コラム】台湾布教史研究の基礎資料『真宗本派本願寺台湾開教史』　沈佳姍（翻訳：王鼎）
【コラム】海外布教史資料集の刊行の意義　中西直樹
【コラム】『釋善因日記』からみた台湾人留学僧の活動　釋明瑛

Ⅱ　植民地台湾の日本仏教—多様な活動と展開

一九三五年新竹・台中地震と日本仏教　胎中千鶴

219 外国人の発見した日本

220 杜甫と玄宗皇帝の時代

217「神話」を近現代に問う

218 中国古典小説研究の未来 ―21世紀への回顧と展望

アジア遊学既刊紹介